Jackie May est le pseudonyme d'un duo d'écrivains marié. Josh et Kelly vivent près de Phoenix, en Arizona, avec leurs quatre enfants et leur chat, Mr. Darcy. Jackie May est leur seule fille (et ne cesse de réclamer sa part des droits d'auteur, puisqu'ils utilisent son nom).

De la même autrice, chez Milady, en poche :

Nora Jacobs :
1. *Démasquée*
2. *Désirée*

Ce livre est également disponible
au format numérique

www.milady.fr

Jackie May

Démasquée

Nora Jacobs – 1

Traduit de l'anglais (États-Unis) par Alix Dewez

Milady

Milady est un label des éditions Bragelonne

Titre original : *Don't Rush Me*

ISBN : 978-2-8112-2604-6

Bragelonne – Milady
60-62, rue d'Hauteville – 75010 Paris

E-mail : info@milady.fr
Site Internet : www.milady.fr

À Kelly. Ce roman t'est entièrement dédié !

Chapitre premier

Ça commence toujours de la même façon. D'abord un picotement sur ma nuque, puis une traînée de chair de poule sur mes bras. Enfin, un nœud d'angoisse se forme dans mon ventre et une effroyable certitude s'impose à moi : une personne malveillante est à l'approche. Ces prémonitions sont très vagues, elles m'avertissent simplement d'un mal ou d'un danger imminent. Pourtant, j'ai appris à m'y fier.

Je jette un regard circulaire pour tenter de déterminer qui, dans le bus, va me poser un problème. À part les quelques passagers rentrant chez eux après une longue journée de travail, je ne repère qu'un gang dont les membres sont en train de chahuter tout au fond. Cela n'ayant rien d'inhabituel dans les transports en commun à Détroit, je ne me suis pas inquiétée outre mesure en montant dans le bus, mais je remarque à présent que l'un d'eux m'observe avec insistance. Lorsqu'il me surprend à regarder dans sa direction, il hoche la tête.

— Hé, poupée ! pourquoi tu viens pas ici, histoire qu'on fasse un peu connaissance ?

Répondre ou garder le silence ? Qu'est-ce qui l'énerverait le moins ?

— J'ai un petit ami, désolée.

C'est faux ; je fuis toute forme de relation. Cependant, c'est le moyen le plus simple de l'envoyer bouler devant ses potes.

Je m'empresse de regarder ailleurs en priant pour qu'il ne fasse pas partie de ceux qui s'obstinent, ou qui appellent leurs potes en renfort pour mieux harceler leur proie.

— Oh, allez, poupée ! ne me sors pas cette excuse. Je le vois nulle part, ton copain. T'as déjà goûté au chocolat noir au moins ?

Super. Il ne va pas lâcher l'affaire. Tant pis, je suis presque arrivée. Si je parviens à éviter les ennuis jusqu'à mon arrêt, je pourrai ensuite remonter en vitesse le pâté de maisons qui me sépare de mon appartement et m'enfermer à double tour le temps que le danger passe.

Mon portable émet un bip et je découvre un message de la personne qui s'apparente le plus à un ami pour moi.

SorcierX : M, tu es là ? Où t'es passée ? Ça va ?

« M » est le diminutif de « MédiumMaboule », le pseudo que j'utilise sur certains forums paranormaux que X et moi fréquentons tous les deux. Vu qu'on ne se connaît que virtuellement, on s'appelle simplement par nos noms d'emprunt : je suis M, et lui X.

MédiumMaboule : Oui, ça va. Je me fais harceler par un gros lourd dans les transports, mais pas de quoi s'inquiéter. Il a l'air plutôt calme, et je descends au prochain arrêt.
SorcierX : Sois prudente. S'il te suit, appelle la police. Et envoie-moi un message quand tu seras bien rentrée.
Je ne peux m'empêcher de sourire.
MédiumMaboule : Ça marche.

Alors que nous approchons de ma destination, le mec à l'arrière renonce enfin à attirer mon attention mais, curieusement, le nœud dans mon estomac se resserre d'un cran.

La menace plane toujours sur moi. J'inspire profondément pour calmer les battements de mon cœur. Paniquer ne m'avancera à rien. Si le type décide de me suivre dans la rue, il me faudra avoir l'esprit clair.

— Hé ! tout va bien ?

Je lève les yeux de mon portable. Assis en face de moi depuis que nous avons tous les deux quitté la bibliothèque après la fermeture, un homme me regarde d'un air inquiet. Je l'ai déjà remarqué. Il est assez mignon, dans un style un peu geek chic. Plutôt élancé, il a des cheveux brun clair ondulés et de beaux yeux ambrés. Il doit avoir un ou deux ans de plus que moi – vingt-cinq à tout casser. Je le croise environ trois ou quatre fois par semaine depuis que j'ai compris qu'il me fallait éviter au maximum mon cadre de vie actuel et que je me suis mise à passer tout mon temps libre à la bibliothèque municipale, après le travail. Malgré cela, on ne s'est encore jamais parlé.

— Oui, ça va.

Il sourit et écarte sa frange de ses yeux.

— Je m'appelle Oliver.

J'acquiesce, sans offrir d'information en retour. Il retente sa chance :

— Je t'ai aperçue plusieurs fois à la bibliothèque.

Son attitude éveille ma méfiance. Pourquoi a-t-il choisi cet instant précis – pile quand mon intuition m'alerte – pour se montrer si loquace, après s'être contenté ces derniers mois de me glisser des regards discrets en s'efforçant de trouver le courage de me dire bonjour ? Est-ce lui la cause de ma prémonition ? Même si j'ai du mal à y croire, je ne peux pas écarter cette possibilité.

Je hoche la tête derechef en me fendant d'un sourire crispé.

— Oui, je t'ai vu aussi. Le gars à l'ordinateur, près de la fontaine. Voilà des semaines que je me demande si tu suis des cours en ligne ou si tu es accro à *World of Warcraft*.

Ma réponse le surprend ; elle contraste avec l'air hostile et fermé que je dégage en général. Alors, certes, je suis une personne solitaire, qui évite les gens comme la peste, mais je ne suis non plus une peau de vache. C'est simplement compliqué pour moi de cacher mon don aux autres quand je me retrouve projetée dans leur tête au moindre contact. J'ignore pourquoi je possède de tels pouvoirs et comment je les ai acquis ; cependant, vu qu'ils m'ont sauvée presque toute ma vie, je ne m'en plains pas non plus. La solitude vaut mieux que la mort.

Mon ton amical redonne confiance à Oliver. Son sourire s'agrandit de manière infime et ses yeux s'illuminent.

— Des cours de justice pénale, confirme-t-il, avant d'ajouter d'un air espiègle : et *Dragon Quest X*. Pas *World of Warcraft*.

Je lâche un éclat de rire. C'est plus fort que moi. Malgré la méfiance que je ressens à son envie soudaine de papoter au moment même où je perçois qu'un danger pèse sur moi, sa réponse m'amuse.

— Sympa. Je m'appelle Nora.

— Heureux de faire ta connaissance, Nora.

Lorsque le bus tourne dans ma rue, la boule d'angoisse dans mon ventre redouble d'intensité. Je prends une longue inspiration, puis expire lentement.

— Tu es sûre que ça va ? insiste Oliver. On dirait que tu vas tourner de l'œil. Tu veux que je te raccompagne chez toi ?

Sa proposition ravive mes soupçons. Même s'il a l'air gentil, j'ai appris à mes dépens que les apparences sont parfois trompeuses, et mon pressentiment ne cesse de croître.

Mon corps me hurle de me protéger. Mes mains se mettent à trembler et la sueur à perler au sommet de mon front.

— Ce n'est pas ton arrêt, prétexté-je en secouant la tête.

Il hausse les épaules.

— Je descends normalement au suivant. Ce n'est pas très loin. Je serais plus tranquille si je savais que tu es rentrée sans encombre.

Son insistance me rend nerveuse. Je dois à tout prix quitter ce bus seule.

— Je n'ai qu'une dizaine de mètres à faire. Ça ira. Merci quand même.

La lueur d'espoir dans ses yeux s'éteint peu à peu.

— D'accord. Si tu es sûre.

Il paraît sincère mais, sans le toucher, je ne peux pas en avoir la certitude.

— Oui, vraiment. Merci.

Le bus s'arrête lentement. À cet instant, la sensation d'effroi me comprime tellement la poitrine que je peux à peine respirer.

Le type du gang continue de m'observer, les sourcils froncés, et voilà qu'Oliver me regarde lui aussi avec attention. Je n'arrive pas à savoir lequel des deux me veut du mal. Je dois filer d'ici en vitesse. Affolée, je trébuche presque en me levant. Oliver bondit sur ses pieds.

— Attends, laisse-moi t'aider. Tu es vraiment pâle.

Lorsqu'il essaie de me prendre la main, j'ai droit à un aperçu de ses pensées. Il nous imagine en train de remonter ma rue ensemble. Il veut me raccompagner chez moi en toute sécurité. Il s'inquiète pour moi. Pour lui, une femme comme moi ne devrait jamais se balader seule dans les rues de Détroit, encore moins à la nuit tombée.

Il a de moi une image presque éblouissante. Je suis grande, mince. Même si je n'ai pas beaucoup de courbes, il me trouve très belle. Il aime mes yeux vert marin, bien que ceux-ci semblent hantés, et juge mes longs cheveux bruns dignes d'une pub L'Oréal. Il n'a jamais vu mon sourire, mais il est certain que celui-ci serait radieux, et aimerait beaucoup le voir. Je le trouve plutôt indulgent ; personnellement, je n'ai pas la sensation d'être si jolie.

C'est un mec bien. Je me sens honteuse d'avoir pu croire que mon don me mettait en garde contre lui. Voilà pourquoi je ne peux pas avoir d'amis : je suis totalement inapte dans ce domaine. Je me dégage d'un mouvement brusque afin de sortir de son esprit. Se méprenant sur mon geste, il se rassoit et marmonne :

— Pardon.

Une partie de moi aimerait le laisser me raccompagner, mais à quoi bon. Mes amitiés sont aussi rares qu'éphémères. Mieux vaut que je reste seule.

— Ça ira, lui assuré-je une seconde fois, avant de me pencher en baissant la voix : Mais si un seul de ces types me suit, préviens la police pour moi, d'accord ?

Oliver fronce les sourcils, mais acquiesce à contrecœur.

— Sois prudente.

Je lui accorde un sourire timide.

— Toi aussi. C'était sympa de faire ta connaissance.

Jetant sur mon épaule le sac à dos qui contient ma tenue de travail tachée de cambouis, je m'esquive par les portes. Chaque pas requiert tant d'effort que j'ai l'impression de progresser dans un épais manteau de neige. À la seconde où le bus repart, la cause de ma prémonition m'apparaît. Je lâche un juron. J'aurais dû laisser Oliver me raccompagner, ou rester dans le bus. Quelle sottise d'avoir pensé que le danger se trouvait uniquement dans mon environnement immédiat ! J'aurais dû savoir qu'il pouvait aussi m'attendre au tournant.

Une voiture inhabituelle est garée de l'autre côté de la rue, sous un réverbère. Appuyé contre le capot, mon pervers de voisin, Xavier, discute avec un ami. En me voyant, il se redresse subitement, comme s'il m'attendait. Mon estomac se contracte.

J'ai été ballottée de foyer en foyer dès l'âge de six ans. Certaines familles d'accueil étaient gentilles et voulaient sincèrement me venir en aide ; ce n'est pas le cas de la dernière où je me trouvais, l'année de mes dix-huit ans. La femme travaillait tout le temps, me laissant avec son ivrogne de mari et ses mains baladeuses. Le jour de mon anniversaire, je n'ai pas attendu, je me suis aussitôt barrée. Malheureusement, cela m'a conduite à devoir prendre un appartement miteux au cœur du pire quartier de Détroit. J'ai grandi dans ce cadre, ça n'a rien d'inhabituel pour moi mais, dernièrement, j'ai rencontré quelques problèmes avec mon voisin Xavier.

En réalité, mon voisin est le père de Xavier, et c'est aussi le propriétaire de mon appartement, mais je ne le croise pas souvent. Son fils, en revanche, traîne tout le temps dans le coin depuis peu. Il vient d'entamer sa troisième année à l'université de Wayne State. Le reste du temps, il habite dans l'une des résidences du campus, mais, depuis qu'il a passé l'été ici, il n'a pas l'air pressé de retourner à la fac malgré la reprise des cours. Apparemment, je l'intéresse plus que ses études.

Feignant de ne pas le remarquer, je prends rapidement le chemin de mon immeuble. Si je parviens simplement à rentrer chez moi, je serai en sécurité.

— Hé, Nora !

Son ton innocent et enjoué n'empêche pas sa voix de me donner la chair de poule. Chaque fois qu'il me touche, je me retrouve aspirée dans sa tête. J'intercepte alors ses pensées, perçois ses intentions envers moi. Son esprit répugnant me terrifie.

Je presse le pas sans m'arrêter, mais il me rejoint et me retient par le bras.

— Où tu crois aller comme ça ?

Ses émotions et ses désirs me submergent aussitôt. Les images qui surgissent dans mon esprit me font frémir. C'est plus que de la perversité ; il est véritablement tordu. Les choses qu'il projette de me faire sont dégradantes, sadiques et malsaines. Il aime mettre ses partenaires en position de victimes. Leur peur le fait bander.

Un petit glapissement m'échappe. Je m'agrippe ensuite la poitrine d'un air faussement surpris et m'exclame :

— Xavier ! Salut. Qu'est-ce que tu fais là ?

Le cœur battant, je jette un coup d'œil vers mon immeuble. Encore trop loin. Même si j'arrivais à me libérer et à piquer un sprint, je n'atteindrais jamais mon appartement. Il me rattraperait avant.

Xavier plisse les yeux, et ses lèvres tressaillent, comme s'il réprimait un sourire suffisant. Il m'a prise au dépourvu. Il sait que je suis en réalité saisie de panique, et il jubile intérieurement.

— Je t'attendais. Mon vieux m'a dit que c'est ton anniversaire aujourd'hui. Je pensais t'emmener quelque part pour fêter ça.

Je perçois son plaisir à cet instant, l'excitation que ça lui procure. Il attend ce moment depuis la première fois qu'il m'a vue. Il me croit vierge parce que je ne sors avec personne et que j'évite même de parler aux hommes, dans la mesure du possible. Il a tort et raison à la fois. Techniquement, je ne suis plus vierge. Mais, d'un autre côté, on ne peut pas dire que j'ai déjà fait l'amour. Ce que me faisait mon premier père adoptif ne compte pas.

Dans tous les cas, Xavier sait que j'ai très peu d'expérience, et il a hâte d'être le premier à me satisfaire de ce côté – même s'il en serait bien incapable. Il apprécie particulièrement le fait que ce soit mon anniversaire ; ça lui donne le sentiment de m'offrir un cadeau exceptionnel.

Il me décoche un sourire que n'importe qui aurait trouvé charmant. En vérité, c'est un très bel homme ; grand, mince, avec la peau noire, un sourire ravageur, des yeux caramel et une carrure d'athlète qu'il entretient par de nombreux sports. Pourtant, en dépit de son physique avantageux, je le trouve répugnant, et il le sait. Ça le rend dingue.

— Désolée, Xavier. Je ne me sens pas très bien, ce soir. Une autre fois, peut-être.

Il serre si fort les dents que je suis étonnée de ne pas les entendre grincer. Il n'est pas dupe. Voilà des semaines que je me débrouille pour l'éviter. D'ailleurs, c'est sûrement pour cette raison qu'il m'a attendue à côté de l'arrêt de bus cette fois, et non près de l'immeuble. Il n'aurait aucun moyen de me forcer à sortir de mon appartement si j'arrive à m'y enfermer, et il sait que jamais je ne le suivrais de mon plein gré.

Les gens laissent des empreintes psychiques sur ce qu'ils touchent. Mon don me permet de détecter ces marques. Plus l'émotion est forte au moment où la personne touche l'objet en question, plus la trace sera persistante et la vision que je capte nette.

Quelques semaines auparavant, Xavier a piqué le double des clés de mon appartement chez son père afin de s'introduire chez moi régulièrement. Avec toutes les empreintes qu'il a laissées derrière lui, j'ai de quoi faire des cauchemars pour le restant de mes jours. J'ai découvert les caméras qu'il a planquées dans mon ventilateur de plafond, sur ma bibliothèque et dans le trou d'aération au-dessus de ma cabine de douche. La semaine dernière, alors que je prenais une bouteille de soda dans mon réfrigérateur pour me servir un verre, j'ai eu un aperçu de la drogue qu'il y avait glissée.

Plus tard, ce soir-là, lorsque je suis sortie de chez moi avec la bouteille vide et l'air parfaitement lucide, j'ai noté une certaine méfiance dans son regard. Bien qu'il ignore comment j'ai réussi à déjouer ses pièges, il sait que ce n'est pas le fruit du hasard, et ça le fout en rogne – tout comme le fait que je reste insensible à son charme. Aujourd'hui, il est visiblement arrivé au bout de sa patience.

— Mais c'est ton anniversaire, persiste-t-il.

— Oh! tu sais, je ne l'ai jamais vraiment fêté.

Son sourire revient, plus large que jamais. Son air victorieux me retourne l'estomac.

— Raison de plus pour marquer le coup cette fois-ci. Ça te fait vingt-deux ans, c'est ça? C'est un âge comme un autre pour faire la fête.

— Désolée, mais j'ai eu une journée très fatigante au boulot. Je vais devoir passer mon tour. Mais merci d'y avoir pensé.

Alors que j'essaie de poursuivre mon chemin, il me saisit par la taille pour me diriger vers son ami, qui l'attend près de la voiture.

— Non, je ne crois pas, dit-il.

Mon cœur s'emballe. Je freine des quatre fers. Lorsque je tente de lui échapper, il resserre brutalement sa prise.

— Pas question que tu me mettes un vent encore une fois!

Son ton agressif me fait sursauter; il se calme immédiatement.

— Tu n'y couperas pas, Nora. Ce soir, tu es tout à moi.

Je n'ai pas besoin de mon pouvoir pour saisir le double sens de ses paroles. Je lui jette un regard noir. Il devient aussitôt rouge de colère, et je sens soudain la pointe d'un couteau contre mes côtes.

— Ne me fous pas la honte, ou tu le regretteras.

Je suis bien obligée de céder à présent. Je sais qu'il n'hésitera pas à utiliser son arme. Ses pensées en attestent.

Il lance un sourire à son pote, qui hoche la tête et s'installe au volant tandis que Xavier me traîne par le bras jusqu'à la voiture, avant de me pousser sur la banquette arrière.

— Hé, Parker ! ça t'ennuie pas de jouer les chauffeurs, hein ? Ma meuf préfère que je reste avec elle.

Son couteau escamoté, il se glisse à côté de moi, puis regarde notre conducteur.

— Parker, je te présente Nora. (Il pointe le doigt vers son pote.) Nora, voici mon nouvel ami, Parker.

Xavier ressemble beaucoup aux caïds du bus, avec ses cheveux cachés sous un bandana et ses vêtements dix fois trop grands. Le look typique du mec de Détroit. Parker projette une tout autre image. Un peu plus âgé, peut-être proche de la trentaine, il a plutôt des allures de top-modèle. Outre une tenue élégante parfaitement ajustée, il a des cheveux brun foncé, courts mais bien coiffés, une superbe peau d'albâtre, et des yeux bleus saisissants. Tout cela le rend follement séduisant. *Dommage qu'il traîne avec Xavier.*

Il me salue d'un signe de tête, puis fait démarrer la voiture.

— Enchanté, Nora. Tu es encore plus ravissante que Xavier me le disait.

Ses manières me déconcertent davantage que son compliment, mais je n'ai pas le temps de m'attarder sur la question, car Xavier remonte ses doigts sur ma cuisse en lâchant :

— Et ce soir elle est tout à moi.

Je repousse sa main sans ménagement.

— Dans tes rêves.

Parker m'observe dans le rétroviseur avec un regard perçant tandis que Xavier glousse en enroulant un bras autour de mes épaules pour m'attirer contre lui.

— Nora adore jouer les inaccessibles. Mais je me sens en veine, ce soir.

Il me colle à lui, puis glisse sa main libre sous mon tee-shirt. Je cherche à me dégager, mais il me retient fermement. Il m'effleure le cou de ses lèvres et murmure :

— Tu sais que tu en as envie. Je te promets que tu me supplieras de te prendre avant la fin de la soirée.

Il éclate de rire comme s'il venait de me sortir la blague de l'année.

— Enlève tes sales pattes.

J'essaie encore de m'écarter et, cette fois, heureusement, il me relâche avec un soupir.

— D'accord, d'accord, détends-toi. (Il regarde Parker dans le rétroviseur en levant les yeux au ciel.) Visiblement, on doit aider la vierge à se décoincer un peu avant qu'elle soit prête à voir le loup. T'en dis quoi, on va au *Club Noir* ?

Son ami fronce les sourcils, perplexe.

— C'est un peu extrême pour elle. On peut trouver mieux. Le *Vortex*, peut-être ?

— Non, trop de Blancs friqués, répond Xavier, avant de lui lancer un sourire ironique. Sans vouloir te vexer.

Parker ignore sa pique. Apparemment, il fait partie des Blancs friqués, même si la voiture et les vêtements m'avaient déjà aiguillée.

— Alors le *Motown* ?

Xavier réfléchit à sa proposition, puis acquiesce :

— Ouais, ça pourrait le faire.

Je réfléchis à toute allure. S'il a l'intention de m'emmener en boîte de nuit avant de me ramener dans sa piaule à la fac ou dans un motel bon marché, j'aurai peut-être l'occasion de m'échapper. Surtout si je l'encourage à picoler. Cependant, il me faut d'abord endormir sa méfiance, et donc jouer le jeu pendant un temps. Avec un peu de chance, j'arriverai à le faire sans gerber.

— On va vraiment danser ? Je n'ai encore jamais été en boîte.

Mon bourreau se tourne vers moi avec un sourire ravi.

— Ce soir, c'est toi la star. Tu aimes danser ?

— Tu rigoles, j'adore !

J'en fais peut-être un brin trop en papillonnant des cils, mais il mord assez à l'hameçon pour m'enlacer de nouveau d'un bras possessif. La tête haute, il me dévisage avec des yeux mi-clos et murmure d'une voix rauque :

— Tu ne m'as jamais dit que tu aimais danser.

Les pensées lubriques que je perçois chez lui me prennent à la gorge. Ravalant mon dégoût, je me force à sourire et hausse les épaules.

— Tu ne m'as jamais posé la question. J'ai deux pieds gauches, cela dit.

— Je n'en crois pas un mot.

Il frémit et me gratifie d'une vision de nous deux en train de nous frotter l'un contre l'autre au milieu de la foule, sur la piste de danse. Il me tient d'une façon tout à fait inappropriée en public.

— Allons-y pour le *Motown*, tranche-t-il. Et plein gaz.

— En fait…, commencé-je.

Une idée me vient subitement, que je ne peux ignorer. J'attends d'avoir toute son attention avant de finir ma phrase :

— Si tu dois m'emmener dans mon premier night-club, j'aimerais aller à l'*Occulte*.

Ma suggestion le laisse pantois, et Parker me regarde soudain dans son rétroviseur.

— L'*Occulte* ? répète l'étudiant, avant de s'esclaffer. Meuf, t'as plus de cran que je le croyais. (Il sourit, cette fois d'un air condescendant.) Ma puce, tu es beaucoup trop gentille pour une boîte comme l'*Occulte*. Attends, même moi je suis pas de taille.

— Ça va, c'est pas si terrible. Un habitué du garage où je bosse y va tout le temps. D'après lui, c'est assez intense.

— Nora, l'*Occulte* est un endroit dangereux. Il s'y passe des trucs de dingues, des trucs inexplicables. Il paraît que le club est maudit.

— Ce ne sont que des rumeurs.

Je roule des yeux, feignant une assurance que je ne ressens absolument pas. Je veux bien croire que la discothèque soit maudite, vu les créatures qui la tiennent et s'y amusent. Les deux hommes ignorent quels véritables monstres fréquentent ce lieu de cauchemar. Ils pensent que les humains sont les seuls êtres intelligents de ce monde, qu'il n'existe rien de plus dangereux que notre espèce. Ils se trompent. Je l'ai appris à mes dépens quand je n'avais que six ans. Depuis, j'ai pu approfondir mes connaissances grâce aux forums et à des personnes comme SorcierX.

Ce dernier m'a révélé que l'*Occulte* est le lieu de rencontre par excellence de la communauté surnaturelle de Détroit. Les humains assez bêtes pour s'y aventurer deviennent bien souvent la proie d'un monstre. Si, grâce à mes pouvoirs, j'ai une chance d'en ressortir indemne, ce ne sera pas le cas de Xavier. Du moins, je l'espère. Certes, c'est peut-être un sort cruel, mais pas pire que celui qu'il me réserve.

J'essaie de lui forcer la main en le provoquant :

— Quoi, Xavier, tu as peur ?

— Toi non ? intervient Parker.

Il fixe sur moi un regard intense que je peine à déchiffrer. Sa manière de me dévisager ne me plaît pas du tout. J'ai éveillé ses soupçons, et ce n'est jamais bon d'amener les gens à s'interroger sur mon compte. J'ai beaucoup trop de secrets, dont certains que je ne peux même pas cacher. Je m'efforce de rester de marbre et hausse une épaule.

— Pas vraiment, dis-je, avant de lancer un coup d'œil à Xavier en marmonnant tout bas : L'*Occulte* n'est pas plus dangereux que certaines personnes dans cette voiture.

Dans le miroir, je vois les yeux de Parker s'étrécir et se décaler un bref instant vers Xavier, comme s'il m'avait parfaitement entendue et comprise. Puis il reporte son attention sur la route.

Xavier secoue la tête en signe de capitulation.

— Bon, si tu insistes, mais je vais devoir appeler un ami pour qu'il nous fasse entrer.

Je fronce les sourcils à l'idée que Xavier connaisse quelqu'un capable de nous donner accès à l'*Occulte*. À l'entendre, il y serait même déjà allé. Les humains ne peuvent pas s'inviter si facilement dans le night-club – je misais sur mes dons pour nous donner une chance d'y entrer. Qu'il soit ou non au courant de leur véritable nature, ça me plaît moyennement que Xavier traîne avec des monstres à même de lui ouvrir les portes de l'*Occulte*.

Il prend mon air mécontent pour de la perplexité.

— Ils ne laissent pas entrer n'importe qui, précise-t-il. Sans un habitué pour nous présenter, on n'est pas assez percés, tatoués ou scarifiés pour être admis. Sans parler du fait que tu es beaucoup trop couverte.

— Je peux nous faire entrer, affirme Parker à mi-voix.

— Sérieux ? demande Xavier. Je savais bien que je te kiffais, mon pote. T'es un habitué ? un VIP ?

Parker l'ignore et me regarde droit dans les yeux.

— Si tu es absolument certaine de vouloir y aller. Il n'a pas tort, c'est vraiment un endroit dangereux.

Je me demande comment il peut le savoir. Il semble parler en connaissance de cause, ce qui, en soi, est assez flippant. Toutefois, vu que ça va dans mon sens, je ne cherche pas à en savoir davantage. L'idée d'aller là-bas m'effraie au plus haut point ; personne ne sait mieux que moi combien cet endroit est dangereux. Je préférerais rester le plus loin possible des occultes, mais l'ennemi de mon ennemi est mon ami. Décidée, je soutiens le regard solennel de Parker et réponds :

— Oui, je veux y aller.

Il me regarde encore un moment sans rien dire, puis opine de la tête.

— Soit, c'est ton anniversaire.

Chapitre 2

L'*Occulte* correspond exactement au night-club auquel on s'attendrait en entendant son nom. Niché dans les entrailles de la ville, on dirait un portail entre deux mondes. C'est un lieu sombre, dangereux et magique. Même si la plupart des humains ne peuvent l'identifier comme tel, ils perçoivent son aura de puissance et l'évitent instinctivement. Tout du moins les plus chanceux. De l'extérieur, la boîte de nuit se confond avec les entrepôts abandonnés qui l'environnent. On ne soupçonnerait pas son existence sans les pulsations des basses et la foule de fêtards punks et goths qui font la queue le long du bâtiment.

À notre arrivée, Xavier et moi nous dirigeons vers le bout de la file, mais Parker secoue la tête et va directement voir le videur. La façon dont les gens que nous doublons nous dévisagent me fait froid dans le dos. Je ne saurais dire ce qu'ils sont sans les toucher, mais je le devine pour certains d'entre eux. Beaucoup nous lancent des regards curieux, d'autres agacés, et quelques-uns nous adressent des sourires affables. Ce sont ces derniers qui me préoccupent : plus ils ont l'air sympathiques, plus il faut s'en méfier.

Un homme de près de deux mètres trente, et à moitié aussi large, garde l'entrée de la boîte. À première vue, ce doit être un troll, même si je n'ose pas m'approcher davantage pour le confirmer. La lune se reflète sur son crâne chauve. Il a des piercings aux oreilles, au nez, aux sourcils, et joue avec celui de sa langue lorsque nous l'abordons.

— Parker, le salue-t-il d'une voix caverneuse en tendant un bras aussi gros qu'un tronc d'arbre. Déjà de retour ? Je te croyais occupé avec…

— C'est le cas, l'interrompt l'homme en lui serrant la main.

Il nous jette un bref coup d'œil et sourit au videur avant d'ajouter :

— Tu me connais. Toujours occupé à quelque chose.

Le colosse attarde son regard sur Xavier et moi, puis hoche lentement la tête.

— Je vois. (Il reporte son attention sur Parker.) Eh bien, ne passe pas toute la nuit à travailler. Profite d'être ici pour décompresser un peu.

— Je n'y manquerai pas.

Leur échange ne me dit rien qui vaille. Il se trame quelque chose. Parker est visiblement un habitué, et il nous manifeste trop d'intérêt. Il ne peut y avoir qu'une seule explication : notre ami n'est pas un être humain et, même si j'ignore à quel genre de créature nous avons affaire, il est assez puissant pour mériter le statut de VIP à l'*Occulte*. Je me demande maintenant si je ne me suis pas gourée sur toute la ligne ; ma prémonition ne me mettait peut-être pas en garde contre Xavier, mais contre Parker.

Une conversation à voix basse s'ensuit entre Parker et l'employé de la boîte. Les mots « humains », « suspects » et « son idée à elle » me tirent de mes réflexions. Levant les yeux, je remarque que les deux hommes m'observent avec un mélange de curiosité et de défiance. Je ne vois pas de quoi on me suspecterait, mais cette situation me met l'estomac en vrac. Dans quoi Xavier m'a-t-il embarquée ? Ai-je aggravé mon cas en venant ici ? Ce serait bien ma veine.

Je ne commettrai pas l'erreur de leur montrer ma peur, ni d'avouer que je connais l'existence de leur monde. Redressant les épaules, je regarde Parker droit dans les yeux en ajoutant à mon assurance feinte une dose d'effronterie. Les occultes respectent l'arrogance.

— Un problème, Parker ? Je croyais que tu pouvais nous faire entrer.

Le videur hausse ses sourcils percés, l'air amusé.

— Je ne veux pas de pépins dans ma boîte, ma petite dame. Vous ne comptez pas m'en causer, n'est-ce pas ?

Je lui rends son sourire narquois.

— Tout dépend de ce que vous entendez par « pépins ».

Son sourire s'élargit, et il croise ses énormes bras.

— Les petites brunes impétueuses qui se mettent en danger inutilement.

Je ne peux pas m'empêcher de sourire à pleines dents.

— Alors tout va bien, parce que je vis pour éviter le danger.

Il laisse échapper un petit rire, puis hoche la tête vers Xavier.

— Et lui ?

Je hausse les épaules.

— Lui c'est juste un étudiant inoffensif et un peu con qui a envie de prendre son pied et qui n'a même pas conscience qu'il y a des dangers à éviter.

Cette fois, le videur renverse la tête en arrière et éclate d'un rire tonitruant qui fait trembler les murs du night-club. Aucun doute, c'est bien un troll.

— Tu as décroché le gros lot, Parker ! mais tiens-la quand même à l'œil. Elle en créera, des pépins, ça c'est certain.

Alors qu'il détache la corde pour me laisser passer, je lui décoche un clin d'œil et m'avance d'un pas résolu, Xavier sur mes talons. Je me retourne juste à temps pour voir ce dernier lancer un regard noir au videur.

— Elle ne sort pas avec Parker, elle est à *moi*.

Le troll pourrait le casser en deux rien qu'avec son petit doigt, mais il comprend que Xavier n'en vaut pas la peine.

Il m'interroge du regard et, me voyant lever les yeux au ciel, s'esclaffe derechef.

Parker ferme la marche. Lorsqu'il passe devant le troll, celui-ci pose sa grosse paluche sur son épaule. Je dois tendre l'oreille, mais je suis pratiquement sûre que le videur lui souffle :

— Tu es sûr de toi ? Je l'aime bien, cette petite.

Je n'entends pas la réponse de Parker, mais il sourit et tapote le bras du troll comme pour le tranquilliser. J'ai du mal à savoir si l'attention que Parker me porte me rassure ou m'inquiète au contraire. Il faut que je découvre ce qu'il est exactement pour mieux lui fausser compagnie. Cependant, alors que je ralentis pour l'attendre, Xavier passe un bras autour de ma taille et m'entraîne dans la discothèque.

Lorsque nous franchissons la porte, je sens un léger picotement de magie ; nous venons sans doute de traverser un charme de camouflage ou un sort de protection. Comme la plupart des humains, Xavier ne remarque rien. Je crois que je détecte la magie grâce à mes dons, mais ça pourrait être simplement dû au fait que, ayant conscience de son existence, je suis plus attentive à ses manifestations.

Cette sensation mise à part, je ne connais pas grand-chose de la magie. Bien qu'Internet regorge d'informations sur le sujet, je ne sais jamais à quelles données me fier et, à l'exception de SorcierX, je n'ai pas pour habitude de sympathiser avec des gens à même de me fournir des éléments factuels. À mon avis, X est un véritable sorcier, mais il ne se montre jamais très loquace quand je l'interroge sur la magie. Les sorciers n'aiment pas révéler leurs secrets.

À l'intérieur, la boîte de nuit se révèle assez huppée. Elle propose plusieurs salles, diffusant une grande variété de musiques. Ils doivent sans doute satisfaire les goûts spécifiques de différentes espèces d'occultes. Je suis curieuse d'en apprendre plus, mais pas assez pour vouloir m'attarder ici plus que nécessaire ; aussi, quand Xavier m'emmène directement dans la discothèque principale, je ne proteste pas.

La grande salle possède des murs noirs et des meubles rouge sang luxueux, éparpillés autour de la piste. Des cages de danse encadrent la scène aménagée tout devant pour le disc-jockey – du moins, j'espère qu'elles servent à danser. Un bar occupe l'intégralité du mur du fond. Comme il est encore tôt, c'est là que se trouve le gros de la clientèle. La piste est assez clairsemée.

En fouillant du regard la salle obscure, je trouve rapidement mon bonheur. Assise au bar, une femme scrute la foule des danseurs telle une lionne à l'affût devant un troupeau de gazelles. Sa robe moulante souligne des formes pulpeuses à faire pâlir de jalousie un mannequin en lingerie. Elle a une peau de porcelaine parfaite, de longs cheveux lisses et brillants, aussi noirs que la nuit, et des yeux tout aussi sombres. Elle est magnifique, trop pour être humaine, et elle est en chasse.

L'ayant également repérée, Xavier déglutit, subjugué. Ce sera trop facile. Je ne ressens pas la moindre culpabilité pour ce que je vais faire. De toute façon, même si cette créature s'intéresse à lui comme je l'espère, il en ressortira probablement vivant. Les monstres de cette boîte ne sont pas des idiots. Certes, des rumeurs circulent déjà, mais, si trop d'humains venaient à disparaître, la discothèque attirerait trop l'attention. Règle numéro un du monde occulte : cacher son existence aux humains. De ce fait, les occultes sont des gens particulièrement prudents et discrets.

Xavier cligne des yeux pour se ressaisir et me sourit en appuyant les doigts contre ma hanche.

— Si je m'attendais à ça. Tu es pleine de surprises, Nora.

Ses fantasmes ont changé depuis ma discussion avec le videur et s'orientent plutôt vers un trip dominatrice désormais.

Il ne me considère plus comme une victime, au contraire ; l'idée que je puisse la jouer un peu brutale avec lui l'excite. Il me dégoûte toujours autant mais, maintenant que je suis en présence d'un danger réel, ma peur de lui paraît presque ridicule. Je me libère de son étreinte et lui offre un sourire faussement timide.

— Évidemment que je suis surprenante. Tu ne sais rien de moi.

Ses yeux brillent d'impatience – il est ravi de me voir jouer le jeu.

— Viens danser avec moi, dit-il.

C'est bien la dernière chose que je prévois de faire ce soir. Je refuse d'un signe de tête et désigne un tabouret libre juste à côté de la séduisante occulte, au bar.

— Allons boire d'abord.

Mon idée lui plaît. Cependant, lorsqu'il me prend la main pour m'y conduire, Parker se met en travers de notre chemin, un léger froncement de sourcils sur le visage.

— Tu ne m'as pas l'air du genre à boire.

Il a raison, je ne bois jamais d'alcool. Encore moins dans un endroit où on pourrait me servir des breuvages faes. Là aussi, je ne connais pas trop les détails, mais de nombreuses théories circulent sur les effets de ces boissons sur les humains, et aucune n'est rassurante. C'est assez pour me dissuader à vie d'y goûter.

Je reste imperturbable, bien qu'impressionnée par sa capacité à me percer à jour si aisément. Je me demande en revanche pourquoi il tient à m'empêcher de boire. Si c'est lui la menace qui me guette, j'aurais cru qu'il chercherait à m'enivrer fissa. Peu importe, je dois atteindre ce bar.

— Je vous l'ai dit tout à l'heure, je n'ose pas danser devant les autres. J'ai besoin d'un remontant avant.

Il s'apprête à objecter, mais décide finalement de se taire en voyant mon regard méfiant. Il me soupçonne peut-être de manigancer quelque chose, mais il a lui aussi une idée derrière la tête et ne veut pas que je devine son secret. Il fait un pas de côté en tendant le bras vers le bar d'un geste qui signifie : « Très bien, vas-y. » Son expression, cependant, semble plutôt dire : « À tes risques et périls. »

Passant devant, je me dirige droit vers la femme que j'ai remarquée. Elle n'a pas bougé de son tabouret, captivée par un couple qui se laisse aller au milieu de la piste.

Arrivée au bar, je me tords le pied exprès pour trébucher à côté d'elle et me rattrape à son bras. Elle me jette un regard noir, mais j'ai atteint mon but. Ses pensées m'envahissent. Elle est furieuse ; elle absorbait l'énergie qui émane du couple libidineux, et je l'ai interrompue.

— Oh, je suis navrée ! m'excusé-je en gardant une main sur son bras pour continuer de lire dans son esprit.

Je découvre à quel type d'occulte j'ai affaire. Ça dépasse mes espérances. Contrairement à ce que je pensais, ce n'est pas une fae, mais un succube, une créature démoniaque qui se nourrit du désir sexuel. Elle attire ses proies dans son lit puis aspire leur force vitale durant l'acte.

— Ce que je suis maladroite ! m'épanché-je. Ça me rend sûrement un peu fébrile d'être ici. Vous l'aurez deviné, je ne fréquente pas vraiment ce genre d'endroit d'habitude, mais je ne pouvais pas laisser tomber mon ami. Il a *insisté* pour que nous fassions la fête ce soir. (Je baisse la voix en gloussant.) Et ça peut vite devenir débridé avec lui.

Pour elle, je ne suis qu'une humaine insipide, mais j'ai éveillé son intérêt en parlant de mon ami. Un mâle humain qui n'appartient à aucun occulte ? C'est rare dans ce night-club. Même si elle n'est pas venue ce soir pour chasser, c'est une aubaine qu'elle ne peut laisser filer. En outre, elle se dit que ça m'apprendra à être si agaçante.

Elle détaille Xavier du regard, puis esquisse un bref sourire.

— Ah, vraiment ? dit-elle avant de poser délicatement la main sur son bras et d'ajouter d'une voix sensuelle : Je peux me montrer assez sauvage moi aussi.

Elle ramène son doigt vers le torse de l'étudiant pour le caresser de haut en bas. Ses attentions le font frissonner, et les pupilles de la femme se dilatent aussitôt.

— J'ai une pièce privée ici. Ça te dit de m'y accompagner ?

— Je…

Xavier cligne des yeux et secoue la tête, puis se tourne vers moi en fronçant les sourcils, l'air perdu.

— C'est pour Nora que je suis là. Je… Nous…

D'un doigt sous le menton, la femme l'oblige à la regarder. Elle se penche vers lui en prenant une profonde inspiration et susurre :

— Nora peut se joindre à nous. Les plans à trois, ça ne me dérange pas.

Xavier entre alors dans un état d'hébétude, désarmé par son pouvoir de séduction. Il acquiesce lentement, incapable de la quitter des yeux. La femme affiche une expression triomphante. Descendant de son tabouret pour prendre sa proie par la main, elle se tourne vers moi.

— Tu viens, jolie Nora ?

Je me fends d'un grand sourire et recule d'un pas pour me mettre hors de portée.

— Oh ! allez-y sans moi. Je préfère les tête-à-tête. Je gâcherais votre plaisir.

Le succube incline la tête de côté. Vu son expression, je crains qu'elle ait saisi mon manège. Finalement, sa méfiance semble passer.

— Comme tu voudras. (Elle coule un regard vers l'ami de Xavier.) Et toi, Parker, tu te joins à nous ? Tu sais que tu es toujours le bienvenu.

Je ne suis pas étonnée qu'ils se connaissent, et je ne m'attarde pas pour entendre la réponse de l'intéressé. À la seconde où il m'oublie pour porter son attention sur le succube, je m'éclipse vite fait, bien fait. Sans perdre de temps, je traverse la salle et quitte la discothèque. Mon nouvel ami, le troll videur, m'aperçoit avant que je puisse disparaître totalement.

— Tu t'en vas déjà, Pépin ?

Je hausse une épaule, un sourire narquois sur les lèvres.

— Sans vouloir vous vexer, votre night-club est un peu trop sage pour moi.

Il m'offre un grand sourire en retour, et le mien devient sincère. Si ce n'était pas une créature ancestrale amatrice d'en-cas humains, je pourrais presque l'apprécier.

— Tu n'aurais pas perdu des compagnons au passage ?

Je feins la surprise en regardant autour de moi.

— On dirait bien, oui. Mince alors ! (Je réponds à son froncement de sourcils par un clin d'œil.) Comme je te l'ai dit, je vis pour éviter le danger.

Sa perplexité laisse place à un air entendu, et une expression de fierté illumine son visage.

— Alors rentre vite chez toi, Pépin. Et fais attention. Les rues ne sont pas sûres, la nuit.

Je lui adresse un dernier sourire assorti d'un signe de la main, puis tourne les talons et m'éloigne d'un pas pressé. Mon pouvoir prémonitoire ne s'affole plus, mais je ne suis pas encore tirée d'affaire. Je reste une femme qui marche seule, la nuit, dans les rues de Détroit. Si je parviens simplement à atteindre l'arrêt de bus le plus proche sans croiser de gang ou d'occultes en vadrouille, ça devrait être bon.

— Où vas-tu comme ça, Nora ? dit soudain une voix basse derrière moi.

Je sursaute. Mes pieds se paralysent, et je grimace. Même si je me doutais que Parker ne succomberait pas au charme du succube, j'espérais avoir le temps de m'échapper avant qu'il me retrouve. Il a compris mon manège, il sait que j'ai agi délibérément. Mais a-t-il compris toute la vérité ? Que soupçonne-t-il exactement à mon sujet ?

Masquant ma peur, je lui jette un coup d'œil par-dessus mon épaule.

— Je rentre chez moi. Les discothèques, c'est pas tellement mon truc.

Il plisse les yeux avec méfiance.

— Alors tu veux bien me dire à quoi rimait tout ceci ?

— Pas vraiment. Bonsoir, Parker. C'était sympa de faire ta connaissance, mais tu ferais mieux de retourner au club avant que Xavier ait des ennuis.

Je me remets en route. Parker s'obstine à me suivre, mais il me laissera peut-être atteindre la station. Si j'arrive à gagner du temps jusqu'à l'arrivée du bus, je n'aurai plus rien à craindre. Il n'osera pas me faire grand-chose devant témoins.

— Nora.

Il m'attrape la main pour m'obliger à lui faire face. Je pourrais me libérer, il me tient à peine, mais je reste immobile et accueille ses pensées, ses intentions dans mon esprit. Je dois savoir à qui j'ai affaire.

Il me considère un long moment en silence, sans savoir quoi dire. Il est perdu. Ses pensées sont tournées vers une superbe femme originaire du Moyen-Orient. Elle a disparu et, pour une raison que j'ignore, il se demande si je suis impliquée.

— Nora, ce que tu viens de faire à ton ami dans la discothèque...

— Xavier n'est absolument pas mon ami ! craché-je, furieuse et fatiguée.

Maintenant que mon pressentiment a disparu, je me sens complètement à plat, comme si je subissais le contrecoup d'une poussée d'adrénaline.

— Au cas où tu ne l'aurais pas remarqué, il m'a pratiquement kidnappée tout à l'heure. Tout ce que j'ai fait, c'est l'emmener dans un endroit où il trouverait à coup sûr une femme plus séduisante et plus en phase avec ses délires pervers que moi. Maintenant, si tu veux bien m'excuser, j'ai eu une longue journée et je n'ai qu'une envie : rentrer chez moi pour me coucher. Seule.

Il me retient toujours par la main, hésitant à me laisser partir. Il est agacé. Il ne comprend pas comment je peux connaître son monde – en admettant que je le connaisse, ce dont il n'est pas tout à fait certain. Il a bien l'intention d'obtenir des réponses, quoiqu'il ignore encore comment s'y prendre.

J'ai beaucoup de mal à ne pas me perdre dans son regard. Il a des yeux magnifiques, d'un bleu perçant, voilés par de longs cils foncés. Et le reste est tout aussi splendide.

Ses pupilles se dilatent, sa main se resserre sur mon bras. Il perçoit mon attirance pour lui, et ça le rend fou. Il est encore époustouflé de m'avoir vu tenir tête à Terrance – le troll, je présume – et fausser compagnie à mon voisin psychopathe. À ses yeux, c'est un exploit incroyable pour un humain. Si je n'étais pas un suspect dans son affaire, il m'emmènerait tout de suite ailleurs afin de profiter de moi jusqu'au point du jour.

Cependant, un autre désir l'envahit peu à peu. La soif. Je dégage une odeur alléchante. Il essaie de se convaincre que je ne suis pas mêlée à la disparition de Nadine, et de me laisser partir. Je suis trop tentante. Son excitation est telle qu'il a peur de ne pas pouvoir se maîtriser. Il ne veut pas me faire de mal.

Quand je comprends à quel genre d'occulte j'ai affaire, je retire ma main d'un geste brusque, incapable de réprimer un sursaut d'horreur. C'est le pire de tous les monstres. L'espèce que j'abhorre plus que n'importe quelle autre. Des tueurs assoiffés de sang, aussi tordus qu'impitoyables. Parker est l'une de ces abominations sans âme qui ont tué ma mère.

J'ai beau savoir d'expérience que les vampires flairent la peur, je ne peux empêcher la terreur de prendre le dessus. Elle m'étouffe, me paralyse. Mon corps entier tremble tandis que je m'éloigne de Parker. Je dois mettre plus de distance entre nous – tout en sachant que ça ne servirait à rien s'il décidait de m'attaquer. Il peut se déplacer à la vitesse de l'éclair. Impossible de lui échapper.

Il fronce les sourcils, déconcerté par ma réaction.

— Nora ? Qu'y a-t-il ?

Je n'arrive à produire qu'un faible murmure :

— Ne t'approche pas de moi.

Il sursaute, soudain conscient de ce qui se passe. Mon cœur cesse de battre une seconde ou deux. Il a compris que j'ai deviné. Je peux faire mes prières.

— Tu sais ce que je suis, déclare-t-il.

Je secoue la tête frénétiquement.

— Je ne vois pas de quoi tu parles.

Je recule encore, mais il m'attrape de nouveau et je me retrouve une fois de plus dans son esprit. Il est passablement irrité. Il sait qu'il devrait me livrer à Henry, mais il me veut pour lui seul, et il a peur que son maître me revendique comme sienne – ou m'élimine.

Ça suffit. Je me libère brutalement.

Ses yeux rougeoient puis, en un clin d'œil, il m'empoigne et me plaque contre lui.

— Ne me mens pas ! Tu connais les secrets du monde occulte, n'est-ce pas ? Dis-moi comment ?

Je persiste dans mon mensonge :

— Je ne vois pas de quoi tu parles.

Même si ses canines ne sont pas sorties, je sais très bien qu'elles sont là. Cet être abject me donne la chair de poule. Je ne veux pas qu'il me touche, je ne veux pas être dans sa tête. La peur me prend à la gorge, m'empêchant de respirer, et des larmes importunes me piquent les yeux.

Parker voit mon expression de dégoût, entend les tressautements de mon cœur, flaire ma frayeur. Tout cela le déroute, le contrarie et, bizarrement, le blesse. Il n'apprécie pas mon rejet immédiat de lui ou de son espèce.

— Je n'ai pas l'intention de te faire du mal.

Je n'en crois pas un mot. Il va me tuer.

Il me maintient contre lui. Je me débats comme un beau diable, même si je sais mes efforts inutiles. Il est trop fort pour que je lui échappe.

— Lâche-moi !

— Nora, calme-toi. Je ne te ferai aucun mal.

— Menteur ! (Je tente une nouvelle fois de me libérer, mais en vain.) Si tu ne me veux pas de mal, pourquoi me retiens-tu ? Je ne t'ai rien fait. Je ne te connais même pas !

— Mais tu sais des choses. Tu es mêlée à des histoires dont tu ne devrais pas avoir connaissance, n'est-ce pas ? Tu as emmené Xavier dans ce night-club en sachant pertinemment ce qui l'y attendait. Que cherchais-tu exactement ? À faire le ménage derrière toi ?

— Tu débloques ou quoi ? J'essayais de lui *échapper*, pas de lui régler son compte !

— Un peu radical comme façon de plaquer un gars. As-tu la moindre idée de ce qu'était cette femme ? de ce qu'elle lui infligera ?

Ma peur s'envole, chassée par la haine. Je plante un regard fielleux dans les yeux de Parker – ces yeux que j'exècre tant ils me fascinent.

— Et toi, as-tu la moindre idée de ce que *lui* il comptait m'infliger ? de ce qu'il essaie de me faire depuis des mois ? J'espère que ce démon aspirera jusqu'à sa dernière goutte de vie. J'espère qu'elle lui infligera les mêmes sévices qu'il voulait me faire subir, et qu'il a fait subir à d'autres avant moi.

J'espère bien qu'elle le tuera. Alors il ne pourra plus jamais s'en prendre à moi, ni à qui que ce soit.

Je perçois la compassion de Parker à mon égard, son aversion pour mon voisin, mais je viens aussi d'avouer ouvertement ma connaissance de l'Occulte, et de révéler que Xavier s'en est pris à des femmes. Le vampire pense que j'en sais sûrement plus sur Nadine que je ne veux bien l'admettre, même si je ne la connais pas particulièrement. Il est convaincu que je peux lui fournir des réponses que pourtant je n'ai vraiment pas.

Ça ne me surprendrait pas que Xavier soit mêlé à la disparition de l'amie de Parker – cette ordure m'a embarquée ce soir sous la menace d'un couteau –, mais je ne sais rien de cette histoire.

— Je ne peux pas t'aider, j'ignore ce que trafique Xavier. On est juste voisins. Il m'a forcée à venir ce soir. Je n'étais probablement que la suivante sur sa liste. Je ne sais rien à propos de ton amie disparue.

Son agacement se mue en stupeur.

— Comment as-tu... ? Mais qui es-tu exactement ?

Merde ! ça m'a échappé. La peur me rend négligente, et maintenant il sait que je lis dans ses pensées. Je tire sur mon bras, mais Parker refuse de me lâcher.

— Je suis une simple humaine qui a découvert par hasard l'existence de ton monde. Je n'en parlerai à personne. Je ne suis pas stupide à ce point. Je te jure que je ne suis pas au courant des manigances de Xavier. Le mieux pour toi serait de retourner au club pour l'interroger.

— Je n'y manquerai pas, mais je ne peux pas te laisser filer. J'ai besoin de réponses.

— Je ne suis qu'une victime, je le jure !

Je décèle une pointe de tristesse en lui et note avec agacement que son expression s'adoucit. Je ne veux ni voir ni ressentir sa compassion.

— Je ne demande qu'à te croire, mais je dois être sûr. Pardonne-moi.

Quand je comprends qu'il va me conduire auprès de son maître, je cède finalement à la panique.

— Non ! Pas chez les vampires ! Je ne veux pas ! Ne m'emmène pas là-bas !

Je secoue frénétiquement la tête. Je voudrais me montrer courageuse, mais c'est au-dessus de mes forces. Ma peur est trop grande, mon cauchemar encore trop vivace. La panique l'emporte tandis que je suis assaillie par le souvenir de la nuit où j'ai découvert le monde occulte.

J'avais six ans. Je dormais paisiblement quand une prémonition m'a réveillée en sursaut. Sa force écrasante me paralysait. J'ai appelé ma mère en hurlant et, quand elle est venue dans ma chambre, je l'ai suppliée de fuir. Je l'ai avertie du danger qui approchait, de la nécessité de nous cacher mais, pour elle, je n'avais fait qu'un simple cauchemar et elle m'a dit de me rendormir. À cette époque, je ne savais pas qu'il valait mieux écouter les mises en garde de mon intuition. Je ne savais pas, alors, qu'elles ne se trompaient jamais. Renonçant à convaincre ma mère, je l'ai laissée me bercer avec une chanson tout en m'efforçant de faire taire l'angoisse qui m'étreignait.

Ils ont surgi dans ma chambre telles des ombres et m'ont arrachée aux bras de ma mère. Ils étaient trois. L'un d'eux a sucé mon sang tandis que les deux autres se repaissaient d'elle. Cependant, mon vampire s'est très vite désintéressé de moi quand ses camarades ont décidé de satisfaire d'autres envies avec ma mère. Jetée par terre comme un vulgaire déchet, je me suis retrouvée obligée, à demi consciente, de les regarder lui infliger les pires tourments.

J'étais trop jeune pour saisir toute l'atrocité de leurs crimes à ce moment-là, mais ce cauchemar ne m'a jamais quittée et, avec les années, j'ai fini par comprendre la réelle ignominie de leurs actes. Ils ont abandonné son cadavre au milieu de ma chambre, avant de partir en quête d'une autre victime, m'oubliant complètement. J'entends encore leur rire lorsqu'ils ont refermé la porte en sortant.

Je me rends brusquement compte que mes jambes m'ont lâchée et que Parker retient dans ses bras mon corps atone. Me caressant les cheveux, il tente de me rassurer d'une voix douce :

— Calme-toi, Nora. Là, tout ira bien. Respire. Je ne te ferai aucun mal.

— Je t'en prie, gémis-je. Si je dois mourir, par pitié, tue-moi tout de suite. Offre-moi une mort rapide. Ne me livre pas à ton maître. Je ne veux pas aller chez les vampires. Je sais ce que vous faites aux humains. Je t'en supplie, Parker, pas les vampires. Tout mais pas ça.

Je n'ai jamais imploré personne de ma vie, et je rougis de m'y abaisser à cet instant. J'en veux à Parker de m'y obliger. Mais je refuse d'endurer le même supplice que ma mère.

— Nora, regarde-moi.

Non, je ne veux pas revoir ce monstre. Pourtant, sa voix est si douce, si apaisante. Je le sens me relever le menton, puis me caresser la joue du dos de la main.

— Nora, murmure-t-il, ouvre les yeux.

Surtout pas. Je ne sais plus pourquoi, mais je sais que je dois éviter de croiser son regard.

— Nora.

Je cède. Quand je soulève les paupières, ses beaux yeux d'azur sont juste devant les miens. La tête me tourne soudain, et je me rappelle pourquoi il ne fallait pas le regarder en face.

— Tu essaies de me soumettre à ta volonté. Espèce de…

Je perds connaissance avant de pouvoir finir ma phrase.

Chapitre 3

Le réveil est difficile ; j'ai l'impression d'émerger d'un sommeil sous sédatif. Ma mémoire est embrouillée. J'ignore ce qui s'est passé et comment je suis arrivée là – je ne sais même pas où je suis d'ailleurs. Un rapide inventaire de mon corps m'indique que je suis indemne, à l'exception d'un léger mal de crâne. Ça ne peut pas être une gueule de bois, je ne consomme jamais d'alcool, sans exception. Et je ne touche pas à la drogue. Je préfère être toujours en pleine possession de mes moyens. La seule explication possible, c'est qu'on m'a droguée à mon insu. Ou alors…

Le brouillard se lève, et les souvenirs de la nuit dernière refont brutalement surface. Je revois tout avec une netteté effarante, y compris le moment où Parker m'a imposé sa volonté. Ensuite, plus rien.

— L'enfoiré.

Il m'a amenée chez les vampires.

Me redressant d'un coup, je m'aperçois que je me trouve dans un immense lit à baldaquin, au milieu d'une chambre qui fait facilement cinq fois la taille de mon appartement. Je suis entourée de meubles luxueux et très masculins, en merisier sombre. Tapis, draps et tentures mêlent des tons de beige et de brun à des touches bordeaux. À droite de l'espace nuit, un coin salon complet est aménagé autour d'une imposante cheminée ; à gauche, une porte donne sur une salle de bains somptueuse. Cette chambre est digne d'un roi – ou d'un maître vampire.

Je dois filer d'ici au plus vite. Je rejette les couvertures, soulagée de constater que je porte encore mes propres vêtements. Bien qu'on m'ait ôté mes chaussures, tout le reste semble à sa place.

Me levant d'un bond, je m'aperçois trop tard que la manipulation de Parker m'affecte encore ; je n'ai pas tout à fait récupéré mes facultés motrices. Pour ne pas m'écrouler, je m'agrippe à une colonne du lit. Dès l'instant où je touche le bois, j'entre en contact avec une empreinte psychique et me retrouve propulsée dans une vision.

Un homme, à première vue proche de la trentaine, s'adosse à cette colonne. Pendant un instant, je ne peux m'empêcher de le regarder tandis qu'il retire lentement sa cravate et sa chemise élégante. Il est terriblement séduisant, avec ses cheveux blond foncé attachés en une queue-de-cheval et ses yeux sombres qui offrent un contraste saisissant avec sa peau pâle dénuée d'imperfections. Je déglutis en contemplant son torse et son ventre musclés, parfaitement dessinés sous son débardeur blanc.

L'ardeur qui embrase ses yeux me subjugue. La vision est si intense que j'ai l'impression que ce regard brûlant de désir m'est adressé. En réalité, il dévisage une femme qui se tient devant lui.

— Je me félicite que tu aies décidé de nous rejoindre, Desi, susurre-t-il. Es-tu bien installée ? T'a-t-on fait bon accueil ?

— Naturellement, sire.

Même si sa voix tremble légèrement, je ne pense pas qu'elle le craigne. Elle semble certes nerveuse, mais surtout pleine d'espoir. Son attirance pour lui est flagrante.

— Tout le monde a été merveilleux et…

Elle rougit, puis baisse les yeux. L'homme lui saisit le menton pour la forcer à croiser son regard.

— Et ?

— Je suis contente que ma présence vous plaise, murmure-t-elle. Vous me faites un grand honneur en me revendiquant.

Les yeux de l'homme s'enflamment, nous faisant toutes deux frémir. Il lui caresse le bras et, dans un élan de confiance, elle prend une brusque inspiration.

— Sire…

Elle défait le premier bouton de son chemisier afin de dénuder son cou et son épaule.

— Si vous en avez besoin, je m'offre à vous.

L'homme se raidit, rappelant mon regard sur les muscles parfaitement sculptés de son ventre. Il effleure de la main la peau délicate de la femme, puis plonge les doigts dans sa chevelure. L'attirant à lui, il l'embrasse tendrement dans le cou et répond :

— Ce n'est pas de sang dont j'ai besoin à cet instant.

Il pose les lèvres à la base de sa gorge, puis descend, explorant la peau dévoilée par le chemisier ouvert. La femme tressaille.

— Je suis à vous comme il vous plaira, sire.

Il lève la tête, la regarde un moment dans les yeux, considérant sa proposition, puis, d'un geste si rapide que je le vois à peine, il lui arrache son chemisier, la retourne et la plaque contre le montant du lit.

J'essaie d'échapper à la scène qui s'ensuit, mais plus la vision est forte, plus il m'est difficile de m'y soustraire. Je suis contrainte d'assister à leurs ébats, incapable de maîtriser la réaction physique que cela éveille en moi. Il est impossible de nier le charme de cet homme – la grâce et la vigueur dont il fait montre. Il laissera sans aucun doute sa partenaire comblée.

Lorsqu'elle atteint le sommet de l'extase, il s'autorise enfin à lâcher prise et, à l'instant précis de son orgasme, il se penche en avant et plante ses dents dans le cou de la femme. Deux cris retentissent alors : celui de plaisir de sa partenaire et mon hurlement d'effroi.

Mon cri me ramène brutalement à la réalité. De nouveau seule dans la grande chambre, je lâche la colonne de lit et recule en titubant. À peine ai-je le temps de retrouver mes esprits que la porte s'ouvre à la volée et l'homme de ma vision surgit dans la pièce, suivi de Parker, qui me demande, paniqué :

— Nora, tout va bien ? Que s'est-il passé ?

Il balaie la chambre du regard et, ne détectant aucune menace, se tranquillise quelque peu. Ma réaction est à l'opposé. Je suis coincée dans une pièce avec deux vampires, dont l'un est sûrement le chef de clan.

Lorsque Parker esquisse un pas vers moi, l'autre homme tend le bras pour l'arrêter.

— Elle a l'air d'aller bien, Parker.

Sa voix n'a plus la chaleur de ma vision. Même s'il ne paraît pas en colère, sa remarque a tout d'une mise en garde adressée à son inférieur.

— Ferme la porte.

Je frémis en entendant le déclic du battant quand Parker obéit, m'enfermant avec eux. Son maître me sourit.

— Bonjour, Nora, me salue-t-il, articulant mon nom comme pour mieux le goûter. Un bien joli prénom, pour une bien jolie femme. Je m'appelle Henry, et je suis enchanté de faire ta connaissance, ma belle.

Je ne réponds rien. Mon cœur cogne si fort que c'en est douloureux. Je regarde tour à tour les deux hommes. Parker reste près de la porte, telle une sentinelle chargée de prévenir toute tentative de fuite – comme si j'avais une seule chance de leur échapper.

Lorsque Henry s'avance, je m'éloigne aussitôt en me réfugiant derrière un canapé du coin salon, faute de mieux. Je l'avertis d'une voix tremblante :

— Ne vous approchez pas.

Une expression d'agacement se peint sur son visage, mais il s'arrête.

— T'ai-je fait du mal ? touchée ? causé un tort quelconque ?

Non, pour l'instant, mais ça ne saurait tarder. Tous les vampires sont pareils.

— Combien de temps suis-je restée inconsciente ?

— Presque vingt heures, bredouille Parker.

— Une journée ?! m'écrié-je, le faisant grimacer. J'ai disparu une journée entière ?

Bon sang ! j'aurai de la chance si j'ai encore un travail à mon retour.

— Où sont mes chaussures ? Je dois m'en aller.

Henry coupe court à mes recherches :

— Je crains de ne pouvoir te laisser partir pour le moment, Nora.

Je me fige. Dans ma panique de me retrouver au chômage, j'ai presque oublié à qui j'avais affaire.

— Pourquoi me retenez-vous prisonnière ?

Henry s'avance de nouveau, et mon cœur bondit dans ma poitrine. J'avise la fenêtre derrière moi. Un épais rideau cache la lumière du soleil ; je n'ai aucun moyen de savoir si elle offre une issue. Quand bien même je tenterais le coup, Henry me rattraperait en moins de deux. Malgré ça, mon cerveau continue de chercher désespérément une solution.

— Nous avons un petit problème, m'explique-t-il.

Je hoche la tête, me rappelant ma conversation avec Parker, la nuit dernière.

— Oui, votre vampire disparue. Navrée, mais je ne sais rien à ce sujet.

— J'espère pour toi que c'est la vérité.

Il sourit, comme si nous avions une discussion cordiale, alors que sa menace déclenche un frisson de panique le long de mon échine. Malgré son air affable, ses manières et sa grâce de gentleman, il lui est impossible de masquer son aura de prédateur. Cet homme peut et n'hésitera pas à me tuer si l'envie lui en prend.

Je blêmis. Ma voix me trahit et je n'arrive qu'à murmurer :

— Je vous le jure, je n'ai pas les réponses que vous cherchez. (Je lance un bref coup d'œil à Parker.) Combien de fois dois-je le répéter ?

Henry marque une pause au bout du canapé, à un mètre de moi. Mon pouls s'accélère encore. Le vampire penche la tête de côté comme s'il pouvait le percevoir – ou l'entendre.

— Je veux bien te croire, dit-il, semblant lui-même étonné de me faire confiance. Néanmoins, je dois m'en assurer, et il reste plusieurs zones d'ombre à éclaircir. Parker est convaincu que tu caches quelque chose, même si ça ne concerne pas Nadine.

Je fusille l'intéressé du regard, mais il ne se laisse pas intimider.

— Comment connais-tu le monde occulte ? soulève-t-il. Je jurerais que tu as lu dans mes pensées, hier soir.

L'affolement de mon cœur confirme ses soupçons. Henry hoche la tête, prenant en compte cette information, puis s'approche d'un pas. Il pose une main sur le dossier du canapé et ébauche un nouveau sourire, plus carnassier cette fois.

— Comment se fait-il que tu aies un don si extraordinaire ? Et comment se fait-il qu'une petite souris telle que toi ait mis le nez dans l'Occulte ?

Il a repris la voix posée de ma vision, comme s'il cherchait à me séduire. Ses yeux se font pénétrants. Craignant qu'il ne tente de me soumettre à sa volonté, je fuis son regard et réponds :

— Croyez-moi, je m'en passerais bien.

D'un coup, il se retrouve derrière le canapé et lève doucement la main vers mon visage. Malgré ma tentative pour l'éviter, sa peau entre en contact avec la mienne.

— Je ne suis pas un monstre, murmure-t-il en me caressant la joue. Mais je dois découvrir ce que tu sais de notre monde et ce que tu me caches. Si tu acceptes de coopérer et de surmonter ta peur, j'essaierai pour ma part de maîtriser mes appétits et mes désirs. (Il parcourt mon corps du regard et déglutit.) Bien que la tentation soit grande.

Même si je ne lui fais toujours pas confiance, l'espoir renaît en moi.

— Coopérer de quelle manière ? Je vous ai déjà dit que je ne sais rien sur votre vampire. Que voulez-vous de plus ?

Il envahit de nouveau mon espace personnel. Je me mets à trembler, terrifiée, et glapis quand il me prend brusquement la tête entre les mains.

— J'ai seulement besoin de la vérité, mais je crains de ne pouvoir me fier à ta parole. Je vais devoir recourir à mon don.

— Votre don ? répété-je, ma voix réduite à un souffle.

— N'aie pas peur, Nora. Si tu ne me résistes pas, je ne te ferai aucun mal. Je vais simplement consulter tes souvenirs : ils ne mentent jamais.

Il a l'intention de fouiller dans ma mémoire ? J'ai entendu parler de vampires puissants capables de choses incroyables avec leurs pouvoirs de contrainte. Les chefs de clan – les maîtres – ont généralement des dons prodigieux qui les différencient des vampires lambda et les rendent plus forts. J'avais toujours eu l'espoir que ce ne soient que des rumeurs. Malheureusement, elles sont vraies. Je le vois dans ses pensées.

Henry va pénétrer dans mon esprit et feuilleter mes souvenirs. Il a hâte. Je l'intrigue : une humaine avec le pouvoir de lire les pensées se balade dans son monde.

Je sais le moment exact où il se lance, car je le sens se glisser dans ma tête. Cette invasion de mon intimité est insupportable. D'instinct, je m'efforce de l'expulser de mon crâne et ferme les yeux, repoussant mentalement sa présence intruse. Il contre-attaque.

— Ne me résiste pas.

— Sortez de ma tête !

La douleur me vrille les tempes, si écrasante que je dois lutter contre l'envie de vomir. Mon nez se met à saigner. Un hurlement me lacère la gorge. Pourtant, mon instinct me crie encore d'éjecter ce vampire de mon esprit.

Je résiste âprement. Malheureusement, j'ai beau être forte, Henry l'est davantage. Il perce mon bouclier mental, brisant ma volonté. Je m'effondre dans ses bras.

— Nora ! s'écrie Parker en se précipitant vers nous.

— Elle va bien, lui assure Henry, avant de m'allonger sur le canapé. Elle se laissera faire maintenant. (Il me sourit en écartant les cheveux de mon front.) N'est-ce pas, ma belle ?

Je veux crier, l'insulter, hurler, mais je n'en ai plus la force. Mon cerveau est en bouillie, et je suis à deux doigts de m'évanouir.

Henry essuie les larmes sur mes joues, puis place de nouveau les mains de chaque côté de ma tête.

— Non, protesté-je d'une voix rauque.

— Pardonne-moi, mais je n'ai pas le choix.

Il pénètre une nouvelle fois dans mon esprit. J'essaie de le repousser, mais je n'en suis plus capable. Les souvenirs émergent contre ma volonté. Tandis qu'il les assimile, Henry continue de me toucher, me livrant en direct ses observations par le truchement de mon pouvoir. Il démarre par les souvenirs les plus récents, curieux de comprendre pourquoi j'ai hurlé tout à l'heure. Il me voit me réveiller, agripper la colonne du lit, et réprime un hoquet de stupeur lorsque je bascule dans ma vision.

Bien que coincée dans le souvenir, j'entends la voix de Parker, près de nous.

— Que voyez-vous, sire ?

Placé en position de spectateur, comme moi, Henry assiste à la scène torride entre son amante et lui-même.

— Eh bien, eh bien ! laisse-t-il échapper.

Si abasourdi soit-il par mon don, la vision l'émoustille : il aime se regarder en pleine action.

— Ton pouvoir ne se limite donc pas à lire les pensées. Tu es décidément une humaine extrêmement puissante. Comment cela fonctionne-t-il exactement ? As-tu toujours eu ce don ?

— Ç-ça ne v-vous r-regarde p-pas.

Il lâche un petit rire amusé.

— Je pense être le premier concerné par cette vision, tu n'es pas d'accord ?

Je refuse de répondre, priant pour qu'il soit encore dans le souvenir et ne me voie pas rougir.

— Sire, que se passe-t-il ? Que voyez-vous ?

— Je te laisse lui décrire la scène, Nora ? me demande Henry en pouffant derechef.

Son ton suffisant me donne envie de lui coller mon poing en pleine figure. Difficile de trouver une réponse qui ne soit pas pathétique, incitative, cochonne, ou qui ne ressemble pas à un aveu de mon attirance pour lui. Je décide donc de garder le silence.

Henry soupire, déçu que je n'aie pas mordu à l'hameçon.

— Nora a reçu un don de psychométrie, explique-t-il à son acolyte. Elle peut voir des événements passés en touchant des objets… Mon lit, par exemple. N'est-ce pas, Nora ?

Parker retient une exclamation.

— Avec ce don, elle pourrait nous aider à retrouver Nadine. Nous pourrions l'emmener à…

— Chaque chose en son temps, Parker. Laisse-moi me concentrer, si tu veux bien.

— Pardonnez-moi, sire.

Le silence se fait, et Henry reporte son attention sur la vision de ses ébats. Son excitation augmente : il aime l'idée que j'aie pu le voir à l'œuvre par ce biais. Comme si j'avais eu voix au chapitre. Cependant, que je le veuille ou non, ce moment m'a émoustillée, et il le sait.

— Oh ! Nora, gémit-il. Ma douce Nora, tu me tortures. Je sens ton désir.

À cet instant, nous arrivons à la fin de ma vision, lorsqu'il a mordu la femme afin de se gorger de son sang. Il me regarde hurler. Tout comme il a senti mon attirance, il perçoit à présent mon dégoût. Mes émotions lui parviennent telles que je les ai vécues. Ma terreur absolue face à ce qui constitue l'acte le plus intime et le plus précieux pour son espèce le blesse. Il n'est pas de communion plus étroite entre deux vampires, et Henry meurt d'envie de partager ce lien avec moi.

Il me lâche et se retire de mon esprit. Son regard enfiévré donne la pleine mesure de sa soif, de son désir.

— Je pourrais t'offrir un plaisir comme tu n'en as jamais connu, dit-il, haletant.

J'ignore s'il fait allusion au sexe ou à la morsure, mais l'un comme l'autre déclenchent chez moi une angoisse monstrueuse. Je secoue vivement la tête en signe de refus.

— Non merci.

Il sourit d'un air amusé.

— Ne te prononce pas trop vite, ma belle. J'ai perçu ton excitation quand tu nous as regardés : tu me trouves attrayant.

— C'est une réaction purement physiologique, ça ne va pas plus loin. Oui, vous êtes séduisant mais, sachant ce que vous êtes, je perds toute attirance que j'aurais pu éprouver pour vous.

Il m'adresse un sourire entendu, comme s'il n'y croyait pas une seconde, puis place de nouveau les mains sur ma tête.

— Non, pas encore, gémis-je.

— Il le faut, je n'ai pas obtenu les réponses dont j'ai besoin.

Je sais maintenant qu'il est vain de protester. Ma première tentative de résistance ne m'a valu qu'une horrible migraine et un affaiblissement total. Je n'ai pas du tout envie de m'évanouir en sa présence.

Il plonge de nouveau dans ma mémoire. Mes efforts pour le repousser ne mènent à rien ; je suis trop faible, et il ne prend plus de gants à présent. Accélérant la cadence, il passe au moment où Parker a découvert mon existence dans un mélange de stupéfaction et d'émerveillement. Il est impressionné qu'une humaine connaissant le monde occulte, et le craignant autant, ait malgré tout le courage de s'y confronter.

Xavier l'intrigue ; il se demande quel genre d'homme pourrait me rendre assez désespérée au point d'affronter ma plus grande peur dans le seul dessein de me débarrasser de lui. Il parcourt rapidement les mois où j'ai dû côtoyer l'étudiant dans mon immeuble. À mesure qu'il remonte dans mon passé, je sens sa colère grandir. Il s'indigne en découvrant les multiples tentatives de Xavier pour me filmer en cachette ou me droguer. Il peine à se contenir lorsqu'il assiste aux visions que j'ai pu détecter, ressent ce que j'ai ressenti, entend les pensées que j'ai surprises. À la fin, il n'a qu'une envie : tuer mon voisin.

— Vous voyez ? dis-je, essayant de revenir à l'essentiel. Je ne sais rien au sujet de votre disparue.

— C'est vrai, tu es aussi innocente que tu l'affirmes, même si tu es tellement plus que tu le prétends. Tu possèdes des pouvoirs remarquables.

— Bon, vous avez eu ce que vous vouliez. Maintenant, rendez-moi mon intimité.

— Je regrette, c'est impossible.

Je tente de me dégager de ses mains, mais je n'en ai plus la force. La douleur me martèle le crâne.

— Et pourquoi ça ?

Pas de réponse. Cependant, j'ai toujours accès à ses pensées. Il pourrait en effet arrêter maintenant, mais il n'en a pas envie : il veut tout savoir de moi. Selon lui, on lui a accordé un don exceptionnel et il serait bien bête de ne pas en profiter pour en apprendre un maximum sur moi.

J'essaie une nouvelle fois de le déloger de ma tête, mais mon effort est presque inexistant à présent ; pire, il provoque un haut-le-cœur. Impuissante, je ne peux que rester là, sans bouger, pendant que le vampire s'invite dans mon passé contre ma volonté.

Au début, il analyse tout. Il réfléchit au meilleur moyen de gagner ma confiance mais, très vite, ses pensées dérivent, et il se contente d'observer. En contemplant ma vie de solitude, il identifie peu à peu un thème récurrent : les hommes.

Depuis toujours, les hommes me convoitent. Quelque chose d'anormal chez moi les envoûte – et je l'entends au sens propre du terme : il y a forcément de la magie là-dessous. À mes yeux, c'est une malédiction. Je suis condamnée à attirer les hommes à un niveau très malsain. Je ne saurais pas l'expliquer, mais je sais que je n'imagine rien du tout.

Henry me voit ballottée de famille en famille, toujours confrontée au même problème avec mes pères ou mes frères adoptifs. Pareil dans mes écoles successives, où tous les garçons me courent sans arrêt après. Sa colère grandit chaque fois que je me retrouve harcelée ou agressée. Il laisse échapper un cri de rage, révolté. Ça me fait une belle jambe.

— Arrêtez, je vous en prie ! La première fois m'a suffi. Ne m'obligez plus à me souvenir ! Par pitié, arrêtez !

— Je suis tellement désolé, Nora, murmure-t-il à mon oreille en me caressant inlassablement la tête. Tu ne risques plus rien maintenant, tu as ma parole. Je te protégerai.

Je ne suis pas plus rassurée. Qui me protégera de lui ?

Ma malédiction a un effet accru sur lui. Après avoir vu l'historique de mes malheurs, il n'est plus seulement attiré par moi : il se montre aussitôt protecteur. Et possessif. Je lui appartiens désormais, et il compte bien prendre soin de moi. Il se fait le serment que je n'aurai plus jamais à endurer cela. Il veillera à ce que plus personne ne m'approche. Il croit comprendre pourquoi je ne voulais pas le laisser me toucher. Il aimerait que je le distingue des hommes que j'ai pu rencontrer par le passé. Il voudrait que j'implore ses caresses, au lieu de les fuir. Ce n'est pas demain la veille.

Lorsque je m'aperçois jusqu'où il est remonté dans mes souvenirs et ce qu'il va me forcer à revivre, je panique :

— Non ! Sortez de ma tête !

— Qu'y a-t-il, Nora ?

— Arrêtez ! je vous en supplie !

— Cesse de me résister, ma belle. Tu es trop faible, tu risques de te faire mal.

— Alors ARRÊTEZ !

— Là, là, souffle-t-il en essuyant mes larmes. Que cherches-tu à me cacher ?

Il tente de passer en force et je le repousse avec l'énergie du désespoir. Je ne veux pas revoir le meurtre de ma mère. Le pouvoir de Henry rend les souvenirs trop réels, trop vifs. Je ne peux pas revivre ça. C'est trop dur.

Enfant, je me redresse brusquement dans mon lit, réveillée par une prémonition, et appelle ma mère, qui ne tarde pas à arriver. Mon cœur d'adulte se serre quand elle apparaît. Je reste un moment désemparée, à contempler le souvenir. Je sens ses bras autour de moi, j'entends sa voix. Tout cela semble si réel. Je me mets à pleurer tandis qu'elle étreint mon jeune moi. Puis ils font irruption. Je ne veux pas voir ça, mais je n'ai pas le choix.

— Arrêtez ! crié-je.

Je ressens sa souffrance, sa peur. Pire, je peux maintenant percevoir l'excitation des monstres lorsqu'ils s'en prennent à elle.

— Par pitié, pourquoi me faites-vous revivre ça ? Espèce de sale tordu, je vous déteste !

Incapable de supporter ce supplice plus longtemps, j'oublie Henry et éclate en sanglots.

Ce sont mes pleurs, je crois, qui le convainquent finalement de sortir de ma tête. Si, jusque-là, j'avais réussi à ne pas verser une larme, maintenant je pleure comme un bébé. Mon chagrin et ma peur sont ravivés, comme si tout s'était produit la veille.

Mon cauchemar prend fin, la pression dans mon crâne disparaît, mais je n'en ressors pas indemne. Je reviens à moi en clignant des yeux, avec l'impression que des griffes m'ont lacéré le cerveau. Et ce n'est rien comparé à la sensation dans ma poitrine. J'ai le cœur en lambeaux.

Je me redresse, ignorant la douleur lancinante dans ma tête, et inspire profondément. Mes sanglots se calment, mais je continue de verser des larmes en silence. Je ferme les yeux en reniflant, secouée de tremblements.

— Sire, que lui arrive-t-il ? chuchote Parker.

Il s'agenouille à côté de Henry en se mordant la lèvre inférieure, comme s'il souffrait de me voir pleurer. L'autre vampire secoue la tête et plonge son regard dans le mien.

— C'étaient des renégats, murmure-t-il. Ceux qui vous ont attaquées, ta mère et toi. La lie de notre espèce.

Parker étouffe un cri de stupeur. Henry paraît écœuré. C'est bien le minimum.

— Tu as raison, Nora, ce sont des monstres, mais ils constituent l'exception, et non la règle. Je te le jure. Nous ne cautionnons pas de tels actes. Je suis affreusement navré que tu aies dû vivre cela.

Ses excuses ne m'apportent aucun réconfort. Je m'efforce depuis des années d'oublier. Et aujourd'hui, par sa faute, ces souvenirs sont devenus encore plus insoutenables. Je n'oublierai jamais les émotions que ces abominations ont éprouvées. Leurs visages, leur expression de plaisir, resteront gravés dans ma mémoire. Tout comme la souffrance de ma mère.

Ne supportant plus la vue du monstre devant moi, je me retourne, le visage contre le dossier, et donne libre cours à mes larmes. Derrière moi, Henry soupire.

— Parker, va chercher la voiture. (Une main se pose sur mon épaule.) Viens, Nora. Un peu d'air frais te fera du bien.

Chapitre 4

Henry me fait monter à l'arrière d'une Mercedes noire aux lignes élancées, avant de s'installer à côté de moi. En voyant Parker prendre place derrière le volant, je ne peux m'empêcher de faire un parallèle entre ce moment et la veille au soir, quand Xavier m'a enlevée. La seule différence, c'est que je ne pressens aucun danger imminent. Curieusement, je n'ai eu aucune prémonition de ce genre depuis que je me suis débarrassée de Xavier. Ces vampires n'ont effectivement aucune intention de me faire du mal. Du moins, pour le moment. Ça ne veut absolument pas dire que je ne risque rien. Les vampires sont d'humeur changeante, et je suis prête à parier que nous n'aurions pas la même définition du mal.

— Où allons-nous, sire ?

— À l'*Occulte*. C'est bien le dernier endroit où Nadine a été aperçue, n'est-ce pas ?

Alors que Parker acquiesce et passe la première, je me penche vers lui en m'efforçant de garder mon calme.

— Euh… tu vas me déposer chez moi d'abord, hein ?

Henry fixe sur moi un regard très éloquent. Cet enfoiré n'a pas l'intention de me laisser partir.

— Dites-moi que je rêve ! Ramenez-moi immédiatement chez moi ! Vous avez vos réponses : je n'ai pas enlevé votre vampire et je ne représente pas une menace pour vous. Je n'ai jamais parlé à personne du monde occulte. En plus, vous connaissez maintenant mon pouvoir. Vous gardez mon secret, je garde le vôtre : c'est comme ça que ça marche dans votre monde. Vous devez me laisser partir.

— Tu veux retourner là-bas ? demande Henry. Dans ce taudis, avec cet humain exécrable pour voisin ?

Il paraît insulté que je puisse préférer mon appartement à sa demeure. Je hausse les épaules et réplique :

— C'est chez moi. J'ai des responsabilités, un travail... enfin, peut-être. Ils m'ont sûrement virée après mon absence d'aujourd'hui, grâce à vous. Mais peu importe, c'est *ma* vie. Vous ne pouvez pas vous l'approprier comme ça.

Le maître vampire m'adresse un regard peiné.

— Ce n'est pas une vie, ça, Nora. Tu as vécu seule, sans famille, sans amis, sans amants...

Ma poitrine se serre ; chacune de ses paroles me fait l'effet d'un coup de poing. Orpheline depuis mes six ans, j'ai toujours rêvé d'avoir une vraie famille. Comme si être une petite fille blanche et maigrichonne à Détroit n'était pas assez difficile – je ne m'intégrais jamais et on s'en prenait toujours à moi –, je devais aussi veiller à cacher mes pouvoirs et n'ai donc jamais eu l'occasion de tisser de vraies relations. J'ai peut-être grandi en me résignant à cette vie de solitude, mais je n'ai jamais voulu être seule. Henry me porte un coup déloyal et il le sait. Il attend une réponse de ma part. Cependant, ne pouvant lui en donner une sans passer pour une émotive, je choisis de détourner le regard vers la fenêtre.

— Tu auras toutes ces choses dorénavant, reprend-il. Je te protégerai, je pourvoirai à tes besoins. Tu ne manqueras de rien, je te l'assure.

— Vous ne pouvez pas faire ça, protesté-je sans conviction.

Si, il peut, et nous le savons tous les deux. Qui l'en empêcherait ? Pourtant, je persiste :

— Les lois de l'Occulte...

— ... s'appliquent uniquement aux occultes, Nora. Toi, tu es humaine. Et tu connais la vérité, tu connais mon identité. Le risque est trop grand pour que je t'autorise à partir.

— Mais je ne le dirai à personne ! bafouillé-je, ajoutant la panique à mon épuisement. Vous avez vu ma vie. Vous savez que je n'ai jamais parlé de votre monde à quiconque. Je ne trahirai pas votre secret. Vous *savez* que c'est vrai.

— C'est vrai, convient-il, parce que tu restes avec moi.

Il se penche pour prendre ma main entre les siennes.

— Je sais que tu as peur, Nora. Ta crainte et ton mépris à l'égard de mon espèce sont tout à fait justifiés, mais tu les surmonteras.

— Évidemment, parce que, le meilleur moyen de me convaincre, c'est de me kidnapper. Vous êtes la pire espèce d'ordure possible, parce que vous êtes persuadé d'agir noblement. Mais vous êtes à côté de la plaque.

Il me lâche la main en me jetant un regard noir.

— « À côté de la plaque » ?

Je hausse les épaules. N'ayant rien à ajouter, je reporte mon attention sur le paysage, furieuse. Après quelques minutes de silence, Henry déclare :

— Quoi que tu penses de moi, ta vie est ici désormais, auprès de nous. Autant l'accepter tout de suite. Si tu coopères, tu seras bien traitée.

Je ne peux m'empêcher de mordre à l'hameçon.

— Coopérer de quelle manière ? Je suis censée sauter directement dans votre lit ? Ça vous ferait prendre votre pied, Henry, de savoir que vous me forcez à être avec vous ?

Il se tourne brusquement vers moi, une lueur rouge inquiétante dans les yeux.

— Jamais je ne t'outragerais de la sorte ! Le jour où tu viendras dans mon lit, ce sera de ton plein gré. Je te garantis que tu te consumeras de désir pour moi avant que je te touche une seule fois.

Je lâche un ricanement.

— Je te veux, Nora, poursuit Henry, encore tremblant de colère. Mais, en attendant que tu sois prête à devenir mon amante, ton rôle dans mon clan sera tout autre.

— Quel rôle ?

Il inspire profondément en se redressant contre le dossier de son siège. Une fois calmé, il répond :

— J'ai besoin de tes pouvoirs. Tu seras très utile à mon clan.

Évidemment, il est question de mes dons. J'aurais dû m'en douter. Pour les vampires, tout est affaire de pouvoir et de politique. Henry veut certainement rester le grand maître et, pour cela, il doit disposer dans son arsenal des outils les plus puissants. À ses yeux, je suis un beau jouet tout neuf qu'il est le seul à posséder. C'est triste à dire, mais ça me rassure davantage que la possibilité qu'il me veuille simplement pour mon corps ou mon sang. Pas de beaucoup, cela dit, parce que je sais que ce double aspect reste aussi au programme.

Devant mon silence, Henry enchaîne d'un ton presque professionnel :

— En échange de ton aide, tu auras le gîte, le couvert et tout ce qu'il te faudra. Je te promets que personne ne se sera jamais aussi bien occupé de toi. Tu seras protégée et tu bénéficieras des luxes les plus raffinés que j'ai à offrir.

Génial. Comme si des robes et des bijoux hors de prix pouvaient compenser la perte de ma liberté. Je le regarde droit dans les yeux, puis lâche :

— Et si je n'en veux pas ?

Il parvient à dominer son agacement et répond d'une voix posée :

— Dans ce cas, tu m'aideras en échange de ta vie.

Il me balance ça tranquillement, sans ciller, comme si ma vie n'avait aucune valeur et que me tuer ne serait qu'une formalité sans conséquence.

— Les humains ne sont pas censés connaître notre monde. Je pourrais te tuer pour protéger mon secret et personne ne s'en offusquerait.

— Si, moi.

Il sourit.

— Alors je te conseille d'embrasser ta nouvelle vie, chère Nora.

Sa suffisance m'insupporte. Avec un soupir de frustration, je me tourne de nouveau vers la fenêtre, bien décidée à ne plus desserrer les lèvres. Henry doit sentir que j'ai atteint mes limites, car il me laisse tranquille pendant le reste du trajet.

Lorsque nous arrivons devant l'*Occulte*, il me faut un moment pour comprendre ce qui a changé. Il n'y a pas de file d'attente, ni aucune voiture garée dans le parking, à l'exception de quelques véhicules au fond, probablement ceux du personnel. Bizarre que l'établissement soit fermé, il est presque minuit.

À l'intérieur, on ne croise qu'une poignée d'employés qui s'affairent dans tous les sens. L'éclairage de service est allumé, aucune musique ne joue… et l'endroit est complètement saccagé. Outre le bar recouvert d'alcool et d'éclats de verre, les meubles sont soit démolis, soit retournés, voire les deux – quelques chaises dépassent même des murs en placo, manifestement jetées dans un accès de colère. Je remarque aussi des traces de coups de poing dans les murs, et des portes arrachées de leurs gonds – c'est une véritable zone sinistrée.

Les débris craquent sous nos semelles tandis que nous nous aventurons dans la discothèque principale.

— On est fermé ! lance un homme occupé à nettoyer la pagaille derrière le bar.

Ignorant son avertissement, Parker nous entraîne vers le comptoir.

— Bonsoir, Wulf. Désolé de nous imposer, mais je me demandais si nous pourrions inspecter la salle une fois de plus ?

Le barman passe par-dessus le comptoir d'un bond souple, puis s'avance vers nous d'un pas menaçant. C'est un homme grand, à la beauté sauvage, avec une peau dorée par le soleil, des cheveux bruns, des yeux verts saisissants et une barbe de trois jours. Il promène son regard sur notre petit trio, l'arrête un instant sur moi, puis fronce les sourcils, avant de se tourner vers Parker en secouant la tête.

— Vous devez partir.

— S'il te plaît, c'est très important. Il faut qu'on parle à Terrance.

Wulf secoue la tête derechef, appuyant son refus d'un geste de la main.

— Parker, ce n'est vraiment pas le moment.

— Sans blague, marmonné-je dans ma barbe en balayant la salle du regard.

À ma grande surprise, le barman parvient à entendre mon commentaire. Il braque sur moi un regard enflammé qui me donne envie de me recroqueviller.

— Désolée, grommelé-je, essayant de me faire oublier avec une question : Qu'est-il arrivé ?

— Ce qui arrive quand deux trolls s'énervent, répond-il d'un ton sec, avant de reporter son attention sur Parker. Et vu qu'ils sont encore à cran, je préférerais que vous partiez.

Henry se campe devant lui avec de grands airs.

— Tu vas nous laisser rester.

En un éclair, Wulf le saisit à la gorge, les traits figés dans une expression furibonde des plus effrayantes. Tremblant, les yeux luisant d'un éclat jaune, il émet un grognement sourd qui me fait frissonner de peur. Pas de doute possible : c'est forcément un loup-garou. Wulf, le barman loup-garou. Je veillerai à ne pas le toucher celui-là – du moins, pas tant qu'il semblera prêt à déchirer ses vêtements.

— Si tu envisages, ne serait-ce qu'une seconde, d'utiliser tes pouvoirs de contrainte sur moi, sache que je t'aurai arraché la tête avant que tu aies le temps de prononcer ton ordre.

Henry n'apprécie pas la menace. Son apparence se rapproche alors brusquement de celle des meurtriers de ma mère. Ses iris rougeoient, ses canines apparaissent, et ses ongles s'allongent pour former des griffes redoutables. Il siffle, grogne. Le barman gronde en réponse. À l'évidence, ils sont à deux doigts de s'écharper. Leur confrontation me terrifie et me fascine à la fois, et je dois bien admettre que, malgré la violence de l'acte, une partie de moi espère que Wulf mettra sa menace de décapitation à exécution.

Parker s'interpose avant que vampire et loup-garou ne s'entre-tuent.

— Henry ! Wulf ! calmez-vous, je vous en prie !

Soudain, un rugissement secoue le bâtiment entier :

— QUE SE PASSE-T-IL ICI, NOM D'UN CHIEN ?!

Tout le monde se fige. Je connais cette voix tonitruante. Mon cœur s'allège… jusqu'à ce que j'avise l'expression meurtrière sur le visage de Terrance. Il tremble de rage, ses épais sourcils réunis en un froncement terrible. Chez un troll, c'est très mauvais signe : s'il perd trop son sang-froid, il massacrera tous les présents en l'espace de quelques secondes. Il suffit de voir l'état de la discothèque pour le deviner.

Parker se dévoue pour le groupe et s'approche du videur d'un pas prudent, levant les mains en signe d'apaisement.

— Salut, Terrance. (Il adopte ensuite une voix si calme qu'elle absorbe presque la tension ambiante.) Je suis navré pour toute cette agitation. Je te promets que nous ne voulons pas d'ennuis. Nous espérions simplement pouvoir jeter encore un coup d'œil à la salle. Nous avons peut-être une nouvelle piste pour Nadine.

Une piste ? Ha ! Ils n'ont pas de nouvelle piste ; ils ont un nouvel outil pour *tenter* de trouver une piste : moi. Bon, je reconnais que c'est bien pensé de la part de Henry. Si j'étais en mesure de l'aider, cette salle constituerait en effet le meilleur point de départ. Il a apparemment bien cerné mes pouvoirs en consultant l'histoire de ma vie. Même s'il y a finalement très peu de chances que je relève des indices ici quand la disparition remonte à trop longtemps et que d'innombrables personnes ont sûrement laissé des traces psychiques entre-temps.

Une lueur apparaît dans les yeux de Terrance. De l'inquiétude ? De l'espoir ? De l'abattement ?

— Qu'as-tu appris ? demande-t-il d'un ton impérieux.

Parker fronce les sourcils, l'air soucieux.

— Que se passe-t-il, Terrance ? La boîte est sens dessus dessous, tu te maîtrises à peine, et ton barman est à deux doigts de tuer mon maître. Je t'assure, Henry ne pensait pas à mal. Il est un peu sur les nerfs parce qu'il s'inquiète pour Nadine.

Le troll déglutit péniblement. Il serre toujours les poings le long du corps, mais inspire et fait craquer son cou pour se détendre.

— Tout le monde est sur les nerfs, grommelle-t-il. Il y a eu d'autres disparitions, sauf que personne n'a fait le lien avant aujourd'hui parce que ces maudites races refusent de communiquer ou de se demander de l'aide. Moi aussi j'ai une jeune femme qui a disparu, ce soir. Un membre de mon clan d'origine. On l'a enlevée juste sous mon nez, et personne n'a rien vu. Elle s'est tout bonnement évaporée. Exactement comme Nadine.

— Une troll ? bredouille Parker, bouche bée. Qui pourrait se risquer à enlever une troll ? Qui serait aussi inconscient ?

Terrance secoue la tête, perplexe, avant de nous donner plus de détails :

— Ma sœur, Nell, et son amie étaient de passage en ville. Quand on s'est aperçus que Shandra avait disparu, on a pratiquement démoli le club. Sans faire de victimes, heureusement. Les clients ont très vite décampé, mais Nell n'arrivait pas à se dominer. J'ai dû l'enfermer dans ma salle de sécurité, et j'ai demandé aux Anciens de venir la chercher au plus vite. Wulf m'a signalé ensuite que la meute de la rivière Huron comptait apparemment aussi une disparue et, comme tu m'avais dit que Nadine s'était volatilisée, j'ai décidé de contacter l'AFO. Leur équipe vient de passer, sans rien trouver. Quelle est cette nouvelle piste dont tu parles ?

— Je t'expliquerai tout volontiers si tu demandes à ton barman de se calmer, répond Parker en hochant la tête vers le loup-garou, qui tient toujours le vampire par la gorge.

Terrance pousse un soupir agacé, puis adresse un signe de tête à son employé. Wulf relâche Henry à contrecœur. Ce dernier grogne à la seconde où il est libre ; Parker doit le faire reculer de plusieurs pas pour l'empêcher d'attaquer le barman. Les deux vampires entament alors une vive discussion à voix basse. J'espère qu'il ne faudra pas trop longtemps à Parker pour pacifier son maître, parce que Wulf et Terrance ont tourné leur méfiance vers moi. Je lève les mains pour protester de mon innocence.

— Ne me regardez pas comme ça. Moi, j'attendais que tu lui arraches la tête, à ce connard.

À peine ont-ils sursauté, déconcertés par ma remarque, que Henry m'avertit d'un ton brutal :

— Prends garde à ce que tu dis, Nora ! Tu n'as pas à parler de ton maître de cette façon.

— Si j'avais un maître, je ferais peut-être attention, rétorqué-je.

— Tu as intérêt à me témoigner plus de respect, ou bien je…

— Pépin ? laisse échapper Terrance d'un air ahuri, l'interrompant dans sa énième menace. C'est toi, ma grande ?

— Malheureusement, confirmé-je, avant de me rapprocher de lui.

J'en suis réduite à préférer me réfugier près d'un troll en pétard plutôt que de rester à côté de Henry.

— Je ne me suis pas éclipsée assez vite, hier soir. Ce crétin de Parker m'a rattrapée puis conduite auprès de son « maître ». Maintenant, Henry pense que je lui appartiens et il refuse de me laisser rentrer chez moi. S'il te plaît, dis-moi que tu peux lui casser la gueule, et appelle les flics pour moi.

— Ils t'ont kidnappée ? intervient Wulf.

Bien qu'il me regarde d'un air furieux, je ne pense pas que sa colère soit dirigée contre moi. Lorsque j'acquiesce, les narines de Terrance frémissent, et il pose un bras lourd sur mes épaules, avant de m'attirer contre lui. Son geste se voulant plus protecteur que possessif, je me laisse faire, acceptant volontiers de l'avoir pour bouclier.

— Vous avez fait quoi ?! demande-t-il à Parker.

Sa voix gutturale m'arrache un frisson ; elle sous-entend : « Je suis un dur à cuire qui ne va pas tarder à se défouler sur quelqu'un. »

— C'est une humaine, se défend Parker. Non seulement elle connaissait l'existence du monde occulte, mais elle fréquentait aussi mon principal suspect dans la disparition de Nadine. Je n'avais pas le choix, il me fallait des réponses.

Avant qu'ils n'entrent dans un débat, Henry prend la parole, aussi intimidant que Terrance :

— Je ne te le demanderai qu'une seule fois, troll : retire tes pattes de ma compagne, ou je te réduis en miettes, avant d'incendier ce trou à rats.

Le videur se fige.

— Votre « compagne » ?

— Votre quoi ?! m'écrié-je.

Je savais qu'il comptait me garder auprès de lui, mais il n'a jamais parlé de faire de moi sa compagne. Ma malédiction l'affecte plus que je ne le croyais.

Henry redresse les épaules et rajuste ses manches.

— Elle est à moi, affirme-t-il. Je l'ai revendiquée, et mon clan défendra mes prétentions.

Face à ces menaces, je m'attends à une réaction agressive de la part de Terrance. C'est quand même un troll, bon sang ! il peut venir à bout d'un seul vampire à la noix, non ? Toutefois, à mon grand étonnement, il blêmit et me libère. Quand je m'aperçois qu'il s'écarte de moi, qu'il capitule devant Henry, je lui agrippe le bras, paniquée.

— Terrance, je t'en supplie ! Ce type est cinglé. Il me retient prisonnière. Il projette clairement de faire de moi son esclave pour le reste de ma vie.

— Compagne, me corrige sèchement le vampire. Pas esclave.

— Ça revient au même dans mon cas !

Henry s'empourpre. Il ne tardera pas à sortir de ses gonds, mais je m'en moque. Je me tourne vers mon allié avec un regard implorant.

— Terrance ?

Ce dernier secoue la tête, l'air sincèrement peiné.

— Désolé, Pépin. Je ne peux pas t'aider. Les vampires ont la mainmise sur la ville, et le clan de Henry est le plus puissant. Si je tue ces deux-là pour toi, le clan entier viendra venger leur mort. Je suis tout seul à Détroit. Ils m'élimineront, puis mettront le feu à mon établissement, avec mes employés à l'intérieur. Ça entraînera des émeutes en ville et une guerre éclatera entre les vampires et les trolls. Notre race est forte, mais nous sommes trop peu nombreux. Ils nous écraseraient sans problème, et ma famille périrait certainement.

Henry bombe le torse, fier du portrait de son espèce. Quel psychopathe !

Je me tasse, vaincue. Si Terrance abdique face au maître vampire, je doute que quiconque dans cette ville puisse m'aider. Je suis seule… et dans une merde noire.

— Pardonne-moi, Pépin.

— T'inquiète. Je ne te demanderais jamais de risquer ta vie, ou celle d'un autre, pour moi. Je trouverai un moyen de m'en sortir.

Je pourrais tenter de négocier. Si jamais je trouve une piste intéressante dans la discothèque, je pourrais exiger ma liberté en échange de ces renseignements. Après tout, si Henry se permet de me kidnapper, je peux bien prendre ses précieux indices en otage contre rançon. Ce n'est que justice.

Henry m'empoigne par le bras avec un regard mauvais.

— Tu ne peux pas m'échapper. Cesse de lutter contre ton sort ou…

— C'est bon ! lâché-je, lasse de ses menaces. On discutera sémantique plus tard. Finissons-en.

Là-dessus, j'arrache mon bras à sa prise.

— Kidnappée ou non, pourquoi avoir amené une humaine ici ? soulève Wulf.

Bien qu'il s'adresse à Henry et Parker, je prends sur moi de répondre :

— Parce que je peux les aider.

Tous se tournent brusquement vers moi. Je soupire. Croisant le regard intrigué de Terrance, je hausse les épaules et développe :

— Je ne suis pas une humaine ordinaire.

— Que veux-tu dire par là ? s'enquiert le barman.

Il affiche un scepticisme certain. À l'inverse, Terrance se penche vers moi avec de grands yeux et retient son souffle, attendant que je lui offre un miracle.

— Tu peux vraiment retrouver Shandra ?

Il me fait de la peine. Sa voix trahit tant d'espoir, alors que je ne suis pas sûre de pouvoir être à la hauteur. Je lève les mains pour tempérer son optimisme.

— Houla ! on ne s'emballe pas. Il est *possible* que je trouve des indices. Cependant, je ne garantis rien. Ce n'est pas une science exacte.

Il prend mes mains entre les siennes.

— Dis ton prix. Je te donnerai tout ce que tu veux si tu acceptes de m'aider.

Ses pensées me parviennent. Il est dans tous ses états, rongé par l'inquiétude et la culpabilité depuis qu'il s'est aperçu de la disparition de Shandra. Elle se trouvait dans son night-club ; elle aurait dû y être en sécurité. Pire, elle appartient à son clan. Elle venait en ville pour la première fois, avec la sœur de Terrance, et on l'a enlevée. Il a le sentiment de faire honte à son clan et s'en veut d'avoir laissé tomber sa petite sœur de la sorte. D'un autre côté, il est soulagé que Nell n'ait pas disparu aussi. Mais cela ne l'empêche pas de s'inquiéter réellement pour la troll kidnappée.

Sa peur sincère pour cette femme qu'il connaissait à peine chamboule ma perception des occultes. On ne peut pas être un monstre avec un cœur aussi grand. J'aimerais sauver Shandra pour lui. Si Henry n'était pas là, je m'y mettrais tout de suite, sans hésiter. Malheureusement, je ne peux pas me le permettre. Je me sens minable de procéder ainsi, mais je n'ai pas le choix.

— Je veux ma liberté, évidemment.

Dégageant mes mains des siennes, je recule, avec le sentiment d'être la connasse du siècle. Je le regarde un instant dans les yeux, puis fais face à Henry.

— Je serais ravie de faire mon possible pour retrouver les disparues si vous promettez de me laisser rentrer chez moi ensuite, et je dis bien *chez moi*. (Je me redresse en levant le menton avec détermination.) Ma liberté contre mon aide, sinon je ne marche pas.

Henry serre les dents et bombe le torse ; j'ai encore réussi à irriter un maître vampire. Tant pis, il n'est pas question que je cède. Je me sens honteuse vis-à-vis des disparues, mais c'est mon seul atout, mon seul moyen d'obtenir ma liberté. Refuser d'aider un groupe de femmes kidnappées, ou en devenir une moi-même : mon altruisme a des limites.

Terrance retient son souffle en implorant Henry du regard. Wulf le dévisage avec tant d'animosité que le vampire doit en avoir la migraine. Aucun des deux n'ose prendre la parole. Parker me surprend en se jetant à l'eau. Je m'attends à ce qu'il prenne stoïquement le parti de son maître, avec cet air chiffonné qui le caractérise quand il désapprouve les actes de son supérieur. Mais non, il touche l'épaule de son sire et dit :

— C'est un marché honnête. Vous devriez la relâcher.

J'en reste pantoise. Henry aussi.

— La laisser filer ? As-tu perdu la tête ?

Son lieutenant parvient à garder sa contenance.

— Si elle ne veut pas rester auprès de nous, pourquoi l'y forcer ?

— Elle ne sait pas ce qu'elle veut ! siffle Henry, furibond, avant d'agiter la main dans ma direction. Elle a seulement peur de l'Occulte. En particulier des vampires. Elle n'a pas encore compris que nous ne sommes pas les monstres qui ont tué sa mère.

Parker fronce les sourcils, opposant un calme impressionnant à la rage de Henry.

— Ne sommes-nous pas des monstres si nous la kidnappons ? Ne commettons-nous pas le même crime que ceux qui nous ont enlevé Nadine ?

Henry bafouille en serrant les poings le long du corps. Il risque à tout instant de se jeter sur Parker si ce dernier ne s'écrase pas – même si je ne suis pas pressée que Parker renonce. Je n'en reviens pas qu'il ait pris ma défense. Et, pour être honnête, je le déteste beaucoup moins depuis quelques minutes.

Terrance et Wulf regardent la scène de tension entre les deux vampires à la manière d'un feuilleton passionnant. L'intervention de Parker semble les sidérer autant que moi. À l'évidence, un vampire doit rarement discuter les ordres de son maître. Je sens l'espoir renaître malgré moi. Parker est le bras droit de Henry ; si quelqu'un peut le convaincre de me relâcher, c'est bien lui.

— Nous ne la kidnappons pas, objecte le chef vampire avec un dédain suffocant. Nous prenons soin d'elle. Elle est seule au monde. J'ai vu sa vie : elle n'a personne pour la protéger. Elle a *besoin* de moi. Je lui offre un foyer, une famille, la sécurité et la tranquillité. Exactement ce à quoi elle aspire !

— Sire, si elle désire tous ces bienfaits, proposez-les-lui. Ne la forcez pas à les accepter. Vous ne la convaincrez jamais par la force. Et pensez à Nadine. Vous savez que Nora est puissante. Songez à l'aide qu'elle pourrait nous apporter en coopérant de son plein gré.

Mauvais calcul. La colère de Henry éclate dans toute sa violence.

— Je suis un maître vampire ! vocifère-t-il. Tu n'as pas à contester mes décisions, et elle n'a pas à défier mon autorité ! Je peux la commander à ma guise !

Avant même de finir sa phrase, il se tient brusquement devant moi, les mains de chaque côté de ma tête, se mouvant à une vitesse stupéfiante. Sans me laisser le temps de lui échapper, ni de comprendre ce qui m'arrive, il me saisit le visage et emprisonne mon regard dans ses yeux rougeoyants.

— Tu vas m'obéir, Nora. Nous ne passerons aucun marché.

Sentant le poids de ses paroles dans ma tête, je lâche un juron. Il cherche à m'imposer sa volonté.

— Tu vas m'offrir ton aide. Désormais, tu feras tout ce qui est en ton pouvoir pour retrouver Nadine. C'est bien compris ?

L'injonction se marque au fer rouge dans mon esprit, écrasante, irrévocable. J'acquiesce en silence, car la colère me rend muette. C'est mon premier ordre. Je suis désormais son outil psychique personnel.

Chapitre 5

J'ai été asservie. Henry a osé me soumettre à sa volonté. Je n'ai pas le choix, je suis maintenant forcée de l'aider à retrouver sa vampire. Ça me rend malade.

Il me lâche la tête, sans me quitter du regard.

— Ça m'ennuierait de devoir t'ajouter d'autres contraintes, car je sais que tu n'apprécies pas trop cette méthode. Mais ne te méprends pas, ma belle, tu m'appartiens. Tu feras ce que je t'ordonne, et tu accepteras ta nouvelle vie si tu ne veux pas que je t'oblige à l'accepter.

Sa menace devrait me faire trembler, mais je n'éprouve que de la haine. Un jour, je tuerai cet enfoiré. Alors qu'il attend un acquiescement, je me contente de le toiser, laissant mon regard exprimer toute l'aversion qu'il m'inspire. Je me demande s'il peut lire mes intentions meurtrières dans mes yeux.

Il sourit, comme si mon ressentiment devenait un défi enthousiasmant.

— Tu sais, je peux te forcer à me désirer.

Mon sang se glace.

— Ce ne serait qu'une illusion. Vous ne voulez pas m'y contraindre, parce que ce ne serait pas vraiment moi, et vous n'auriez qu'une victoire en demi-teinte.

— Je préférerais m'en abstenir, en effet, mais je n'hésiterai pas si tu ne me laisses pas le choix, Nora. Crois-moi.

Il me dévisage pendant une longue minute, et je soutiens son regard tout en m'efforçant de dominer ma peur.

Quelques instants plus tôt, je n'aurais pas pris sa menace au sérieux. Cependant, s'il est prêt à me manipuler pour retrouver sa vampire, il l'est sans doute aussi pour obtenir ma dévotion. Je ne tiens pas à le vérifier ; aussi décidé-je de détourner son attention. Ravalant mes craintes, je le quitte des yeux pour me tourner vers Terrance. J'ai beaucoup de mal à regarder le troll en face ; j'ai l'impression d'avoir perdu toute dignité, et ça m'énerve de devoir maintenant l'aider contre ma volonté.

— Sais-tu où se trouvait ton amie, ce soir ? Plus précisément, où on l'a vue pour la dernière fois ?

Terrance hésite. Une expression de pitié passe sur son visage bougon, mais il se ressaisit très vite pour se concentrer sur l'enquête.

— Au bar.

— Où ça ? demandé-je en balayant le long comptoir du regard. Te rappelles-tu à quel endroit exactement ?

— Elle était…

— Oublie la troll, Nora ! le coupe Henry. Tu es ici pour enquêter sur ma vampire.

Je suis presque atterrée par son insensibilité. Presque. Terrance gronde, et je pose une main sur son bras pour l'apaiser. Je vais régler ça.

— Je n'en crois pas mes oreilles, dis-je en secouant la tête avec dégoût. T'es vraiment une belle ordure, Henry. (Je ne me laisse pas intimider par son sifflement de colère.) En m'employant à retrouver l'amie de Terrance, je t'aide *aussi* à retrouver ta bon Dieu de vampire. Tu crois que leur disparition, dans le même night-club, est une coïncidence ? Non. Et celle de Shandra est plus récente. Depuis combien de temps Nadine a disparu ?

Henry étant trop furieux pour me répondre, Parker s'en charge :

— Un peu plus d'une semaine.

— Vous êtes sérieux ? lâché-je, un rictus méprisant sur les lèvres. Vous m'avez traînée ici pour chercher des indices qui remontent à plus d'une semaine ?

Au mieux, j'arrive à détecter des empreintes vieilles de deux-trois jours. Henry le sait pertinemment puisqu'il est allé pêcher un maximum d'informations sur mes pouvoirs dans ma tête.

— Ça valait quand même la peine d'essayer, se défend-il.

— Mais bien sûr. (Il sait comme moi que je ne trouverai rien sur sa vampirette disparue.) Ne me tombe pas dessus quand j'essaie d'exploiter la seule piste qui pourrait nous donner des résultats.

Le maître vampire serre les dents, mais me concède cette victoire d'un signe de tête. Je m'abstiens d'exulter : ce serait reconnaître son emprise sur moi. Je reporte mon attention sur Terrance avec un sourire triste.

— S'il te plaît, montre-moi précisément où ton amie était assise ce soir, si tu t'en souviens.

Terrance se gratte la tête, avant de consulter Wulf du regard. Ce dernier fronce les sourcils d'un air songeur, puis gagne le bar.

— Je crois que c'était l'un de ces deux tabourets. Je me rappelle les avoir vues près de la pompe à soda.

Bien, on progresse. M'installant sur l'un des tabourets en question, je ferme les yeux et fais courir mes mains sur le comptoir. Les chances sont minces, mais je n'ai pas d'autre endroit où commencer.

— Que fais-tu ? murmure le loup-garou.

Je sursaute. Il est plus près que je ne le pensais. Plutôt furtif pour un homme de cette carrure.

— J'essaie de me concentrer, dis-je en espérant qu'il capte le message.

Il esquisse un petit sourire entendu, puis me salue d'un geste amical avant de reculer d'un pas. Je lui réponds par un clin d'œil, avant de fermer de nouveau les paupières. Au début, je ne relève rien. Cependant, en me concentrant, je réussis parfois à percevoir des empreintes plus ténues. Quelques instants plus tard, je suis aspirée dans une vision.

De lourdes basses pulsent dans la discothèque. La salle est bondée – tous les tabourets du bar sont pris, et une armée de clients se tient derrière, hélant Wulf pour passer commande.

La vision m'a placée à côté du tabouret sur lequel je me suis assise dans le présent. Une jeune femme l'occupe. Bien qu'elle ne soit pas très engageante – grande avec une forte corpulence masculine –, elle a accordé un soin tout particulier au choix de sa robe et à son maquillage. Sa voisine de bar est du même gabarit, quoique son visage soit légèrement plus attrayant.

La première tient une tasse contenant un liquide marron, son autre main posée à plat sur le comptoir – là où j'ai relevé l'empreinte psychique. Elle se raidit d'un coup lorsque Terrance apparaît derrière le bar pour proposer un coup de main à Wulf. Remarquant la nervosité de son amie, l'autre fille lui décoche un sourire frivole.

— Il va t'adorer, Shandra. J'en mettrais ma main à couper.

— Nell, en plus d'être sa sœur, tu es ma meilleure amie. Bien sûr que tu y crois. Mais je ne suis qu'une gamine à côté de lui.

— Et alors ? Moi aussi, et ça l'empêche pas de m'adorer.

L'enthousiasme de Nell m'amuse, bien qu'il ne semble pas convaincre Shandra.

— Il n'est toujours pas venu me dire bonjour. Tu crois qu'il est contrarié qu'on m'ait envoyée ? Il vit seul depuis si longtemps. Peut-être que ça ne l'intéresse pas du tout d'avoir une compagne.

Nell jette un coup d'œil à son frère alors que celui-ci sert un shot à un blond plutôt mignon et bien musclé.

— Je ne pense pas, tranche-t-elle. C'est juste qu'il y a foule, ce soir. Même si Terrance est un solitaire, aucun troll ne veut rester toute sa vie sans famille. Le clan cherche peut-être à forcer un peu les choses, mais je crois qu'après avoir pris le temps d'y réfléchir Terrance se laissera séduire par cette idée.

Là-dessus, elle appelle son frère en agitant la main avant que Shandra puisse l'en empêcher. Le visage de Terrance s'illumine.

— Nell ! C'est toi, petite sœur ? Qu'est-ce que tu fais là ?

Elle glousse, puis passe un bras autour de Shandra avant de lever son verre.

— Je viens te présenter ta future compagne, ordre du clan, alors ramène tes petites fesses par ici !

Son amie la fusille du regard, mais elle ne remarque rien, trop occupée à pouffer en voyant la mine ahurie de Terrance. Ce dernier dévisage Shandra, bouche bée.

— Les Anciens ont apparemment oublié de le prévenir, chuchote Nell.

Terrance finit de servir le beau gosse, qui regarde également les deux trolls d'un air légèrement surpris, puis se fraie un chemin jusqu'à ses deux invitées. Non sans méfiance, il laisse sa sœur lui présenter Shandra, mais je ne leur prête plus attention. J'observe attentivement M. Muscles, à l'autre bout du bar. Il n'a pas quitté les filles des yeux depuis le moment où elles ont capté l'attention de Terrance. Sa façon de les scruter m'interpelle ; son regard a quelque chose d'avide, de calculateur. Malgré son corps de culturiste, il est bien trop petit pour être un troll. Alors pourquoi est-il si fasciné par deux femmes à l'opposé des canons de beauté ?

Je décroche de la vision en prenant un instant pour retrouver mes repères. Ignorant le déluge de questions dont on m'accable, je me dirige vers le tabouret de M. Muscles ; je préfère rester concentrée. Sans perdre de temps, le visage du client en tête, je monte sur son siège et caresse le comptoir devant moi. La vision me vient beaucoup plus vite cette fois. La marque psychique est plus forte. J'ignore qui est cet homme, mais il était particulièrement excité ce soir.

Il serre un poing sur le bar en regardant Terrance discuter avec Shandra et Nell. Leur conversation est manifestement gênante. Le pauvre Terrance paraît claqué. J'ai aussi de la peine pour Shandra. Je ne sais pas grand-chose de cette histoire de compagne, mais elle attendait visiblement cette rencontre avec impatience. Malheureusement, le principal intéressé ne semble pas partager son enthousiasme.

Shandra leur dit quelque chose, puis se lève subitement et se dirige vers les toilettes, les yeux pleins de larmes retenues. Une dispute s'ensuit entre le frère et la sœur. Bien que cette scène me fascine et que je meure d'envie d'en apprendre plus sur les concepts du mariage et de la famille au sein des clans trolls, je me force à surveiller M. Muscles. Celui-ci vide son verre d'un trait, avant de suivre Shandra aux toilettes.

Quand le souvenir prend fin, je sens une migraine poindre entre mes tempes – un effet secondaire des visions. Je risque de me taper un mal de crâne de tous les diables d'ici peu, car la piste ne s'arrête pas là ; j'ai encore des empreintes à sonder.

Je gémis en appuyant la tête sur le comptoir frais, attendant que la douleur se calme. Parker et Henry accourent auprès de moi en prononçant mon nom d'une voix inquiète.

— Donnez-moi une seconde.

— Que se passe-t-il ? s'enquiert Terrance tandis que je lutte contre la nausée.

— Nora, ma belle, qu'est-ce qui ne va pas ? demande Henry en posant doucement la main sur mon dos. Tu ne te sens pas bien ?

Le contact de ses doigts glacés me donne la chair de poule. Je le fuis en descendant promptement du tabouret, puis lui lance un regard noir.

— Se faire aspirer dans des souvenirs n'a rien d'une partie de plaisir, mais ça va. Ne t'avise plus de me toucher.

Ignorant son air contrarié, je me tourne vers Terrance.

— Quand ta sœur t'a appelé, au bar, tu servais un verre à quelqu'un : un type plutôt mignon, la jeune vingtaine, blond, les yeux bruns, de gros bras, un cou épais. C'est lui le ravisseur. Il a suivi Shandra aux toilettes lorsqu'elle est partie en vous laissant vous disputer, Nell et toi. Tu te souviens de lui ? Tu le connais ?

Terrance étouffe une exclamation de surprise, le visage blême.

— Comment sais-tu ça ?

— Parfois, j'arrive à voir des choses, des traces du passé. Je ne sais pas qui était cet homme, mais il montrait un grand intérêt pour ta sœur et son amie.

— De quel genre d'occulte s'agissait-il ? Quelle race ? m'interroge Parker.

En même temps, Henry débite son propre lot de questions :

— Qui était-il ? Que voulait-il ? Pourquoi l'a-t-il enlevée ?

Rah ! Je m'y attendais.

— Et comment voulez-vous que je le sache ?!

— Tu as eu une vision ! rétorque Henry, irrité par mon attitude.

— Exactement, une vision ! Une simple image. Les empreintes fonctionnent comme un film : je peux uniquement regarder ce qui se passe, pas entendre les pensées des gens.

— Mais quel genre d'occulte était-ce ? insiste Parker. Sa race nous donnerait un point de départ.

— Je n'en sais rien !

Même s'il ne m'horripile pas autant que Henry, je perds patience. N'étant pas d'humeur à exposer en détail les limites de mon don, je leur tourne le dos pour me diriger vers le fond de la salle. Ils m'emboîtent le pas en silence et ont la bonne idée de ne pas me déranger lorsque je promène mes mains sur les murs du couloir sombre qui mène aux toilettes.

En vérité, j'ai très peu de chances de détecter quelque chose, mais je dois essayer. Shandra avait l'air si jeune, si gentille, et Terrance s'inquiète tant pour elle. Je capte d'abord la brève image d'une femme qui se retient au mur pour vomir. Apparemment, même les occultes ne tiennent pas toujours l'alcool.

Ensuite, je suis happée par le souvenir d'un couple. Au début, j'ai l'impression qu'ils se pelotent contre le mur mais, en y regardant de plus près, je m'aperçois que la femme a les canines plantées dans le cou de l'homme. L'empreinte est si intense que je ne peux m'en extraire ; je dois attendre que la vampire ait fini. Comme dans la vision que j'ai eue avec Henry, le couple a l'air de prendre son pied. Cependant, cette expérience a beau paraître orgasmique pour les deux partenaires, elle me répugne toujours autant. Pour ma part, je ne vois qu'un monstre qui boit du sang.

À peine ce souvenir me libère-t-il qu'un autre m'aspire aussitôt. Cette fois, un homme avec des yeux entièrement noirs se tient dans un recoin obscur du couloir, tandis qu'une femme peu vêtue s'agenouille devant lui. Je roule des yeux en me jurant de ne jamais m'aventurer dans les profondeurs d'un night-club. Alors que je suis sur le point d'abandonner, je trouve enfin ce qui m'intéresse.

M. Muscles est adossé au mur, devant les toilettes des dames, une main dans la poche de son jean, l'autre tenant une cigarette. Cela dit, vu qu'elle est roulée, il ne s'agit peut-être pas du tout d'une cigarette. Il a l'air las et agacé d'un mec qui attendrait sa petite amie dans le couloir.

Quand Shandra sort finalement des W.-C., il s'écarte du mur en tirant longuement sur sa cigarette, puis se met sur son chemin et la heurte « sans faire exprès ».

Shandra lui jette un regard furieux et lâche ce grognement dont seuls les trolls en colère ont le secret :

— Fais gaffe !

— Pardon, marmonne-t-il, avant de lui souffler la fumée au visage.

— Beurk ! (Elle chasse la fumée de la main en toussant.) Merci, sale con.

Puis elle l'écarte de son chemin, le plaquant si brutalement contre le mur qu'il écarquille les yeux, sidéré. Il presse une main contre son torse ; elle lui a probablement laissé une ecchymose.

Shandra fait deux pas avant de se mettre à chanceler. M. Muscles s'empresse de la rattraper par-derrière pour l'aider à tenir debout. Tout en la guidant vers l'issue de secours, au bout du couloir, il se donne l'attitude d'un petit ami qui emmène sa copine éméchée prendre l'air, afin de ne pas éveiller les soupçons.

Une douleur lancinante me vrille le crâne quand le souvenir s'efface. Je n'ai jamais eu autant de visions d'affilée, et mon corps proteste âprement. Mais je ne peux pas m'arrêter en si bon chemin. Les réponses sont à portée de main. J'attends un moment pour laisser passer la vague de nausée et de vertige puis, dès que j'arrive à marcher sans m'effondrer, je gagne la sortie de secours.

— Ah ! ma tête va me haïr, me lamenté-je lorsque je pousse la porte et que la vision la plus intense de la soirée m'assaille.

À peine la porte franchie, Shandra s'écroule. M. Muscles est fort, mais il ne peut pas soutenir seul un tel poids et peine à déposer son corps inconscient à terre sans la lâcher d'un coup.

— Merde ! s'exclame une nouvelle voix. Elle pèse combien, celle-là ?

Dans la ruelle sombre derrière l'établissement, un autre homme, qui semble abonné au même club de gym que M. Muscles, saute d'une voiture garée juste à côté de la sortie. Avec son châssis bas, sa carrosserie jaune moutarde, ses jantes en alu ridicules et son pot d'échappement chromé, leur Chevrolet Nova tunée fait vraiment bagnole de péquenot de banlieue. Un autocollant sur la vitre arrière détonne avec le reste. On dirait le logo d'une fraternité étudiante, mais je ne reconnais pas les symboles. Un ricanement m'échappe. Pas de doute, ces deux-là ont bien une tête à faire partie d'une fraternité. Ils collent parfaitement au cliché.

— Au moins une tonne, mon pote, répond M. Muscles en grognant sous l'effort, avant d'éclater de rire. Allez ! aide-moi à foutre son gros cul dans la voiture. Tu t'es occupé de la caméra de sécurité ?

— C'est réglé, confirme Muscles-bis en attrapant Shandra par les pieds.

Ensemble, les deux abrutis arrivent à caler la jeune fille à l'arrière de la voiture.

— La vache ! lâche Muscles-bis lorsqu'il a enfin l'occasion de l'observer à la lumière du plafonnier. C'est qu'elle est moche en plus !

— Les trolls sont pas vraiment connus pour leur beauté, crétin.

— Une troll ? souffle l'autre en claquant la portière.

Il jette alors un coup d'œil à la ronde, comme s'il craignait subitement qu'un croque-mitaine lui saute dessus.

— T'as chopé une troll ?

M. Muscles fait rapidement le tour de la voiture pour aller s'installer côté passager.

— Ouais, et on a sûrement que quelques minutes avant que ses deux amis trolls se pointent à sa recherche, alors monte dans la bagnole et fichons le camp.

Son complice blêmit.

— Deux autres trolls ? Merde ! t'es dingue ? Ces machins-là deviennent fous furieux. Un seul troll en pétard pourrait raser une ville entière.

— Ouais, mais imagine le pouvoir que ça fait. On ne peut pas rêver mieux comme prise. On est trois en lice, et il n'y a que deux places disponibles. Elijah a dit que le choix de l'espèce compte. Avec ça, je suis sûr d'être accepté.

— Si jamais on survit, grommelle Muscles-bis en s'asseyant derrière le volant.

La voiture quitte la ruelle, et la scène vire au noir.

Chapitre 6

Je reviens à la réalité à bout de souffle et au bord de la nausée. Je n'ai encore jamais mis mon corps à si rude épreuve. Parker se précipite auprès de moi quand je trébuche, et je tombe contre lui. D'instinct, il m'entoure de ses bras.

— Nora ?

J'ai le numéro de la plaque d'immatriculation sur le bout de la langue, mais mon esprit se vide quand je plonge le regard dans ses yeux bleus. Je suis dans ses bras, mon visage à quelques centimètres du sien. Je tressaille, déconcertée par cette proximité et par le brusque désir qui m'envahit. Ses pupilles se dilatent. Il étouffe un hoquet de surprise, comme s'il percevait mon attirance – ce qui est sans doute le cas. Non ! il ne faut pas. Je refuse de succomber au charme d'un vampire, même si celui-ci me contemple avec des yeux de braise dont la chaleur se communique à des parties de mon corps qui ne devraient pas se manifester à cet instant.

— Nora…, dit-il d'une voix rauque qui semble au supplice. Est-ce que ça va ?

— Oui, je vais bien, murmuré-je.

Mince ! même ma voix a décidé de trahir mon désir. Qu'est-ce qui cloche chez moi ?

Henry m'arrache aux bras de Parker en poussant un grognement qui soutiendrait sans mal la comparaison avec celui de Wulf. La brutalité du mouvement me brouille la vision et me retourne l'estomac. Mon crâne m'élance tant que je n'ai même pas la force de me débattre quand Henry me colle contre lui.

— Elle est à *moi*. Tu joues avec ma patience, ce soir, Parker.

— Pardonnez-moi, sire. Je m'inquiétais seulement pour elle. On dirait qu'elle va s'évanouir.

Le maître vampire braque son regard sur moi et fronce les sourcils.

— C'est vrai que tu n'as pas l'air bien. Viens, on va te trouver un coin pour te reposer un peu.

Sur quoi, il me soulève dans ses bras pour me ramener dans la grande salle. Parker redresse un canapé et tape dessus pour en chasser la poussière. Henry me dépose sur l'assise telle la Belle au bois dormant, avant d'écarter les cheveux de mon front. Je lui lance un regard mauvais, que je peine à tenir, car ma tête me fait trop souffrir. Je ferme les yeux en gémissant, puis replie un bras sur mon visage.

— Ça va aller, ma belle, m'assure-t-il. Terrance, pourrais-tu lui apporter un verre d'eau, je te prie ? Il faut la remettre d'aplomb si nous voulons qu'elle continue.

Waouh. Je suis touchée par tant de sollicitude.

— Inutile de continuer, dis-je en repoussant sa main. J'ai la plaque d'immatriculation : Michigan, 4BX36K.

Étonnée par le silence qui s'ensuit, je retire le bras de mon visage pour découvrir que tout le monde me regarde d'un air estomaqué.

— C'est la plaque des ravisseurs ? demande Wulf.

Terrance et lui ont les yeux écarquillés et la bouche grande ouverte. Les deux vampires, quant à eux, sont à peine moins surpris. J'ai l'impression que je devrais mal le prendre. Aucun d'eux n'avait foi en moi ?

— Oui, 4BX36K. Notez-le. Quand je relève une empreinte, elle disparaît définitivement.

Terrance prend un stylo et une feuille derrière le bar puis, le numéro recopié, sort son téléphone.

— Je préviens Sublime.

J'ignore ce que ça veut dire, mais Henry n'a pas l'air enchanté. Il se rue vers le bar pour empêcher le troll de passer son coup de fil.

— Non. Je chargerai Parker de se renseigner.

— Mais Sublime travaille déjà sur l'affaire.

— Non ! répète sèchement Henry. Je ne veux pas que l'AFO apprenne l'existence de Nora. Ces gens sont avides de pouvoir, ils poseront trop de questions.

Terrance s'empourpre et adopte une posture menaçante.

— L'AFO constitue notre meilleure chance de retrouver Shandra et les autres. Je ne vais pas en faire abstraction juste pour vous permettre d'enfreindre quelques règles.

Henry bafouille, outré par ses accusations :

— Nora est humaine, je n'ai enfreint aucune loi occulte.

— Alors vous ne verrez pas d'inconvénient à ce que je demande à Sublime de vérifier les plaques.

La discussion s'échauffe, poussant Parker et Wulf à intervenir pour donner leur avis et jouer les médiateurs.

Je ne sais pas trop de quoi il s'agit ; je n'ai jamais entendu parler de l'AFO. On dirait presque que ça concerne les flics. Mais je ne peux pas imaginer que les occultes aient choisi de collaborer avec la police humaine.

Quoi qu'il en soit, ils sont tous en train de monter dans les tours et ne me prêtent plus la moindre attention. C'est peut-être l'occasion de filer à l'anglaise que j'attendais. Une grande distance me sépare encore de la sortie, mais c'est ma seule chance. Je dois la saisir.

Il n'y a pas trente-six solutions : je dois me lever et partir. Je prends donc une grande inspiration, puis me mets debout. Personne n'a rien remarqué. Je me dirige ensuite vers la porte, sans hâte, afin de rester la plus discrète possible.

Je progresse lentement, car il est difficile de ne pas faire de bruit avec les débris qui jonchent le sol. Alors que je contourne les vestiges d'une table de bar et de ses tabourets, j'avise un pied de chaise cassé au bout plutôt pointu. J'y vois tout de suite un magnifique pieu en bois. Il se retrouve entre mes mains avant même que je puisse m'interroger sur la véracité du mythe.

— Très bien, demande-lui de vérifier les plaques ! râle Henry. Mais ne lui parle pas de Nora !

Merde ! je n'ai plus le temps. Tentant le tout pour le tout, je pique un sprint vers la porte. Je n'ai même pas fait deux pas que Henry m'a déjà rattrapée. M'empoignant par-derrière, il siffle à mon oreille :

— Tu essaies de me fausser compagnie ?

Sa voix emplie de colère me fait frémir. Je serre le pied de tabouret contre ma poitrine tandis qu'il me plaque le dos contre son torse.

— Ça t'étonne ? répliqué-je.

Il me serre si fort les bras que je lâche un cri de douleur.

— Je suis las de ce petit jeu, Nora. Pour la dernière fois : Tu… es… à moi.

— Jamais. Plutôt crever.

Malgré cette bravade, je tremble comme une feuille.

— Tu l'auras voulu.

Mon don de prémonition s'éveille. Mes poils se hérissent sur mes bras et sur ma nuque tandis qu'une terreur absolue s'empare de moi. Pour la première fois depuis notre rencontre, Henry me veut du mal.

Il me lâche un bras pour écarter mes cheveux de mon cou et m'effleure la peau du bout du nez.

— Tu me vénéreras dans la mort, susurre-t-il. Lorsque je serai devenu ton sire, tu me désireras avec autant d'ardeur que je te désire.

Je tressaille, et ce n'est pas à cause de son souffle glaçant sur mon cou. Il a l'intention de me transformer – de faire de moi l'un de ses vampires.

— N'y pense même pas !

Je me démène furieusement. Même si je n'ai aucun moyen de lui échapper, je ne peux contrôler l'instinct naturel qui me pousse à lutter pour ma survie. Il n'est pas question que je me change en vampire. Je refuse de devenir l'un des monstres qui ont tué ma mère. Je ne le supporterais pas.

Mon unique chance de salut est le morceau de bois que je tiens dans mes mains. Bien que ce ne soit pas une arme extraordinaire, je ne compte pas me laisser transformer en vampire sans combattre.

— Retourne-moi, exigé-je en serrant les poings sur mon arme improvisée. Regarde-moi au moins dans les yeux quand tu m'ôtes la vie.

Impossible pour lui de résister à la provocation. Il me fait brutalement pivoter face à lui, sans remarquer l'objet entre mes mains. Je ne réfléchis pas, je lui plante le pieu dans le torse de toutes mes forces. Je m'attends presque à voir la pointe riper sur sa peau sans le blesser, mais le bois s'enfonce profondément dans sa poitrine.

Henry laisse échapper un hurlement d'angoisse et me gifle d'un revers de main qui me projette en arrière. J'atterris lourdement sur le sol avec un cri de douleur. À cet instant, Terrance pousse un rugissement guttural si puissant qu'il tétanise tout le monde dans la salle. J'essaie de me redresser pour voir ce qui se passe, sans y parvenir. J'ai le visage en feu et un tournis monstrueux. Henry a bien failli me briser la nuque avec sa claque. J'ai une commotion cérébrale, pas de doute, et probablement la pommette fracturée.

Un râle mêlé de gargouillis attire mon attention. Je tourne la tête juste à temps pour voir Henry s'effondrer.

Parker accourt auprès de lui et retire le pieu ensanglanté de sa poitrine, avant de plaquer la main sur la plaie béante.

— Amenez-moi Nora, ordonne le maître vampire d'une voix rauque.

J'ai planté ce connard, et il arrive encore à parler ? Il est aussi increvable qu'un cafard, ma parole !

— Amenez-moi Nora ! répète-t-il, déjà plus vigoureux.

Maudit vampire, avec son pouvoir de guérison.

Terrance et Wulf ne comptant clairement pas exécuter ses quatre volontés, Parker laisse à contrecœur la blessure de son maître pour se lever. À la seconde où il se tourne vers moi, le troll grogne un avertissement. Je n'arrive pas à voir son visage, car il est accroupi devant moi, comme pour me protéger de tous les autres. Cependant, son expression est manifestement assez inquiétante pour que Parker se fige.

Un long silence s'ensuit ; si long que j'en viens à m'interroger.

— Impossible, souffle Wulf en regardant Terrance d'un air hébété.

Toujours pétrifié, Parker paraît plus pâle que d'ordinaire.

— Qu'y a-t-il ? demandé-je dans un gémissement inarticulé.

Terrance se retourne brusquement, et je retiens un cri de frayeur en découvrant son visage. Ses yeux sont entièrement noirs, pareils à deux puits sans âme, comme si un démon venait de prendre possession de son corps.

— Terrance ? tenté-je d'une petite voix, incapable de dissimuler ma peur.

Portant sa grosse main à mon visage, il m'effleure la joue avec une douceur surprenante. La délicatesse de sa caresse contraste avec l'état de rage qui l'a saisi. J'ai entendu parler de trolls qui pétaient les plombs et détruisaient absolument tout autour d'eux, mais cette situation est visiblement différente.

— Attention, Nora, murmure Parker. Ne fais aucun geste brusque. Il ne te fera aucun mal mais, si tu le surprends, il pourrait s'en prendre à nous.

— Que se passe-t-il ? demande Henry d'un ton impérieux.

Il se redresse lentement. Sa blessure se referme déjà. Dès qu'il se met à bouger, Terrance lâche un grondement venu des profondeurs de son ventre. Ce son m'arrache un frisson ; je n'ai jamais rien entendu d'aussi menaçant. En ajoutant ça aux yeux noirs, Terrance devient la chose la plus terrifiante que j'aie vue de ma vie.

Wulf lève tout de suite les mains en signe d'apaisement.

— Calme-toi, colosse. Tu as Nora, elle ne risque rien. On ne laissera pas Henry l'approcher.

— Non, souffle le vampire en secouant la tête, incrédule. Elle est humaine. C'est impossible.

— Mais ce n'est pas une humaine ordinaire, n'est-ce pas ? souligne Parker.

— Ce n'est pas une troll en tout cas ! rétorque Henry. L'instinct des trolls ne s'éveille que pour les membres de leur famille et pour leur conjoint ! Elle n'est ni l'un ni l'autre !

Terrance mugit de nouveau. Wulf s'empresse de rejoindre Parker pour tenter de dérober Henry au regard du troll. Puis plus personne ne bouge ; je crois qu'ils retiennent même leur respiration. Tous semblent à la fois médusés et morts de trouille. À l'évidence, pousser un troll à bout est un fait très grave et assez rare pour être noté.

Nous restons immobiles, silencieux, attendant de voir ce que Terrance va faire. Il n'est pas lui-même. Certes, il cherche visiblement à me protéger, mais je crois qu'il a perdu la tête. On dirait un animal en cage prêt à défoncer ses barreaux.

Ce silence tendu est soudain interrompu par le ronflement d'une moto, dehors. Le bruit s'amplifie, avant de s'arrêter devant la discothèque. Quelques instants plus tard, la porte d'entrée s'ouvre d'un coup, et un homme entre le plus tranquillement du monde. Grand, avec des cheveux noirs, des yeux chocolat, de petites fossettes et une peau café, il porte des santiags assorties d'un jean serré et d'un tee-shirt Nirvana gris moulant sous un blouson en cuir noir.

Il s'immobilise cependant lorsque Terrance le met en garde d'un grognement. Dès qu'il pose les yeux sur le troll, une expression de stupéfaction se peint sur son visage. Il me détaille alors avec curiosité, arrêtant son regard sur ma figure. Je dois avoir les traits tuméfiés comme pas permis, et du sang coule de mon nez.

Jetant un nouveau coup d'œil à Terrance, le nouvel arrivant ébauche un petit sourire.

— Intéressant.

Bonjour l'euphémisme. Je laisse échapper un rire sarcastique, avant de lâcher un juron en grimaçant de douleur.

Cette fois, l'inconnu réprime son sourire, mais ses yeux pétillent d'amusement. J'hésite entre ricaner derechef et lui faire un doigt d'honneur. J'opte pour le doigt – moins douloureux. Il éclate de rire, puis se dirige vers le bar.

— Je l'aime bien cette petite, Terrance.

Le troll suit les déplacements du nouvel arrivant de son regard lugubre. Il grogne de nouveau en se tenant sur la pointe des pieds, comme prêt à bondir. Il est à deux doigts d'écarteler ce type à mains nues, pourtant ce dernier lui adresse un grand sourire, et attrape l'une des rares bouteilles encore intactes derrière le comptoir. À part lui, personne n'a osé bouger pour l'instant.

Je l'observe, éberluée, tandis qu'il se verse un liquide bleu phosphorescent dans un petit verre, qu'il vide d'un trait. Je n'arrive pas à détacher mon regard de lui. Franchement, une espèce de cow-boy noir flippant, aux airs de rock star, avec un visage de gamin et des fossettes ? Sérieux ? Bizarrement, ce look lui réussit bien. Même si, vu l'assurance qu'il dégage, je parie que n'importe quel style lui irait. Mais c'est qui ce mec, qui peut débarquer en se comportant comme le maître des lieux, au point de se servir un verre alors que Henry est par terre, couvert de sang, et que Terrance est… dans cet état ?

Il balaie la salle du regard, plus attentivement cette fois, et arque un sourcil en remarquant le maître vampire. Il va ramasser le pieu ensanglanté, puis fixe son regard sur moi.

— Je suppose que c'est votre œuvre ?

Je me redresse lentement pour m'asseoir. Si ce type peut bouger à sa guise dans le night-club sans que Terrance pète un câble, alors moi aussi. Une fois droite, j'attends que la pièce cesse de tournoyer, puis réponds en haussant les épaules :

— Il voulait me transformer.

L'inconnu sourit.

— Bien visé, mais un petit conseil : utilisez du bois de frêne la prochaine fois. C'est le seul à garantir un résultat définitif. Ça, et la décapitation. Le feu fonctionne aussi avec les vampires. C'est à peu près tout.

— C'est bon à savoir, commenté-je avec un rictus, malgré la douleur qui me tiraille le visage.

L'homme me décoche un clin d'œil, avant de se tourner vers Terrance.

— Comment ça va, mon pote ? T'es calmé maintenant ? Ta petite protégée a l'air plutôt mal en point. Enzo est de service cette nuit. Si tu décompresses un peu, on pourra passer le voir à l'Agence, histoire de remettre cette jeune femme sur pied.

— Ne te mêle pas de ça, Sublime, lâche soudain Henry.

Alors que Parker aide son maître à se redresser, Terrance se remet à gronder, quoique de façon un peu moins inquiétante à présent. Apparemment, il a commencé à se calmer.

— Nora est sous *ma* responsabilité. Je la confierai à mon propre guérisseur…

Un grognement agressif interrompt Henry, puis Terrance me soulève dans ses bras, si brusquement que j'en ai le souffle coupé.

— Mouais, lance Sublime au chef vampire. Je crois que ce n'est pas au programme.

Si sa suffisance n'était pas dirigée contre Henry, elle m'exaspérerait sans doute. Mais, en l'occurrence, ce type est mon héros.

— Elle m'appartient toujours. Je l'ai revendiquée comme compagne.

Sublime prend en compte ce nouvel élément, lève le pieu maculé de sang pour l'examiner à la lumière des spots, puis le pointe vers Henry.

— Elle n'a pas l'air intéressée.

— Exactement ! confirmé-je joyeusement. Il me retient contre ma volonté.

Henry me lance un regard mauvais, avant de fixer sur Sublime des yeux rougeoyant de colère. J'ignore si ce sont ses propos, ou l'homme lui-même, qui agacent le vampire mais, une chose est sûre, M. Sublime prend un malin plaisir à l'irriter.

— Elle est humaine, argue Henry avec indignation. J'ai tout à fait le droit de la revendiquer. Je me moque qu'elle ait déclenché l'instinct protecteur de Terrance. Il ne peut pas prendre ce qui m'appartient comme bon lui semble.

— Eh bien ! pour ma part, je n'ai pas l'intention d'en débattre avec lui tant qu'il est dans cet état. Alors, pourquoi n'irions-nous pas tous à l'Agence afin de soigner la jolie demoiselle et de régler cette histoire avec la directrice ?

— Quelle agence ? demandé-je. La directrice de quoi ? Qui êtes-vous ? Et… vous vous appelez sérieusement Sublime ?

L'intéressé me sourit comme si je venais d'illuminer sa journée.

— Ce nom ne vous semble-t-il pas parfaitement approprié ?

Je pouffe, puis grimace. Il faut vraiment qu'il cesse de me faire rire celui-là.

— Tant de modestie !

— À quoi bon ?

Il sort un étui en cuir de sa poche et me le lance. Bien que toujours dans les bras de Terrance, je parviens à attraper l'insigne.

— Nick Sublime, à votre service. Je travaille pour l'Agence fédérale de l'Occulte. L'AFO, pour les intimes.

Cet homme est donc flic. Un flic *occulte*. Une sorte d'agent du FBI. Je ne savais même pas que ça existait.

Et, nom de Dieu, il s'appelle vraiment Nick Sublime !

— À qui ai-je l'honneur ? s'enquiert-il quand je lui renvoie son badge.

— Nora Jacobs. Humaine médium, kidnappée par ce connard (je désigne Henry), et désormais témoin dans votre affaire d'occultes disparus. Faites-moi sortir d'ici, et je vous dirai tout ce que je sais.

Le flegmatique agent fédéral hausse de nouveau les sourcils, surpris.

— « Témoin », dites-vous ? Dans mon enquête sur des personnes disparues ?

— Un solide témoin oculaire, insisté-je. J'ai assisté à l'enlèvement de Shandra. Je peux vous décrire les ravisseurs ainsi que leur voiture. C'est moi qui ai fourni la plaque d'immatriculation.

Un sourire jubilatoire s'étire peu à peu sur ses lèvres.

— Eh bien ! eh bien ! on dirait que je vais devoir vous emmener pour un interrogatoire.

Je ne peux m'empêcher de lui rendre son sourire.

— Tout à fait.

— Peut-être une protection rapprochée s'impose-t-elle également.

— Merveilleux.

— Très bien, mademoiselle Jacobs, veuillez me suivre.

— Sublime ! intervient Henry. Tu ne peux pas l'emmener !

Nick – je refuse de l'appeler Sublime – fait volte-face et, pour la première fois depuis son arrivée, je comprends ce qui lui permet de se montrer si désinvolte en présence d'un troll furieux. Alors qu'il se dresse de toute sa hauteur, quelque chose change chez lui. On dirait presque que l'air qui l'entoure se trouble tout à coup. Cet homme dégage une puissance terrifiante. Comme une aura de peur à l'état pur qui ferait plier le genou à tous ceux qu'elle toucherait. Ses pupilles se réduisent à de minces fentes. Une onde de chaleur envahit la salle. Lorsqu'il reprend la parole, sa voix m'emplit d'effroi :

— Essaie seulement de m'en empêcher, Henry. Fais-moi ce plaisir. Donne-moi une bonne raison de te tuer.

Le maître vampire le foudroie du regard, mais a le bon sens de se taire. Parker pose une main sur son épaule et déclare d'une voix mesurée :

— Nous vous accompagnerons à l'Agence.

Bon sang ! quel genre de créature est Nick Sublime ? Je n'ai jamais rien vu de tel, ni même entendu parler d'un tel phénomène. Pour être honnête, je ne sais pas trop ce qui vient de se produire. Cependant, je suis certaine d'une chose : il ne faut pas chercher cet homme-là.

Chapitre 7

La division de l'AFO à Détroit se trouve en plein centre-ville, au bord de la rivière. À quelques rues à l'est du Renaissance Center, elle est située juste en face d'une grande place récemment rénovée. Depuis une vingtaine d'années, la ville s'attache en effet à revitaliser son centre urbain. Malheureusement, les résultats de ce côté sont, au mieux, décourageants. Je suis la première à souhaiter cette redynamisation, mais j'ai peu d'espoir de la voir aboutir. La métropole dans son ensemble n'est qu'un gigantesque cloaque, qui finit par aspirer votre âme si vous y restez trop longtemps. Quelques poches de paysage décrotté ne suffiront pas à compenser cela.

Alors que je descends de la magnifique Cadillac rouge pétant de Terrance, qui a servi de taxi à l'ensemble de notre groupe, je jette un coup d'œil vers le parc, de l'autre côté de la rue. J'entends le murmure de la rivière et distingue la silhouette sombre du grand carrousel. Je frissonne. De jour, la grande place est déjà un peu morne – ce projet de remaniement urbain n'attire pas beaucoup de monde car, vous avez beau enjoliver le coin, s'il faut traverser une zone de guerre pour s'y rendre, personne n'aura envie de faire le déplacement. À cette heure nocturne, le parc désert avec son carrousel au bord de l'eau est tout bonnement sinistre.

Nick gare sa somptueuse moto hors de prix à côté de la voiture de Terrance.

— Je sais ce que vous ressentez, dit-il, m'ayant vu frémir. Je ne suis pas fan du peuple fae non plus.

— Le peuple fae ?

L'agent porte le regard vers la berge aménagée.

— Un conseil : ne vous approchez pas du parc à la nuit tombée. Cette partie de la rive appartient à Giselle. Elle laisse les faes s'amuser dans le parc sans vraiment les surveiller.

Je tressaille derechef. Les distractions des faes amusent rarement les personnes qui partagent leurs jeux. Il serait en effet très judicieux de les surveiller – ou de les renvoyer dans leur royaume définitivement. Qui serait assez fou pour les laisser n'en faire qu'à leur tête ?

— Et cette Giselle est… ?

— La sirène de la rivière de Détroit.

Première nouvelle.

— Nous avons une *sirène ?*

— Oui, et c'est une véritable bombe, même si j'ai connu des poissons plus commodes. Elle est aussi du genre pot de colle un peu instable. Elle digère très mal les ruptures.

Un sourire fugace passe sur le beau visage de Nick, comme s'il se rappelait une anecdote cocasse. Manifestement, il parle en connaissance de cause. Ce type a vraiment couché avec une sirène ? Comment est-ce possible ? Le truc des jambes sur terre n'était pas qu'un mythe ? J'ai toujours cru que les habitants de la mer étaient limités à l'eau.

Chassant de mon esprit l'image perturbante de Nick en train de s'envoyer en l'air avec une version timbrée d'Ariel, je me dirige vers les bureaux de l'AFO. La pancarte à l'entrée dit : « Transports Paxton ». Logique. Ils n'allaient pas marquer « Agence fédérale de l'Occulte », au risque d'interpeller plus d'un passant.

— Parlez-moi de votre agence. J'ignorais que l'Occulte avait son propre système politico-judiciaire.

— C'est un système assez récent. Ça reste un peu le Far West. L'Agence intervient seulement en cas de situation critique, et certains occultes ne reconnaissent pas forcément notre autorité. Néanmoins, ça nous permet de rassurer suffisamment le gouvernement américain pour qu'il n'envisage pas d'exterminer notre communauté de monstres.

Il me tient la porte, un sourire amer sur les lèvres. Ne sachant pas quoi répondre à ça, je me contente de hocher la tête, puis entre dans le bâtiment, suivie de près par Terrance et Wulf.

L'AFO ressemble à n'importe quel service administratif public ; elle dégage cette atmosphère déprimante dont seuls les organismes gouvernementaux ont le secret. Ses locaux sont composés d'une grande salle au sol recouvert d'un linoléum immonde, baignée par la lumière froide des néons. Je ne vois qu'une demi-douzaine de postes de travail, une salle de conférences au fond, et quelques portes dotées de plaques nominatives – probablement des bureaux personnels.

Il n'y a que deux personnes dans la pièce : une femme noire plutôt replète, sans doute proche de la cinquantaine, et un homme séduisant, aux traits asiatiques. Je crois n'avoir jamais vu quelqu'un d'aussi canon. Il est… d'une incroyable beauté. Saisissant. Fascinant. Je ne trouve pas d'autres mots pour le décrire.

— Comment ça va, Sublime ?

Mince ! même sa voix est parfaite. Je laisse échapper un soupir rêveur.

— Ça fait un bail que je ne t'ai pas vu au bureau, ajoute-t-il.

— On se demande bien pourquoi, grommelle l'intéressé en jetant ses clés et son badge sur un bureau encombré d'une montagne de papiers.

Pour une raison que j'ignore, il s'est subitement renfrogné et évite le regard de son collègue. Sa réaction m'étonne, vu l'assurance inébranlable dont il a fait preuve avec tout le monde jusque-là.

L'apollon rit de bon cœur, puis vient à ma rencontre avec un sourire éclatant.

— Et qui avons-nous là ?

Je regarde la main qu'il me tend en clignant des yeux. Elle a l'air si douce, et ses ongles sont parfaitement manucurés. J'ai toujours eu pour règle d'éviter les contacts physiques, mais je ne peux m'empêcher de faire une exception dans son cas. Sa poignée de main se veut délicate sans être molle, et sa peau chaude me picote agréablement. Je tressaille, les bras hérissés de chair de poule. Mais pourquoi ce type me fait-il autant d'effet ?

Son sourire révèle qu'il a parfaitement conscience de son effet sur moi et qu'il en tire un certain plaisir. Ayant accès à ses pensées à cet instant, je sais que son attirance pour moi le déconcerte, parce que je ne suis pas vraiment son genre. Toutefois, il ne peut nier l'attrait de mon désir. Lorsqu'il porte ma main à ses lèvres, je ne m'y oppose pas.

— Arrête tes bêtises, Ren, grogne Nick. Ça ne risque pas de marcher sur moi, et tu étouffes Nora.

— Bon, bon, d'accord, concède Ren avec un soupir théâtral, avant d'adresser une moue sexy à l'agent. Mais tu ne peux pas m'en vouloir d'essayer.

Je sens soudain un poids invisible s'envoler et une certaine confusion quitter mon esprit. J'esquisse un pas en arrière, chancelante, le souffle court.

— C'est quoi ce bordel ?

— Ren est un incube, m'explique Henry en le fusillant du regard.

J'étais si captivée par cet homme que je ne m'étais même pas rendu compte que les deux vampires étaient entrés. Il y a de quoi s'inquiéter.

— Un incube ?

Mon cœur fait un bond, et je me réfugie doucement derrière Terrance.

Le sourire de Ren s'évanouit. Je m'en veux de l'insulter par ma réaction, mais j'éprouve une peur incontrôlable. J'ai déjà assez d'ennuis avec les hommes et leur désir irrépressible à mon égard, alors en plus en côtoyer un qui transpire la luxure et s'en nourrit ! Cela dit, je suis soulagée d'apprendre que mon attirance irrationnelle pour lui ne sort pas de nulle part.

— Il est gay, Henry, lance Nick d'un ton las. Il ne risque pas de poursuivre Nora de ses assiduités. C'est moi qu'il visait. Toujours en pure perte, ajoute-t-il en jetant un regard noir à Ren.

— Sait-on jamais, répond ce dernier en lui faisant un clin d'œil. Un de ces jours, tu pourrais changer d'avis, mon Sublime.

Interloquée, je regarde tour à tour Nick, puis Ren, qui me dévisage d'un air boudeur.

— Désolée, dis-je avec une grimace contrite.

Pour une première impression, c'est raté.

— N'en veux pas à Nora, intervient Wulf. Henry l'a enlevée et a tenté d'en faire sa compagne. Je crois qu'elle a eu sa dose de séduction pour une nuit.

Et même pour une vie entière. Cependant, je ne me sens pas d'expliquer mon effet très particulier sur les gens à cet instant. Ren hausse les sourcils, retrouvant le sourire.

— Je vois. Henry a donc cherché à te courtiser ?

Je me force à acquiescer.

— On va dire ça.

— Eh bien ! je peux comprendre que le côté enlèvement te refroidisse mais, trésor, comment as-tu fait pour ne pas succomber au charme de cet homme ?

Henry me regarde avec une moue arrogante, jusqu'à ce que Ren ajoute :

— Mmmh ! je donnerais tout pour poser les mains sur ce corps rien qu'une fois.

Il ferme les yeux, puis frémit de plaisir. Ce n'est pas le genre de frisson qui me parcourt quand je pense au maître vampire. Loin de là.

Lorsque Henry émet un sifflement rageur, l'incube roule des yeux, avant de me décocher un nouveau sourire radieux.

— Bref, ravi de faire ta connaissance, Nora. Et, oui, le sublime M. Sublime ici présent a raison. Je ne risque pas de te faire des avances. On peut oublier toute cette gêne et devenir tout de suite bons amis.

Il est plutôt drôle – et homo. Ça me va tout à fait.

— Ça marche, superpotes d'entrée de jeu. (Je secoue la tête, incrédule.) Un incube homosexuel. C'est… intéressant.

— N'est-ce pas ? C'est assez amusant également, car je crois que le package inclut un gaydar. J'aime dénicher ceux qui hésitent à l'assumer ou qui se sentent perdus, tu vois ? Ceux qui se voilent la face. Je me charge alors de les faire basculer dans l'autre camp et de chambouler leur vie comme jamais. Les petits nouveaux sont toujours exquis. Toutes ces hormones réprimées qui se libèrent enfin…

Il inspire avec volupté, avant de se lécher les lèvres. Je ricane :

— Tu veux me faire croire que *Nick* s'interroge sur sa sexualité ?

L'intéressé me regarde en arquant un sourcil et croise les bras. Ren me décoche un sourire si ravageur que mon cœur cesse de battre une seconde. Gay ou pas gay, je crois que cet homme reste un séducteur avant tout.

— Malheureusement non, reconnaît-il. Disons que j'ai un petit coup de foudre dans ce cas précis.

Jetant un coup d'œil à Nick au moment où celui-ci roule des yeux d'un air exaspéré, je ne peux m'empêcher d'esquisser un sourire en coin.

— Ça peut se comprendre. Il est canon, et c'est apparemment un type bien. En tout cas, il a clairement été mon héros ce soir.

Nick semble touché par ma remarque, jusqu'à ce que je me tourne joyeusement vers Ren et poursuive :

— Je suis de tout cœur avec toi, mon ami. J'espère que ça finira par coller entre vous. Vous formeriez un couple sexy en diable.

Le visage de l'incube s'illumine.

— Mais oui !

Nick se racle la gorge, nous dévisageant avec tant de sévérité que nous ricanons tous les deux. Ce moment de légèreté prend fin quand un petit homme aux cheveux bruns ondulés et aux yeux marron passe la porte d'entrée.

— Ah ! parfait, tout le monde est là, déclare Nick en tapant des mains. Direction la salle de conférences. Ren, va chercher la directrice West. Nous avons une situation problématique à résoudre.

Nous entrons en file indienne dans la petite pièce, avant de prendre place autour d'une longue table rectangulaire. J'attrape un fauteuil tout au bout et, alors que Henry s'apprête à s'installer à côté de moi, Terrance l'empoigne par le col de son costume de luxe pour l'éloigner. J'ai à peine le temps de cligner des yeux qu'ils se font déjà face en grognant.

— Ne vous approchez pas d'elle ! rugit le troll.

— Elle est à moi ! vocifère Henry.

Nick se campe en tête de table et nous refait une démonstration de sa terrifiante puissance. Je suis à présent certaine de sentir des vagues d'énergie émaner de lui. Plutôt pratique ; j'aimerais beaucoup maîtriser ce petit tour.

— Fermez-la ! Tous les deux !

Terrance et Henry se toisent un long moment, puis finissent par se calmer, avant de s'asseoir à leur tour. Wulf décide de s'installer à côté de moi. Le troll et le vampire fixent sur lui un regard méfiant, mais ne bronchent pas.

— Maintenant que le problème est réglé, maugrée Nick, passons au premier point à l'ordre du jour. Enzo ?

— Bien sûr.

Le petit homme aux cheveux ondulés s'accroupit près de moi, puis tend la main vers mon visage avec un sourire compatissant. Arrêtant son geste à quelques centimètres de ma peau, il me regarde droit dans les yeux.

— Vous permettez ? demande-t-il gentiment.

Ce doit être le guérisseur dont Nick parlait au nightclub. Comme je ne connais rien aux soins magiques, l'idée qu'il utilise son pouvoir sur moi me fait un peu flipper. Cependant, mon crâne et mon visage me font toujours atrocement mal.

Lorsque j'acquiesce timidement, Enzo me prend le menton avec douceur. Ses pensées envahissent alors mon esprit. Il est furieux ; il sait que ces contusions résultent d'un coup violent et a compris que le coupable se trouve dans cette pièce. Il soupçonne fortement Henry étant donné la réaction protectrice de Terrance, et regrette de ne pas pouvoir lui enfoncer un pieu en frêne en pleine poitrine. À l'évidence, il ne porte pas le maître vampire dans son cœur. Cela me le rend tout de suite sympathique – tout comme le fait qu'il me débarrasse de mes douloureuses ecchymoses. Là encore, je suis étonnée. À l'instar de Terrance, Enzo ne ressemble pas tant à un monstre qu'à une personne sincèrement inquiète pour moi. Toutes mes convictions sur les occultes se trouvent remises en question ce soir.

Tandis que je reste là, à écouter ses pensées, une douce chaleur se diffuse sur mon visage, atténuant l'élancement dans ma joue. En moins d'une minute, la douleur et la boursouflure ont disparu. Je lâche un hoquet de surprise en m'apercevant que je suis totalement guérie.

Les yeux chocolat d'Enzo pétillent d'amusement et de fierté.

— Ça va mieux ?

Je confirme d'un hochement de tête, puis parviens à murmurer :

— Merci.

— Je vous en prie. Y a-t-il autre chose ?

— Mon crâne. J'ai probablement une commotion cérébrale.

Terrance gronde, et Henry grimace. Ce connard se sent au moins un peu honteux de m'avoir presque arraché la tête.

Enzo porte la main à mon front. Très vite, ma vue s'éclaircit et mon mal de tête se dissipe. Je pousse un soupir de soulagement.

— Et voilà ! dit-il en se redressant. Vous êtes comme neuve, mademoiselle.

En effet. Je ne ressens plus la *moindre* douleur. Malgré leurs défauts, les occultes ont des pratiques médicales fort appréciables. Je lui souris de toutes mes dents.

— Merci, Enzo. C'est incroyable ce que vous faites.

Il baisse la tête. Mon compliment le fait rougir.

— Merci, mademoiselle. Ravi d'avoir pu vous aider.

À cet instant, Ren entre dans la salle, talonné par deux personnes. La première est une femme âgée de la cinquantaine, qui dégage une austérité presque militaire. Elle a des yeux vifs et intelligents, les traits marqués d'une personne qui fronce souvent les sourcils, et des cheveux gris tirés en un chignon sévère. Elle porte un tailleur strict, avec une jupe droite et des chaussures noires choisies pour leur confort. C'est visiblement une femme de caractère.

Un jeune homme l'accompagne. Malgré son costume coûteux et élégant, qui le rend beaucoup plus séduisant que je ne le trouvais au premier abord, je reconnais mon adorable camarade de bus. Abasourdie de le trouver là, je reste un moment bouche bée.

— Oliver ?!

Chapitre 8

Mon camarade de bibliothèque/bus écarquille les yeux.
— Nora ? Que fais-tu ici ?
— Ben et toi ?
Gêné par les regards incrédules fixés sur lui, il baisse la tête et marmonne :
— Je travaille ici.
Je n'en crois pas mes oreilles. Oliver est un occulte.
Avant que je puisse lui poser d'autres questions, la femme en tailleur s'avance en tête de table, près de moi, pour venir remplacer Nick. Ce dernier incline la tête, avant d'aller prendre un fauteuil libre à l'autre bout.
— Eh bien ! fait-elle en me dévisageant, avant de considérer le groupe hétéroclite rassemblé dans la pièce. Voilà qui est intéressant.
— C'est exactement ce que je me suis dit, déclare Nick avec un sourire en coin.
La femme parcourt une seconde fois la tablée du regard.
— Alors, qui se porte volontaire pour m'expliquer la situation ?
— Je propose de laisser la jolie humaine s'en charger, suggère gaiement Ren.
— Ça me semble approprié, acquiesce Nick. Elle cumule apparemment les rôles de victime et de témoin dans cette affaire.
— Que s'est-il passé ? me demande aussitôt Oliver, inquiet.

Je n'en reviens toujours pas qu'il soit là. C'est un occulte. Le petit geek discret qui a proposé de me raccompagner quand j'avais l'air patraque appartient au monde qui hante mes cauchemars depuis mon enfance. Je n'arrive pas à y croire. Je suis même incapable de formuler une réponse.

— Tu n'étais ni à la bibliothèque ni dans le bus aujourd'hui, reprend-il. Comme tu avais très mauvaise mine, hier, je me suis inquiété pour toi.

Il est vraiment adorable. Je souris et retrouve enfin ma voix :

— C'est simple, j'ai perdu vingt-quatre heures de ma vie parce que ce crétin de Parker m'a enlevée et forcée à dormir une journée entière – ce qui m'a sûrement coûté mon travail, merci bien.

Là-dessus, je jette un regard noir au vampire, qui soupire en réponse. « Désolé », articule-t-il en silence.

— Puis son connard de maître a décidé que je ferais un super outil et m'a retenue contre mon gré, jusqu'à ce que Nick vienne me sauver. Oh ! et, pour une raison qui m'échappe, Henry pense avoir le droit de me revendiquer comme compagne.

La directrice West écarquille les yeux, atterrée par mon récit.

— Vous voyez ? intervient Nick, tout sourires. Je vous avais bien dit que ça vous intéresserait. Mais attendez la suite ! La petite tigresse lui a planté un pied de chaise dans le torse quand il a voulu la transformer contre sa volonté.

— C'est une humaine, qui connaît l'existence du monde occulte, balbutie Henry en voyant l'air réprobateur de la directrice. J'ai tout à fait le droit d'en faire ce que bon me semble.

— Mais prendre une femme comme compagne sans son consentement ? La transformer ? grogne Wulf d'une voix menaçante. C'est abject.

Sa remarque doit profondément outrer Henry, car celui-ci bondit de sa chaise pour se mettre à hurler après le barman. Sans surprise, Wulf réplique sur le même ton, libérant toute sa fureur de loup-garou. Terrance et Parker se joignent à la mêlée verbale et, bientôt, je n'arrive plus à distinguer un traître mot au milieu de leurs vociférations.

— ASSEZ ! s'époumone la directrice.

Elle n'est peut-être pas aussi impressionnante que Nick, mais elle ne manque pas de poigne. Tout le monde se tait et se rassoit *illico*. Elle reporte alors son attention sur moi.

— Il semblerait que vous soyez au centre de cette dispute, alors pourquoi ne pas commencer par nous livrer votre version des faits, mademoiselle… ?

— Nora Jacobs.

Avant de poursuivre, je lance un regard haineux aux deux vampires, puis hausse les épaules.

— Que voulez-vous que je vous dise ? Hier soir, mon détraqué de voisin m'a enlevée en me menaçant avec un couteau et, plutôt que de le laisser m'agresser comme il en avait l'intention, je l'ai confié à quelqu'un qui saurait s'occuper de lui.

— Cecile, précise Parker en remarquant l'air perplexe de la directrice.

— C'est le nom du succube ? (Il me le confirme d'un signe de tête.) Alors c'est ça, je l'ai refilé à Cecile. Croyez-moi, ce mec a largement mérité ce qu'elle a pu lui infliger.

— Soit, convient la directrice West. Que s'est-il passé ensuite ?

J'enchaîne sur le moment où cette stratégie a permis à Parker de comprendre que je connaissais l'existence de son monde. Lorsque j'arrive à la fin de mon récit – où Nick juge opportun d'évoquer une nouvelle fois ma riposte avec le pieu improvisé –, tous les regards se braquent sur Henry. Celui-ci se redresse dans son fauteuil, plus suffisant et orgueilleux que jamais.

— Henry ? l'interpelle la directrice.

— Elle est *humaine*, Madison.

— Dotée de pouvoirs.

— Humaine quand même.

La femme grimace, comme si l'argument du vampire avait un goût amer, puis se tourne vers Parker.

— Tu l'as soumise à ta volonté, puis conduite auprès de Henry. Pour quelle raison ?

Contrairement à son maître, Parker ne s'abrite pas derrière de l'arrogance. Il paraît… résigné.

— J'ignorais qu'elle avait un don. C'était une humaine, qui connaissait notre monde, savait que j'étais un vampire, et elle fréquentait mon principal suspect.

— Alors tu es flic aussi ? dis-je d'un ton ironique. Pourquoi ne pas m'avoir amenée ici au lieu de me livrer à Henry ?

— Je ne travaille pas pour l'Agence.

— Ce n'est pas faute de le lui avoir proposé, soupire la directrice West.

Parker hausse les épaules en adressant un regard contrit à Madison, qui sourit pour une fois, comme deux amis s'amusant d'une vieille blague.

— Je suis le premier lieutenant de Henry, m'explique-t-il. Chef de la sécurité de notre clan.

Oui, je m'en serais doutée.

— Ça fait une semaine que j'essaie de retrouver Nadine. Ton voisin, Xavier, était mon principal suspect. J'étais en mission pour mon enquête, hier soir. Je pensais qu'il chercherait à enlever un autre occulte, mais c'est toi qu'il a choisie.

Je frémis. Xavier est décidément le roi des salopards. Qu'est-ce qu'il peut bien foutre pour se retrouver mêlé à des disparitions d'occultes ? Non, ça ne colle pas. Xavier est peut-être tordu, mais c'est surtout un imbécile. Il ne doit sûrement pas savoir que l'Occulte existe ; dans le cas contraire, il se serait fait tuer depuis belle lurette à cause d'une connerie.

Tandis que je digère la nouvelle en échafaudant des hypothèses, Parker reporte son attention sur la directrice.

— C'était mon travail de me méfier de Xavier et de ses fréquentations. Certes, Nora se montrait ouvertement hostile envers lui, mais ça ne changeait rien au fait qu'elle l'accompagnait. J'ignorais qu'il l'avait forcée à venir, et elle connaissait visiblement le monde occulte. Je me demandais encore si Xavier savait dans quoi il avait mis les pieds, mais Nora était différente : elle savait clairement. Ne pas creuser cette piste aurait été irresponsable.

Même si ça me fait mal de l'admettre, je comprends son raisonnement. Il est d'une logique exaspérante.

— Mais pourquoi m'emmener auprès de Henry ?

— Ce sont les règles du clan, répond-il avec un haussement d'épaules.

J'ai déjà entendu ça quelque part. Je me rappelle avoir lu quelque chose de similaire dans ses pensées, hier soir. Il hésitait beaucoup à me livrer à son maître, mais avait le sentiment de ne pas avoir le choix. C'étaient les règles.

— Henry a des dons particuliers. Quand nous découvrons un humain qui connaît notre existence, ou que nous nous sommes malencontreusement trahis, nous devons lui amener la personne et le laisser décider de la suite à donner. J'ignorais que tu possédais des pouvoirs. Et, même si je n'en étais pas convaincu, tu pouvais être impliquée dans l'enlèvement de Nadine. Je te demande pardon, Nora.

Zut ! il paraît sincère. Il dit la vérité, et son argument se tient. De son point de vue, ça pouvait effectivement sembler la meilleure décision. La directrice doit être du même avis, car elle le regarde de nouveau avec un sourire affectueux, puis hausse un sourcil à l'intention de Henry.

— Lorsque tu as fouillé sa mémoire, as-tu trouvé des éléments l'impliquant dans la disparition de Nadine ?

Le maître vampire secoue la tête en signe de dénégation.

— Non, elle n'est que la malheureuse victime de son voisin.

— La considères-tu comme une menace pour le monde occulte ? Penses-tu qu'elle révélera notre existence aux humains ?

Il secoue la tête derechef, cette fois de façon catégorique, et déclare fièrement :

— Non, il ne viendrait jamais à l'esprit de Nora de nous nuire de cette manière. Elle est beaucoup plus intelligente que ça.

La directrice fixe sur lui un regard furibond.

— Donc, après avoir découvert que cette femme n'était pas une humaine ordinaire, qu'elle possédait aussi des pouvoirs et qu'elle ne représentait pas un danger pour l'Occulte, tu as tout de même jugé nécessaire de la retenir prisonnière ? Tu l'as forcée à utiliser ses dons pour servir tes intérêts, tu l'as contrainte à t'obéir, et tu as tenté de la *transformer* sans son consentement ?

Ça me réchauffe le cœur de voir cette femme s'indigner en mon nom. Jusque-là, elle n'avait rien laissé transparaître de son opinion à mon sujet. Je suis contente de constater qu'elle penche plutôt en ma faveur. Henry, quant à lui, est très remonté. Visiblement, le *maître* n'a pas l'habitude qu'on conteste son autorité.

— J'ai fait ce que j'estimais nécessaire, rétorque-t-il. Nora représente un cas unique. Je n'ai agi que dans son intérêt.

Madison tourne ses foudres contre Parker.

— Et toi ? As-tu le sentiment que ton sire agissait dans l'intérêt de Nora ? Tu ne trouvais rien à redire aux événements ?

Parker est étonné qu'on s'adresse directement à lui sur cette question. Son regard oscille entre Madison et Henry, avant de se poser sur moi. Il n'a manifestement aucune envie de répondre, mais la directrice attend. Vaincu, il confesse finalement :

— J'étais partagé. Pour la première fois de ma vie, je n'approuvais pas les décisions de Henry.

Le pauvre semble dévasté par son propre aveu.

— Tu as douté de moi ?! rugit le maître vampire.

Parker se ressaisit et répond d'un ton ferme :

— J'ai fait preuve de loyauté, sire. Je n'ai jamais désobéi à un seul de vos ordres. Je me suis efforcé de m'en remettre à votre jugement.

Henry s'empourpre, furieux.

— Mais tu as douté de moi. Tu pensais que je me fourvoyais.

Bien que ce ne soit pas une question, il attend clairement une réponse.

— Non, jure son lieutenant.

Wulf se racle la gorge pour capter son attention.

— Certains dans cette pièce peuvent flairer le mensonge, Parker.

Henry grogne, sans doute courroucé que son homme de confiance lui ait menti, ou qu'il ait sincèrement douté de son maître. Parker lève les mains en signe de repentir.

— Pardonnez-moi, sire, je n'avais pas l'intention de vous mentir. La réponse n'est pas aussi simple. De fait, je n'ai jamais douté de *vous*, car j'étais convaincu que vous n'étiez pas vous-même. Je m'inquiétais pour vous.

— Ai-je bien entendu ? bafouille Henry.

— Nora vous a perturbé, sire. Elle vous a fait perdre l'esprit. Elle vous a ensorcelé.

— C'est faux ! me récrié-je, outrée par ses accusations. Je n'ai pas ce pouvoir. Et pourquoi aurais-je fait ça ? Je n'ai jamais souhaité son attention !

— Je ne l'entends pas littéralement, Nora. Tu as néanmoins quelque chose d'envoûtant. Henry a succombé à ton charme. (Il se tourne de nouveau vers son maître, qui ne décolère pas.) C'est peut-être le fait d'avoir vu ses souvenirs si intimement. Nora a eu une vie extrêmement difficile. Vous vouliez tant la libérer de sa souffrance, aider la femme brisée qui avait besoin de votre protection. Je suis certain que vous tentiez d'agir noblement ; vous faisiez ce que vous estimiez juste. Cependant, au lieu de l'aider, vous lui faisiez du mal. C'est pour cette raison que je vous ai suggéré de la laisser partir, au night-club.

En effet, Parker a pris mon parti quand j'ai essayé de négocier ma libération. Rétrospectivement, toutes ses actions semblent justifiées, voire nobles. J'arrive de moins en moins à le détester, et c'est très agaçant.

Henry écarquille les yeux, comme s'il n'avait encore jamais envisagé la possibilité qu'il m'ait fait souffrir. La confession de Parker le sidère. Il n'en revient pas que son lieutenant ait pu croire une telle chose. Espèce de crétin prétentieux.

Parker poursuit son plaidoyer auprès de Madison.

— Les intentions de Henry n'étaient ni malveillantes ni égoïstes.

Je laisse échapper un rire sardonique. Parker grimace légèrement tandis que Henry me lance un regard noir, que je lui rends sans hésitation. Il s'est comporté comme un connard égoïste et il le sait très bien.

— Henry a raison sur un point, continue Parker en se raclant la gorge pour interrompre notre duel silencieux.

Le cas de Nora est unique. Il était difficile de savoir quelle réaction était la plus adaptée. Je pense pour ma part que Henry a fait de son mieux. Je voulais les aider tous les deux. Je ne pouvais pas trahir mon sire, mais je tenais aussi à la sécurité et au bien-être de Nora. Je ne savais pas quoi faire.

Il plonge alors son regard dans le mien et ses yeux d'azur me transpercent, implorant en silence ma compréhension et mon pardon. Mon cœur s'attendrit malgré moi. Bien que ce soit insensé, j'ai presque de la peine pour lui. Je n'en suis pas au point de faire un syndrome de Stockholm non plus. Cependant, Parker semble déchiré entre ses principes moraux et sa loyauté envers son sire.

C'est fou, car il semble plutôt du genre à défendre son opinion et à défier les autres si nécessaire. Je ne comprends pas pourquoi il s'en remet aveuglément à Henry. Le lien entre vampire et sire doit être plus fort que je ne le pensais. Dire que j'ai failli être assujettie à ce même lien. J'en tremble encore. Dieu merci, Nick Sublime m'a amenée à l'Agence.

Nos regards se détachent lorsque la directrice reprend la parole :

— Très bien. Parker, si tu penses réellement que les intentions de Henry étaient louables…

— J'en suis certain.

Je ris jaune, mais tout le monde ignore ma réaction cette fois.

— Et, dans les faits, cette jeune femme est humaine, donc *en soi* aucune loi occulte n'a été enfreinte…

Je croise les bras en serrant les dents, parvenant de justesse à ravaler le commentaire cinglant qui me brûle les lèvres.

— Henry, considère cela comme un avertissement. Je te conseille de peser davantage tes décisions à l'avenir. Peut-être en écoutant plus souvent les recommandations de tes conseillers.

Elle glisse un regard à Parker, et sourit.

— C'est tout ? m'indigné-je en me retenant de bondir sur mes pieds. Une malheureuse tape sur les doigts ? Vous vous fichez de moi ?

Assis en face de moi, Ren me sourit, les yeux pétillants, comme si mon impétuosité l'amusait.

— Un avertissement de l'Agence n'est pas à prendre à la légère, trésor. Ne t'inquiète pas, ça va le calmer.

J'en doute fort, mais il serait vain d'argumenter.

— Et pour Nora ? s'enquiert Terrance, récoltant l'attention de toute la tablée.

Il croise un instant mon regard, puis se concentre sur la directrice West.

— Elle est au courant de l'existence de notre monde et possède elle-même des pouvoirs. Je ne serais pas étonné qu'elle ait du sang occulte dans les veines. Elle devrait être en mesure d'interagir librement au sein de notre communauté, et de connaître le nécessaire pour éviter les dangers. Elle devrait être considérée comme l'une des nôtres et protégée par nos lois, afin que ce genre de « malentendu » ne se réitère pas. Nous autorisez-vous à l'aider même si elle est humaine ?

La directrice fixe sur moi un long regard scrutateur, puis hoche lentement la tête à l'intention de Terrance.

— C'est probablement la meilleure solution dans ce cas précis. Oui, je vous autorise à la prendre sous votre aile.

Elle se tourne alors vers moi avec un sourire sincère.

— Bienvenue dans le monde occulte, mademoiselle Jacobs. Vous êtes libre de partir.

Chapitre 9

Je peux partir. Et Henry n'a pas le droit de m'en empêcher. Il me faut un moment pour assimiler cette nouvelle.

— Félicitations, Pépin.

Un immense sourire s'étire sur mon visage tandis que je me lève et m'adresse à mon nouvel ami :

— Je me moque de ce qu'on raconte sur les trolls, Terrance ; tu es vraiment un homme droit dans ses bottes.

Alors qu'il éclate de rire, je lui donne une bourrade amicale dans l'épaule. Je ne peux pas faire mieux en geste de reconnaissance – je ne suis pas très câlins.

— Vraiment, merci. D'avoir essayé de me protéger au night-club, d'être venu à l'Agence, d'être encore là maintenant. Personne n'a jamais pris ma défense comme ça.

— Il n'y a pas de quoi. Repasse quand tu veux dans ma boîte. Wulf et moi, nous veillerons sur toi.

Je suis touchée mais, avant que je puisse décliner poliment son invitation, Wulf s'approche de nous.

— Permets-moi de te mettre en garde, Nora, dit-il, sa voix grave étonnamment douce, pleine de compassion. Le monde occulte peut se montrer hostile et dangereux.

— Mon gars, j'habite à Détroit.

Je me réprimande pour ce commentaire sarcastique. Il n'est sûrement pas prudent de la jouer grande gueule avec un loup-garou. Heureusement pour moi, il se contente de répondre avec un sourire en coin :

— C'est un bon terrain d'entraînement. Cependant, à mesure que tu interagiras avec notre communauté, tu rencontreras de nouveaux dangers. Tu restes humaine : ce ne sera pas facile pour toi.

Même si j'apprécie le conseil, il prêche une convertie.

— Ne t'en fais pas pour moi. Je n'ai pas l'intention de me lancer à l'aveuglette. Je préfère même ne pas me lancer du tout. (Je me tourne vers le troll avec un regard contrit.) Merci pour l'offre, Terrance. Ta discothèque est ultraclasse, mais ce serait sans doute imprudent d'en faire mon aire de jeux, si tu vois ce que je veux dire.

Il soupire, conscient de la justesse de mes propos.

— Quels sont tes projets ? s'enquiert Ren.

La directrice West et lui nous ont rejoints, l'air poliment curieux. Je pousse un long soupir, regrettant de ne pas avoir de réponse définitive.

— Pour l'instant, je n'ai rien de précis en tête, si ce n'est quitter la ville. J'ai quelques économies. Pas grand-chose, mais ça suffira à me payer un ticket de bus et un toit quelque part.

— Tu veux quitter Détroit ? demande Parker en venant participer à la conversation.

Henry reste légèrement en retrait derrière lui. Ignorant sa moue boudeuse, je hoche la tête à l'intention du petit groupe.

— C'est mon but depuis toujours. J'ai repoussé l'échéance, le temps de mettre de l'argent de côté, mais Xavier m'a finalement motivée à sauter le pas. Je vais d'abord aider Terrance à retrouver l'amie de sa sœur, si c'est dans mes cordes, et ensuite, oui, je me barre.

Le troll écarquille les yeux.

— Tu veux toujours m'aider à retrouver Shandra ?

Je ne comprends pas ce qui l'étonne à ce point. Après ce qu'il a fait pour moi, il me paraît naturel de lui renvoyer l'ascenseur.

— Évidemment. Quoique je ne pourrai pas faire grand-chose si on ne trouve pas d'informations sur cette voiture.

— Nora, bredouille-t-il, ravalant son émotion. Rien ne t'y oblige. C'est dangereux, et tu veux partir d'ici. Tu nous as déjà beaucoup aidés.

Cependant, la lueur d'espoir dans ses yeux contredit son refus. Ça me fait sourire. Je n'avais encore jamais révélé l'existence de mes dons, sans même parler de les utiliser pour aider quelqu'un. C'est un sentiment agréable, et Terrance mérite largement mon aide.

— Ne sois pas ridicule, bien sûr que je vais t'aider. Je ne me fais pas souvent des amis mais, quand je suis là pour eux, ce n'est pas à moitié. Et je suis là pour toi désormais, T-rex. Tu me suis ?

M'emballant un peu, je lui présente mon poing pour un check. Ravi, le troll cogne sa grosse paluche contre ma petite menotte.

— Pareil, Pépin. Où que tu ailles ensuite, si tu as besoin de moi, je répondrai présent.

— Vous pouvez aussi rester, propose la directrice. Si vous avez besoin d'un emploi, l'Agence vous offrira un poste. Des pouvoirs comme les vôtres se révéleraient sûrement fort utiles.

Je secoue la tête par réflexe.

— Merci, mais je veux surtout me faire discrète et éviter les ennuis. Votre monde n'est pas le plus hospitalier pour les humains. De plus, un peu de changement ne me ferait pas de mal. J'ai beaucoup de mauvais souvenirs ici que j'aimerais fuir… ainsi que certains vampires antipathiques.

Madison me regarde en arquant un sourcil, mais ébauche un léger sourire.

— Très bien. Faites attention à vous, Nora, et bonne chance pour vos projets futurs.

Après avoir fait mes adieux et remercié tout le monde, je me dirige vers Oliver, toujours assis au fond de la salle. Il s'agite nerveusement à mon approche, mais reste, conscient que j'ai des questions à lui poser.

— Oliver, salut.

— Salut, Nora.

Je m'assois à côté de lui, tentant de le mettre à l'aise avec un sourire. Il se passe les doigts dans les cheveux, puis cale les mains entre ses genoux.

— Donc… (je commence par la question ultime) tu travailles ici ?

Il croise mon regard et me sourit, non sans fierté, en haussant une épaule.

— Je suis le directeur adjoint.

— Sérieux ? dis-je, les yeux exorbités.

C'est un titre plutôt impressionnant. Genre… il est même au-dessus de Nick dans la hiérarchie ? Le gentil mignon Oliver ? En l'observant maintenant, ça ne me paraît pas si invraisemblable. Il est très séduisant dans son costume et dégage plus d'assurance qu'hier soir, dans le bus.

— Mais, avec un poste aussi prestigieux, qu'est-ce que tu fiches à la bibliothèque et dans le bus de mon quartier tous les soirs ?

Il rougit.

— Je gardais un œil sur toi.

Un instant atterrée, je ferme vite la bouche. Les questions se bousculent dans ma tête. Que veut-il dire ? Pourquoi veillerait-il sur moi ? Comment me connaissait-il ? C'était gentil de sa part de s'inquiéter pour moi, mais aussi assez dérangeant. Est-ce qu'il me *suivait* ?

Il grimace, devinant sans doute les pensées qui me traversent l'esprit.

— Tu ne t'en souviens pas, mais nous nous sommes déjà croisés. Il y a plusieurs années. Je veille sur toi depuis tout ce temps.

Je reste abasourdie. Nous étions-nous déjà rencontrés avant hier soir ? Certes, ça faisait quelques mois que je l'apercevais à la bibliothèque, mais je ne me rappelais pas lui avoir jamais adressé la parole. Ou bien je me trompe ? J'ai beau me creuser les méninges, je ne trouve rien.

— Euh… non… ?

Il secoue la tête.

— Évidemment, tu ne t'en souviens pas, parce que je t'ai jeté un sort d'oubli. Il y a longtemps. Environ neuf ans.

Il me faut moins d'une seconde pour comprendre à quel moment il fait allusion. Je lâche aussitôt un cri de stupeur qui attire l'attention de tous les présents.

— C'était toi ?!

Il sursaute, stupéfait.

— Tu t'en souviens ? demande-t-il, livide.

Une silhouette se dresse soudain devant moi. Levant la tête, je découvre un grand troll surprotecteur en train de dévisager le jeune homme d'un œil mauvais. Le reste du groupe s'attroupe derrière lui.

— Tout va bien ?

— Oui, pardon, c'est juste que…

Je reporte mon attention sur Oliver, ouvrant la bouche comme un poisson hors de l'eau.

— Le parc, ce soir-là ? Ces hommes… C'était vraiment toi ?

Il acquiesce, toujours aussi pâle, et marmonne :

— Je ne voulais pas les tuer.

— Quoi ?! s'exclame Nick, sa voix trahissant une curiosité morbide.

La directrice West semble, quant à elle, beaucoup plus préoccupée.

— Tu as *tué* des gens ?

Aïe ! ce n'était peut-être pas la chose à dire devant des membres de la police de l'Occulte. Pas étonnant qu'Oliver ait l'air si angoissé. Vert de trouille, il lève les yeux vers sa supérieure.

— Je n'en avais pas l'intention.

Le pauvre. Pas question que je le laisse en mauvaise posture à cause de cette histoire.

— Je suis bien contente qu'il soit intervenu. Ces enfoirés méritaient un sort pire que la mort.

Un silence s'ensuit, très vite interrompu par la directrice :

— L'un de vous deux aurait-il l'amabilité de me fournir des explications ?

Je n'ai pas du tout envie d'évoquer ce souvenir, mais sa question ressemble davantage à un ordre courtois qu'à une demande. Inspirant profondément, je reviens donc sur l'un des épisodes les plus traumatisants de ma vie.

— J'avais treize ans, je vivais dans une famille d'accueil à Chaldean Town. Il arrivait à mon père adoptif de boire et, dans ces moments-là, je n'avais pas intérêt à me trouver dans le coin. Du coup, j'allais traîner au parc, près de la maison, le temps qu'il dessoûle.

— Une gamine de treize ans qui se balade seule, le soir, dans Chaldean Town ? marmonne Nick. Ça ne tournait pas rond dans ta tête ?

— C'était moins risqué que de rester à la maison, murmuré-je tandis que je bascule, inexorablement, dans le souvenir. Sauf ce soir-là.

J'entends des jurons lâchés à mi-voix.

— Que s'est-il passé ? me demande-t-on gentiment.

J'ignore qui me pose la question, car j'ai les yeux fermés et m'efforce de résister à la panique que me cause ce traumatisme. Me voyant incapable de répondre, Oliver prend la parole :

— Il était tard. J'étais venu au parc pour travailler ma maîtrise de la magie. À cette époque, j'avais beaucoup de mal à contenir mon pouvoir. Enfin, bref, je rentrais chez moi en coupant par le terrain de jeux quand j'ai vu ces deux humains… euh…

— … m'agresser, terminé-je d'une voix à peine audible.

L'air se charge soudain d'une tension palpable. Un grondement sourd brise le silence, si menaçant que j'en ai la chair de poule. Je connais ce son. Les yeux de Terrance ont viré au noir, comme au night-club. Son changement provoque d'ailleurs la même réaction choquée chez les autres.

Je devine qu'à cause de son instinct protecteur Terrance est également affecté par le mal qu'on a pu me faire par le passé. Sa sollicitude à mon égard me déconcerte un peu, mais elle me prend aussi aux tripes. Jusqu'à aujourd'hui, je n'ai jamais eu de véritable ami. Personne pour surveiller mes arrières. Je sens mon cœur se serrer en pensant au précieux cadeau que la vie m'a offert avec Terrance.

Bien que je déteste toucher les gens, je pose une main sur son bras, et me retrouve directement projetée dans ses pensées, car elles affleurent à la surface. Il est tellement hors de lui qu'il éprouve la plus grande difficulté à ne pas écharper les gens dans cette pièce. Une seule chose le retient : le besoin de connaître l'identité de ces deux hommes. Quand il l'aura, ces salauds paieront pour leur crime.

— Ils sont déjà morts, le rassuré-je. Oliver leur a réglé leur compte ce soir-là. Ça fait des années qu'ils ne sont plus une menace pour moi. Tout va bien, Terrance.

Le troll inspire profondément. Ses yeux reprennent leur aspect normal, bien qu'il continue de frémir.

— Tout va bien, répété-je. C'était il y a longtemps, et Oliver m'a sauvée.

En réalité, les années n'ont en rien atténué mon traumatisme, et n'y parviendront sans doute jamais, mais le moment est mal choisi pour l'avouer à Terrance.

— Je ne voulais pas les tuer, murmure Oliver d'une voix aussi lointaine que la mienne. J'ai laissé la peur et la colère s'emparer de moi. Et je ne contrôlais pas ma magie à l'époque. Un instant ils terrorisaient Nora ; l'instant d'après, ils gisaient par terre, carbonisés. Nora était toujours consciente et, comme je craignais qu'elle aille raconter ce qui s'était passé, je lui ai lancé un sort d'oubli, avant de l'emmener à l'hôpital.

Je me rends compte que je secoue la tête lorsque la directrice West m'interroge :

— Son sort n'a pas fonctionné ?

Je sursaute, brusquement ramenée au présent.

— Pardon. Si, il a fonctionné. J'ai bien oublié comment ils sont morts, mais…

Je regarde Oliver dans les yeux, prenant sur moi pour ne pas pleurer.

— Mais lorsque tu m'as emmenée à l'hôpital tu m'as portée dans tes bras. Nos peaux se touchaient, alors j'ai pu entendre tes pensées.

Tout le monde, à l'exception de Parker et Henry, pousse une exclamation de surprise, mais je l'entends à peine. Mon regard reste rivé sur le héros de mon souvenir. Ce garçon effrayé mais courageux qui a mis fin à mon supplice, avant de me trouver de l'aide.

— Tu as ressassé l'incident durant tout le trajet. Je voyais ce qui s'était passé dans ton esprit, je percevais ta peur d'avoir des ennuis à cause de leur mort.

Lisant la même crainte sur son visage à présent, je lui offre mon sourire le plus sincère pour le rassurer.

— Je ne t'aurais jamais dénoncé, Oliver. Tu m'as sauvée. Tu étais mon héros.

Il déglutit péniblement, puis m'adresse un sourire hésitant, avant de très vite baisser les yeux. Je me tourne alors vers Nick et Madison pour plaider sa cause.

— Il m'a sauvée. Vous ne pouvez pas le sanctionner pour ça.

— Ne vous en faites pas, répond la directrice d'un ton bienveillant. Il est manifestement inutile d'enquêter sur cet incident. Nous connaissons bien Oliver, et nous savons qu'il maîtrise sa magie aujourd'hui.

— Puis, maintenant, on sait pourquoi il refuse de s'en servir, grommelle Nick.

Je reporte brusquement mon attention sur Oliver.

— Tu n'utilises pas ta magie ? À cause de ce soir-là ? Ces hommes étaient des ordures, Oliver. Ta magie m'a sauvée. C'est un don du ciel. Et tu dois être puissant pour avoir causé autant de dégâts par accident à un si jeune âge.

— Extrêmement puissant, confirme Nick. Ils ne sont que deux dans tout le Midwest à posséder un tel niveau.

— Malheureusement, il a toujours refusé d'employer sa magie, ajoute la directrice West. Nous l'avons engagé à l'origine avec l'espoir de lui donner peu à peu confiance en ses pouvoirs. Un sorcier tel que lui constituerait un formidable atout pour nous.

C'est le sorcier le plus puissant de Détroit ? Soudain, j'ai un déclic.

— Minute !

Oliver lève aussitôt la tête ; il sait ce que je viens de comprendre.

— C'est toi SorcierX ?

Il croise mon regard avec un petit sourire en coin, si adorable que je me surprends à sourire aussi.

— Qui est SorcierX ? s'enquiert Nick.

— Sans doute le seul véritable ami que j'aie jamais eu. C'est un mec que j'ai rencontré sur un forum dédié au paranormal, à l'époque où je cherchais désespérément des réponses au sujet du monde occulte. Une fois convaincue de sa fiabilité, je me suis mise à lui poser des questions. Depuis, il me fournit des renseignements.

— Rien d'illégal, s'empresse de préciser Oliver en les voyant hausser les sourcils. Je n'ai jamais révélé nos secrets de but en blanc. Je me suis contenté de clarifier certains points quand elle découvrait de nouveaux éléments, et de corriger ses idées reçues. Je l'ai mise en garde contre certaines choses, mais je m'en suis toujours tenu au cadre de ce qu'elle connaissait déjà.

Je m'avachis dans mon fauteuil, désarçonnée.

— Tu es SorcierX. Mon seul véritable ami est aussi le garçon qui m'a un jour sauvé la vie. Je n'en crois pas mes oreilles…

Il pousse un long soupir.

— Ça fait une éternité que je voulais me présenter, mais tu es toujours si farouche.

Je grimace en me rappelant la façon dont je l'ai envoyé bouler quand il m'a proposé son aide, dans le bus.

— Désolée pour hier. C'était pas contre toi.

— Ce n'est rien, je ne te le reprochais pas. Je sais que tu en as bavé dans la vie. À ta place, je me méfierais aussi des inconnus.

Je suis sur le point de lui dire qu'il n'en est plus un, quand une autre question prend le pas :

— Attends, comment savais-tu que c'était moi sur le forum ? Et comment savais-tu que j'avais des pouvoirs ? Tu m'espionnes vraiment depuis toutes ces années ?

Il soupire de nouveau, gêné.

— Le lendemain de ton agression, ils ont parlé de toi dans le journal. C'est comme ça que j'ai appris ton nom. Par la suite, je n'ai pas pu m'empêcher de garder un œil sur toi. Tu habitais dans un quartier mal famé, et il ne fallait pas être un génie pour comprendre que tu vivais l'enfer chez toi. Je n'ai pas tardé à m'apercevoir aussi que tu connaissais l'existence de l'Occulte. Je ne cherchais pas à te filer le train ; je craignais seulement que tu finisses par te souvenir de mon incident avec la magie.

» Puis je me suis rendu compte que, toi non plus, tu n'étais pas ordinaire. Humaine, certes, mais avec un secret bien à toi. Je savais que tu étais au courant pour l'Occulte, que tu essayais d'en apprendre davantage. Cependant, tu faisais visiblement ces recherches dans l'unique but de te protéger. Ensuite, le système t'a baladée de foyer en foyer, et j'ai perdu ta trace, mais je m'inquiétais toujours, alors je me suis tourné vers Internet. Je connaissais le pseudo et le forum que tu utilisais. Enfin bref. (Il se racle la gorge.) Pardon si ça te fait flipper. Je te jure que ma seule intention a toujours été de te protéger.

Il est trop adorable pour que je lui en veuille. Je lui tapote la main en signe de compréhension.

— Je n'en doute pas. Merci d'avoir veillé sur moi. Mais, s'il te plaît, évite à l'avenir les méthodes de harceleur, d'accord ? Amis ?

Il regarde fixement ma main posée sur la sienne, mais lève les yeux au mot « amis ». Une lueur d'espoir illumine son visage. Il a du mal à croire que je ne le déteste pas après un coup pareil. Ça fait si longtemps qu'il veut sortir de l'ombre pour me parler, mais il avait peur que je me souvienne de lui ou que je comprenne la vérité, et il était certain que je ne lui adresserais plus jamais la parole. Il pense que je suis un ange. Génial.

Je retire ma main, préférant ne pas en apprendre davantage.

— Vraiment, tu n'es pas fâchée ? s'assure-t-il.

— Que tu m'aies sauvé la vie quand j'avais treize ans, avant de veiller sur moi sans relâche ? Que tu m'aies donné des repères dans le monde occulte ? Que tu sois finalement mon ami le plus proche, même si nous ne nous connaissons que par écrans interposés ? Non, je ne suis pas fâchée du tout.

Il me sourit, émerveillé, comme s'il avait du mal à y croire. Je connais très bien cette sensation.

Nick met fin à notre moment de complicité en tapant vivement des mains, faisant sursauter le pauvre Oliver.

— Bien ! Ces petites retrouvailles sont émouvantes à souhait mais, contrairement aux vampires, je ne suis pas une créature de la nuit, et il se fait tard. Allez, viens, Tigresse, je te ramène chez toi.

Chez moi. Malgré le risque de croiser de nouveau Xavier, la perspective de dormir dans mon lit, loin de tout vampire, me remplit de joie.

Henry attend que nous soyons sur le parking, devant l'Agence, pour m'aborder. Je lui lance un regard glacial, et Nick croise les bras. Même si, malgré sa carrure de lutteur, l'agent est loin de rivaliser avec le gabarit de mon ami troll-videur, il est tout aussi intimidant. Une fois de plus, je me demande à quelle race d'occulte il appartient. Sûrement un truc ultrastylé.

Henry soupire.

— Nora…

— Je dois demander une injonction d'éloignement avant de partir ?

Il ne relève pas ma menace et persiste :

— Tu comptes vraiment rentrer chez toi ?

— Une chose est sûre, il est hors de question que je reparte avec toi.

— Je comprends, tu m'en veux, mais tu n'es pas en sécurité dans ton appartement. Viens chez nous, au moins pour cette nuit.

Me voyant lever les yeux au ciel, il ajoute à contrecœur :

— Je garderai mes distances. Je veux seulement m'assurer qu'il ne t'arrive rien.

Mais bien sûr ! comme si j'allais le croire sur parole.

— Attends, intervient Nick. Il n'a pas tort. Ce tordu est toujours ton voisin de palier.

— C'est vrai, renchérit Terrance, abandonnant sa voiture pour se joindre à la conversation. Tu ne peux pas rentrer chez toi.

À sa tête, je comprends que je n'habiterai plus jamais dans mon appartement désormais. Je tente ma chance malgré tout :

— Oui, Xavier est un pervers psychopathe et il est obsédé par moi. Mais ça ira, j'ai réussi à l'éviter pendant des mois. Il ne s'est probablement pas encore remis de sa rencontre avec Cecile, et il me suffira d'une journée ou deux pour emballer mes affaires et réfléchir à la prochaine étape.

Terrance serre les mâchoires. Lorsque ses pupilles recommencent à se dilater de façon inquiétante, Nick lui touche le bras dans un geste d'apaisement.

— Du calme, l'ami. On ne laissera personne s'en prendre à ta petite. L'Agence possède quelques hébergements, on va trouver une solution.

Son ton, à la fois ferme et lénifiant, me surprend autant que le choix de ses mots. À l'entendre, on croirait que Terrance a des prétentions sur moi.

— Que voulez-vous dire par « sa petite » ?

— Rien, répond tout de suite Terrance d'un ton bourru, avant de se masser la nuque d'un air embarrassé. Ce n'est rien, je suis désolé. Les trolls ont… un fort instinct protecteur. Parfois, cet instinct prend le dessus.

Je pousse un soupir de soulagement. Pendant un moment, j'ai cru qu'il allait devenir aussi dingue que Henry et tenter à son tour de me revendiquer comme compagne.

— Ah oui ! fais-je avec un rire gêné. J'aurais dû m'en douter. Mais, ne t'en fais pas, je trouve ça cool d'être amie avec Hulk.

Sa nervosité disparaît derrière un éclat de rire retentissant.

— Hulk ! C'est bien trouvé. Mais bon, je n'aime pas trop l'idée que tu rentres chez toi avec ce pervers à côté. J'ai plusieurs chambres d'amis. Tu peux choisir n'importe laquelle, si tu veux bien envisager de dormir chez moi en attendant de savoir où aller.

En temps normal, j'aurais décliné l'invitation direct. Dormir chez un célibataire ? Ça va pas, non ? Mais je ne perçois aucune concupiscence chez Terrance. Il veut juste me protéger : c'est son instinct de troll. Je dois bien avouer que je me sentirais plus en sécurité chez lui que dans mon appartement, avec Xavier sur le palier.

— C'est d'accord, dis-je lentement pour voir si je change d'avis en le formulant tout haut. Si ça ne te dérange pas.

— Pas le moins du monde, affirme-t-il gaiement. Y a pas de pépins, Pépin.

Je roule des yeux, mais mon sourire s'élargit.

— Alors ça marche. Ce serait sympa, merci.

— Formidable ! conclut Nick en tapant des mains, avant de faire démarrer sa moto. Puisque tout est réglé, je file. À la prochaine, Tigresse. Prends soin de toi, et essaie d'éviter les ennuis.

Puis il quitte le parking dans un rugissement de moteur. Terrance m'ouvre la portière de sa Cadillac rouge. Ce modèle lui va comme un gant.

— Au fait, j'adore ta caisse, T-rex. Très classe.

— Je suis quand même proprio d'une boîte de nuit !

— Moi qui te prenais pour un simple videur.

Je le taquine ; j'avais bien sûr deviné que la discothèque lui appartenait. Il me décoche un sourire terrifiant.

— Non, ça, c'est juste pour le plaisir.

— Et voilà pourquoi je t'adore.

Lorsque le troll me fait signe de monter, Henry siffle de rage.

— T'es pas encore parti, toi ? craché-je.

Il commence vraiment à me taper sur les nerfs.

— Tu refuses mon invitation, mais tu acceptes d'aller chez lui ?

— Oh ! sans l'ombre d'une hésitation. Et ça ne m'empêchera pas de dormir. Bon retour chez toi, Henry.

Là-dessus, je lui fais un doigt, puis grimpe dans la voiture de Terrance. Le voir s'éloigner dans le rétroviseur quelques secondes plus tard me procure une satisfaction indicible.

Chapitre 10

Après avoir récupéré mes maigres possessions dans mon appartement, Terrance et moi reprenons la route sans un mot. Je n'ai pas besoin de lire ses pensées pour savoir qu'il songe à sa congénère disparue. J'aimerais le rassurer, lui dire que nous retrouverons Shandra et que tout ira bien, mais je ne peux pas faire une telle promesse. Les histoires n'ont pas toujours une fin heureuse ; je sais par expérience que c'est même rarement le cas. En admettant que nous la retrouvions, nous arriverons sans doute trop tard pour la sauver. Il est probablement déjà trop tard.

Je m'efforce donc de lui changer les idées.

— Ces dernières vingt-quatre heures ont peut-être été un enfer, mais ça m'aura permis de vous rencontrer, Oliver et toi. Je n'ai jamais eu de véritables amis. Merci, Terrance.

Il me glisse un bref coup d'œil, puis me répond par un grommellement et un haussement d'épaules, avant d'allumer la radio. Je tourne la tête vers la fenêtre pour lui cacher mon sourire. Note pour plus tard : les trolls n'aiment pas trop les discours sentimentaux. En tout cas pas mon troll. Je souris derechef. *Mon* troll.

Le trajet se poursuit en silence tandis que nous nous dirigeons vers le centre-ville. Logique ; je vois bien Terrance habiter dans l'une de ces belles tours d'appartements. Toutefois, arrivés au cœur de la métropole, nous continuons de rouler, passant sans nous arrêter devant le centre des congrès et le palais omnisports, pour gagner la zone industrielle ouest. J'aurais commencé à flipper avec un autre homme que Terrance au volant. Cependant, je sais qu'il me protégera en cas de danger, et ne fais donc aucune remarque quand les gratte-ciel cèdent la place à des entrepôts délabrés.

Nous remontons une rue parallèle à la rivière et, quelques minutes plus tard, le pont Ambassadeur se profile devant nous. C'est le seul à franchir le cours d'eau, reliant Détroit à la ville voisine de Windsor, sur le territoire canadien. Je ne m'inquiète pas trop de ne pas avoir de passeport, car Terrance ne cherche pas à emprunter le pont : il nous emmène en dessous.

— Sous le pont ? bafouillé-je, ne pouvant masquer mon incrédulité. Tu habites vraiment *sous* un pont ?

Terrance me glisse un coup d'œil.

— Tu n'as jamais entendu parler d'un troll qui vit sous un pont ?

— Si, bien sûr : dans des histoires d'épouvante et des contes pour enfants. Je ne pensais pas que vous viviez *réellement* sous les ponts.

— Les légendes ont toujours un fond de vérité, dit-il en haussant les épaules.

Nous atteignons un imposant pilier en ciment, ceint d'un haut grillage. Quand Terrance arrête la voiture devant le portail, je m'attends à ce qu'il descende pour aller l'ouvrir, mais il lève les yeux vers le pont et sourit.

— Magnifique, n'est-ce pas ?

Pas aussi beau que le Golden Gate de San Francisco, mais je dois reconnaître que c'est plutôt grandiose.

Soudain, Terrance appuie sur l'accélérateur et, sans crier gare, fonce dans le grillage. Je pousse un cri de surprise, mais détecte un picotement de magie juste avant le moment de l'impact. Je me rends compte alors que la clôture n'était qu'un charme de camouflage, destiné à éloigner les curieux.

Terrance s'arrête juste devant le contrefort, puis m'observe tandis que je me force à me décrisper.

— Je pensais que tu crierais plus que ça. Tu ne manques pas de courage pour une petite humaine.

— J'ai un avantage, vu que je connais le principe des charmes et que je perçois la magie. Cela dit, ça aurait été sympa de prévenir.

— Tu perçois la magie ?

— Un peu. C'est difficile à expliquer. Toi non ?

— Si, mais je suis un être surnaturel. Nous percevons tous la présence de la magie.

Je hausse les épaules.

— Peut-être que tu as vu juste et que j'ai du sang occulte. Qui sait ?

— On peut se poser la question, en effet. Allez, viens, je vais te faire visiter.

Il descend, saisit mon sac sur la banquette arrière avant que je puisse le prendre, puis se dirige vers la culée en ciment. À la base de celle-ci, une petite lampe éclaire une porte en acier ornée d'un grand écriteau annonçant : « Défense d'entrer sous peine de poursuites ». Je lâche un petit rire.

— Accueillant, ton paillasson.

Terrance contemple la pancarte avec fierté.

— Je trouve aussi. Personne n'est le bienvenu ici, Pépin. À part toi, désormais.

— Personne ? répété-je, étonnée.

Alors qu'il déverrouillait la porte, il s'interrompt et me lance un regard gêné.

— Je suppose que, enfin, si tu as des amis ou… euh… des petits copains, tant qu'ils sont déjà au courant pour le monde occulte, ils sont aussi les bienvenus.

Il se frotte la nuque, puis se remet à trifouiller la serrure. Ce troll fait montre d'une timidité attendrissante – adorable même. Pour un tel colosse, ça tient carrément de l'exploit. Réprimant un sourire, je lui demande :

— Qu'en est-il de *tes* amis et de *tes* petites copines ?

Son embarras enfin dissipé, il émet un grommellement en guise de réponse et passe la porte pour s'engager dans un escalier obscur aux marches raides. Le battant se referme derrière nous, plongeant les lieux dans le noir. Terrance ne semble pas incommodé. Heureusement qu'il y a une rampe, sinon je me serais vite cassé la binette.

— Les trolls ne fréquentent souvent que les membres de leur clan, m'explique-t-il tandis que nous nous enfonçons dans ce qui ressemble à un abîme sans fin. Le mien vit plus au nord.

— Tu veux dire que tu n'as aucun ami ? aucune copine ?

Le silence pour seule réponse. Il a probablement encore haussé les épaules – difficile d'en être sûre dans cette obscurité. Il me faudra lui rappeler que les humains ne sont pas nyctalopes, et investir dans une bonne lampe de poche.

— Personne ? insisté-je.

Non que ce soit inconcevable, je suis moi-même assez limitée de ce côté, mais Terrance ne paraît pas avoir l'âme d'un solitaire. Et puis il s'est montré si gentil avec moi ; ça me fait mal au cœur qu'il puisse souffrir de solitude.

— J'ai du mal à le croire, T-rex. Tes employés ont l'air de t'apprécier, et tu t'es tout de suite montré très amical envers moi.

Il lui faut une bonne minute pour desserrer les lèvres et, même là, il ronchonne comme si le sujet l'embêtait :

— Je suis plutôt placide pour un troll, et j'ai l'habitude de vivre en ville, entouré de monde. J'offre aussi une paie correcte, avec de nombreux avantages.

Bien qu'il veuille manifestement en rester là, je n'arrive pas à laisser tomber.

— Soit, ça explique les employés, mais pas pourquoi tu as décidé de m'accueillir.

Il grogne, mécontent, avant de m'offrir quand même une réponse :

— Tu es différente.

Je n'aurai pas plus d'explications. Cependant, ça ne me dérange pas : c'est justement un sujet que j'aimerais éviter. Oui, je suis différente, même si j'ignore pourquoi. Mon charme incompréhensible m'a toujours posé un problème. C'est pire avec certains qu'avec d'autres. Terrance entre dans la catégorie des moins affectés. Peut-être parce qu'il dit la vérité et que les trolls tissent rarement des relations en dehors de leur clan.

Lorsque nous arrivons au bas de l'escalier, Terrance allume enfin la lumière. Détournant le regard pour me cacher ses joues roses, il embrasse le séjour d'un grand geste. La pièce est incroyablement vaste, avec un plafond à trois mètres du sol au moins, et des accès aisément deux fois plus larges que ceux d'une maison normale. Je suis contente de découvrir des murs en placo peints, et non la caverne creusée dans la terre à laquelle je m'attendais. En fait, ça ressemble à une maison ordinaire, sans les fenêtres. Une maison très agréable au demeurant.

En dépit de l'effet garçonnière, elle est aménagée et décorée avec goût. Le salon comprend une immense télé à écran plat accrochée au mur, plusieurs canapés d'angle en cuir et deux gros fauteuils. Dans le coin, au fond, je repère une table de billard et un grand bar intégré rappelant celui de la discothèque, en plus petit.

— Il y a une salle de bains là-bas, mais chaque chambre a la sienne, m'explique Terrance en désignant une porte de l'autre côté de la pièce.

Il s'engouffre ensuite sous un passage voûté qui nous conduit dans une gigantesque cuisine-salle à manger. La cuisine rivaliserait avec celle d'un grand restaurant, et la table de salle à manger pourrait facilement accueillir une vingtaine de personnes.

— Le réfrigérateur est toujours plein ici. Tu n'as qu'à te servir, et, si tu as des envies particulières, n'hésite pas à demander.

Je n'ai pas fini de m'émerveiller devant la cuisine qu'il m'entraîne déjà sous une autre arche pour passer dans un long couloir percé de plusieurs portes. Gagnant la deuxième à gauche, il m'invite à entrer dans une chambre modeste. Ce n'est pas la suite luxueuse où Henry m'a enfermée, mais elle bat haut la main toutes les chambres que j'ai pu avoir. Il y a un lit *king size*, une grosse commode, un dressing et, effectivement, une salle de bains privée. La pièce est aux couleurs de la terre, dans des tons chaleureux de marron et de vert.

Terrance dépose mon sac sur le lit et m'annonce avec un regard fuyant :

— Ma chambre est juste à côté. Je me suis dit que tu préférerais être près de moi. Mais si tu n'aimes pas celle-là tu peux en choisir une autre, il y en a plein.

Cette pointe de vulnérabilité chez lui me surprend. Je ne sais pas trop ce qui le rend si nerveux.

— Tu plaisantes ? dis-je pour le mettre à l'aise. Elle est parfaite ! C'est de loin la plus belle chambre qu'on m'ait offerte. Je ne sais pas comment te remercier.

Conforté par mon enthousiasme, il se détend et me regarde enfin dans les yeux. Il ne sourit pas tout à fait, mais je lis un mélange de fierté et de satisfaction sur ses traits. Il tente de le cacher en se raclant la gorge, avant de dire d'un ton bourru :

— J'installerai une lampe en haut de l'escalier, demain.

Sa remarque me déconcerte.

— Tu lis dans les pensées ?

— Non, mais je sais que les humains n'ont pas la vision nocturne des trolls.

— Alors c'est vrai, tu vois dans le noir?

Son sourire éclate enfin.

— Eh oui, ma p'tite dame! C'est l'un de mes nombreux talents. Désolé si ma maison n'est pas assez éclairée. La lumière vive nous fait mal aux yeux, et je ne prévoyais pas d'accueillir une colocataire, encore moins humaine. C'est sans doute une première dans l'histoire des trolls. (Il secoue la tête d'un air encore incrédule, puis fixe de nouveau son regard sur moi.) Je peux faire tous les ajustements nécessaires, il te suffit de me dire ce dont tu as besoin. En attendant, allons dîner. J'ai faim, et j'entends ton estomac gargouiller.

Il est tout sourires quand il repart vers la cuisine, mais j'ai du mal à partager sa bonne humeur. Son désir de se préserver d'ordinaire une intimité absolue est déroutant. Je suis affreusement gênée de le déranger par ma présence et compte bien ne pas abuser de son hospitalité. Après tout, c'est presque mon second ami au monde. Je ne veux pas tout gâcher en le mettant mal à l'aise chez lui.

— Tu n'as pas besoin de changer quoi que ce soit, je ne vais pas rester si longtemps. Je m'accommoderai très bien de l'éclairage tamisé.

Fronçant les sourcils, il m'indique un tabouret de bar au bout de l'îlot central. Je m'assois docilement et tente de garder un ton léger tandis qu'il se dirige vers le réfrigérateur.

— Je remonterai à la surface pour faire le plein de vitamines D, ce n'est pas un souci. Je tiens surtout à ne pas te déranger dans tes habitudes.

Il croise les bras et me réprimande d'un regard sévère.

— Je te l'ai déjà dit, tu peux rester aussi longtemps que tu veux. Tu n'as pas besoin d'écourter ton séjour à cause de moi.

C'est très gentil de sa part, mais je ne peux m'empêcher de me sentir gênée.

— Tu es sûr ? Je sais que tu tiens à ton intimité et... enfin... je n'imagine pas un seul instant que tu vas m'attaquer mais, est-ce qu'il n'arrive pas aux trolls de... manger des humains ? Je ne risque pas d'être une tentation alléchante qui te torturera jour et nuit, ou bien ?

Terrance me regarde en clignant des yeux, interdit, puis renverse la tête en arrière et rit à en faire trembler les murs.

— Il peut arriver à certains trolls sauvages de croquer un humain de temps à autre, mais ça reste une exception. (Il sort un paquet de bœuf haché du réfrigérateur et me fait un clin d'œil.) Nous avons une préférence pour la viande rouge. Il paraît que les humains ont plutôt un goût de poulet. Ça n'a rien de très alléchant. Un hamburger, ça te va ?

Je rougis malgré moi, me sentant bête d'avoir posé la question. Néanmoins, sa réponse me soulage. J'acquiesce d'un air penaud.

— C'est parfait.

Il entreprend aussitôt de façonner deux gros steaks. Son énorme four dernier cri comporte un gril à gaz qui lui permet de cuire les burgers à la flamme. Il paraît très à l'aise en cuisine, ce que je trouve étrangement fascinant. Tout en s'affairant, il continue à me parler de son espèce :

— Si on mangeait des gens, les humains viendraient mettre leur nez dans nos affaires et, pour un troll, il n'y a rien de pire. Pour la plupart, nous ne représentons pas une menace : nous ne sommes qu'une bande de grands râleurs laids comme des poux qui restent entre eux, à l'écart des humains.

Je lui adresse un grand sourire, enchantée par sa capacité à me mettre à l'aise.

— Eh bien ! tu as raison pour la taille, T-rex, mais je ne suis pas d'accord pour la laideur. Au *pire*, tu es quelconque.

Ma remarque taquine lui arrache un petit rire.

— Et tu ris beaucoup trop pour être qualifié de râleur.

Il me glisse un coup d'œil par-dessus son épaule tout en s'occupant de nos steaks. L'odeur me met l'eau à la bouche, et je me rends compte que je n'ai rien avalé depuis plus d'une journée.

— C'est pour ça qu'on m'a choisi pour m'installer en ville. Mon clan n'est pas très grand et préfère rester en retrait. Ses membres ont du mal à s'intégrer à la société humaine. Ils habitent plus au nord, sur l'île Mackinac, et évitent au maximum les contacts avec les humains. Mais ils avaient besoin d'une source de revenus stable et voulaient une voix dans la communauté occulte. On m'a envoyé ici pour représenter notre clan parce que j'étais le plus sociable.

Voyant mon air amusé, il sourit à son tour, puis ajoute :

— Je suis aussi un peu chétif, je détonne moins au milieu des humains.

Je détaille ses deux mètres trente de muscles d'un œil sceptique.

— Désolée de te l'apprendre, mon gars, mais, si tu ne travaillais pas à l'*Occulte*, tu te ferais remarquer comme le nez au milieu de la figure.

À le voir se dresser fièrement de toute sa hauteur, on dirait que je viens de lui faire un compliment.

— Je suis heureux de l'entendre.

J'arque un sourcil. Il hausse les épaules, puis sort deux assiettes d'un placard.

— Je suis ici depuis assez longtemps pour savoir maîtriser mon instinct la plupart du temps, mais tous les trolls ont un caractère épouvantable. Je ne fais pas exception. C'est surtout pour ça que je préfère rester seul.

Je veux bien le croire. Étant donné le nombre de fois où il a failli étriper Henry cette nuit, et la réaction paniquée des autres quand il a perdu son sang-froid, je n'ai pas vraiment hâte de le voir un jour sortir de ses gonds. Je peux comprendre sa crainte de blesser ses amis si sa rage est effectivement aussi difficile à maîtriser. Cependant, sa proposition de m'accueillir chez lui n'en est que plus déconcertante.

— Alors, je ne t'embête pas ? (Je ris, mais c'est une vraie question.) Je suis apparemment du genre casse-couilles. Tu es sûr que je ne vais pas te faire péter un câble ?

— Certain, affirme-t-il en attrapant un paquet de pains à hamburgers.

Tout en évitant mon regard, il désigne le réfrigérateur.

— Tu veux bien sortir les garnitures ?

Je descends du tabouret sans broncher pour aller fouiller dans le réfrigérateur. Toutefois, je n'arrive pas à en rester là.

— Mais comment en es-tu certain ? persisté-je en lui tendant deux tranches de fromage.

Il les place sur les steaks encore fumants et soupire :

— Je te l'ai dit, tu es différente. Tu n'as rien à craindre de moi. Même si tu me foutais en rogne, je ne pourrais pas te faire de mal. Mon instinct m'en empêcherait.

— Mais *pourquoi* ?

Tant pis si mon insistance le met mal à l'aise, je dois savoir. Je le pensais immunisé contre mon charme incontrôlable mais, si je me suis trompée, il faut que je le sache. Je ne peux pas rester ici s'il est épris de moi.

Terrance badigeonne son burger de mayonnaise, et je tartine le mien de moutarde. Comme moi, il le complète avec de la laitue, des tomates et des oignons, se concentrant plus que nécessaire sur sa tâche tandis qu'il me répond :

— Même après que je t'ai laissée tomber, tu as tenu tête à un maître vampire pour moi et tu m'as proposé tes services pour retrouver Shandra, sans discuter. Tu t'es opposée à la volonté de ton maître au détriment de ta santé et de ta sécurité, et ce sans rien me demander en retour.

— Alors, *primo*, cette ordure n'est pas mon maître. *Secundo*, je te l'ai déjà dit, je comprends tout à fait pourquoi tu ne pouvais pas m'aider. Enfin, *tertio*, tu t'es montré gentil, et Shandra est innocente : vous méritez tous les deux mon aide. Et moi, je suis ravie de vous l'offrir.

— Oui, murmure-t-il en attrapant deux canettes de soda dans le réfrigérateur. Et pour cette raison tu as gagné ma confiance et ma loyauté.

Il me tend ma boisson en me regardant enfin dans les yeux, puis s'installe sur un tabouret.

— C'est rare chez un troll, surtout en dehors de son clan. C'est même sans précédent en dehors de notre espèce. Je ne sais ni pourquoi ni comment mais, ce soir, tu as appelé mon instinct protecteur.

À l'entendre, on dirait que cet instinct revêt un caractère officiel pour les trolls, et il me dévisage comme s'il était abasourdi que j'aie pu « appeler » le sien. Son attention me gêne.

— C'est si grave que ça d'avoir cet élan protecteur ? Je veux dire, tu peux carrément compter sur moi aussi en cas de problème.

— Je…

Il laisse sa phrase en suspens, puis semble opter pour une autre réponse :

— Tu as raison, ce n'est pas si grave. C'est surtout surprenant. Comme je te l'ai dit, les trolls se lient rarement d'amitié avec des personnes étrangères à leur clan. Mais tu peux me faire confiance ; tu ne risques rien avec moi. Je ronfle comme un troll et mes pieds puent comme des pieds de troll mais, si tu arrives à supporter ça, notre colocation ne me dérange pas du tout.

Il a éludé la question. Ça m'énerve, j'ai la sensation qu'il me cache quelque chose. Je ne demande qu'à lui faire confiance, mais j'ai connu trop de mauvaises expériences, surtout avec les hommes. Je dois crever l'abcès ou je ne serai jamais sereine en sa présence. Je m'assois donc sur le tabouret à côté de lui et vide mon sac :

— Euh… Terrance… ? (Il fronce les sourcils en me voyant soudain si nerveuse.) Faut que tu saches que… je n'accepte jamais les rencards. De personne. Mais vraiment jamais, sans exception. Enfin, je me doute que tu ne pensais pas du tout ça, mais si je dois squatter chez toi je me dis qu'il vaut mieux mettre les choses au clair tout de suite, tu comprends ?

Avec une pointe de culpabilité, je décide de lui toucher le bras. Je déteste m'introduire dans l'esprit des gens, mais j'ai besoin de connaître sa véritable réaction sur ce coup. Même si j'appréhende ce que je pourrais entendre, je dois savoir. J'aime beaucoup Terrance ; je veux que notre amitié fonctionne.

Ses pensées me prennent au dépourvu. Il est soulagé. *Vraiment* soulagé. C'est la première fois qu'il prend quelqu'un sous sa protection. Il ne s'est toujours pas remis de la férocité que son instinct a manifestée quelques heures plus tôt. Je suppose que ça ne lui était encore jamais arrivé. Il estime qu'il lui faudra un peu de temps avant de savoir se maîtriser. Il craint de disjoncter si jamais il se retrouve confronté à un nouveau soupirant qui me harcèlerait. Il était en effet à deux doigts de massacrer Henry, et aurait pu facilement tout saccager au night-club, ce soir, si Wulf ne l'avait pas arrêté.

Ma petite mise au point ne lui cause aucune déception. Son intérêt pour moi est purement platonique. Il a raison en ce qui concerne son instinct protecteur : son unique but est de veiller sur moi et de m'aider en cas de besoin.

Il veut prendre soin de moi et, après soixante-dix ans de solitude, loin de sa famille, il est tout excité d'avoir enfin une amie – une personne pour lui tenir compagnie, qu'il n'aurait pas la sensation de devoir courtiser.

Il habite tout seul ici depuis soixante-dix ans ? Que c'est triste !

Mon intrusion mentale prend fin lorsque Terrance pouffe en me tapotant la main.

— Tu me brises le cœur, Pépin, mais c'est sûrement mieux comme ça, me taquine-t-il avant d'ajouter en me détaillant d'un œil critique : D'ailleurs, je ne pense pas qu'une petite créature telle que toi serait de taille à gérer tout ceci.

Il désigne son corps massif d'un geste lourd de sous-entendus. J'éclate de rire, contente de le voir dissiper le malaise que j'ai créé.

— Tu as sans doute raison. Je serais même terrifiée d'essayer.

Son rire retentissant emplit la pièce.

— Tu me plais, Pépin.

Puis il me donne un coup de coude amical, avant de tenter – vainement – de redevenir sérieux pour ajouter :

— De façon tout à fait platonique, naturellement.

— Naturellement.

Là-dessus, j'attaque goulûment l'incroyable cheeseburger qu'il m'a préparé. Pendant un moment, j'en viens presque à regretter que notre relation soit platonique. Terrance est un vrai cordon-bleu. Gémissant de plaisir, je termine mon repas en moins de deux, puis me lèche consciencieusement les doigts sous le regard amusé du troll.

— Si tu continues à me nourrir comme ça, tu n'arriveras plus à te débarrasser de moi.

Je plaisante, mais l'idée semble l'enchanter. D'après ce que j'ai lu dans son esprit une minute plus tôt, je ne pense pas qu'il verrait un inconvénient à ce que cet arrangement devienne permanent. Pour ma part, si je ne cherchais pas par-dessus tout à quitter cette ville de merde, ça ne me dérangerait pas non plus. Je ne m'étais encore jamais attachée à quelqu'un de la sorte. C'est fou comme ma vie a basculé du jour au lendemain.

En allant déposer mon assiette dans l'évier, je regarde autour de moi et l'émotion me saisit soudain à la gorge. Je ne me suis jamais autant sentie en sécurité qu'à cet instant. Personne n'a jamais fait preuve d'autant de gentillesse à mon égard non plus. Ravalant les larmes qui me piquent les yeux, je me force à sourire à mon nouveau colocataire.

— Merci, Terrance.

— Inutile de me remercier, dit-il en me rejoignant près de l'évier avec son assiette. Ça me fait plaisir de t'accueillir.

Il s'ensuit un silence gêné, que j'interromps malgré moi en bâillant.

— Il est tard, opine Terrance. Tu as besoin de quelque chose avant d'aller dormir ?

— Non, je pense que j'ai tout ce qu'il faut.

Le voyant attraper son portefeuille et ses clés, je lui adresse un regard curieux.

— Tu t'en vas ?

Il désigne la porte d'entrée du pouce.

— Je retourne au night-club pour aider les autres à finir le ménage.

En l'observant plus attentivement, je me rends compte qu'il n'a pas du tout l'air fatigué alors que, moi, je tiens à peine debout.

— Tu es un oiseau de nuit ?

— Principalement. Je suis tout à fait capable de m'activer pendant la journée si besoin, mais je deviens plus grincheux dans ces cas-là. (Il fronce soudain les sourcils.) Mince, je n'avais pas pensé à ce détail : on aura des emplois du temps décalés. Ce sera un problème pour toi ?

Je souris, touchée par sa sollicitude.

— Je suis une grande fille, T-rex. Je trouverai un moyen de m'occuper quand tu dors. Et puis je suis plutôt un oiseau de nuit, moi aussi, alors on se verra souvent. Tu rêveras de me foutre à la porte avant longtemps.

Une mine réjouie remplace son air préoccupé.

— Très bien. (Il balaie la pièce du regard et soupire.) En attendant, fais comme chez toi. Je te ferai fabriquer un double des clés cette nuit. Tu le trouveras sur la table à ton réveil. N'hésite pas à sortir quand ça te chante, et à te servir dans la maison. *« Mi casa es su casa »*, et tout le tintouin. Ça va aller ? Si tu ne te sens pas de rester ici toute seule pour le moment, tu peux m'accompagner au night-club, mais tu as l'air vannée.

— Je le suis. Et maintenant que j'ai le ventre bien rempli je n'ai qu'une envie, c'est me vautrer dans cet immense lit.

— Alors ça va aller ?

Je souris de nouveau.

— Je n'ai sans doute jamais été plus en sécurité qu'ici.

— Tu ne crois pas si bien dire. J'ai demandé à une sorcière de compléter mes charmes de défense par des sorts de protection. Personne ne peut entrer sans y avoir été invité. (Il bombe le torse avec une moue arrogante.) Même si personne ne s'y risquerait de toute façon. S'introduire par effraction dans la tanière d'un troll, c'est du suicide.

Je m'esclaffe. Chez lui, cet air suffisant est adorable, car il n'a rien de naturel.

— Je n'en doute pas, T-rex. Allez, file, et ne t'inquiète pas pour moi. Ce sera sans doute ma meilleure nuit de sommeil depuis des mois.

Ma remarque lui fait tellement plaisir qu'il me sourit de toutes ses dents. Cet homme a beau se dire grincheux, pour le moment, je ne suis pas convaincue.

— D'accord. À demain, alors ! Et évite les ennuis, Pépin.

— Je ne promets rien.

Alors qu'il quitte la cuisine en ricanant, je l'appelle :

— Hé ! Terrance…

Dès qu'il tourne la tête, je lui adresse un grand sourire.

— Pour les pieds qui puent… un petit désodorisant suffirait, ou je dois commencer dès maintenant à me chercher un appartement ?

Comme je l'espérais, il part d'un rire tonitruant qui fait trembler la pièce entière.

Chapitre 11

Lorsque je me réveille, il est 15 heures passées. Je bats tous mes records de grasse matinée, mais il faut reconnaître que ces deux derniers jours ont été très éprouvants, et je n'ai pas dormi aussi paisiblement depuis des années au bas mot. Je me sens plus reposée que jamais.

Dès que j'émerge enfin complètement, j'esquisse un petit sourire. Terrance ne rigolait pas pour son ronflement : comme son rire, il est sonore, grave, et secoue la maison entière. J'étais si épuisée que le bruit n'a pas réussi à me réveiller, mais je compte bien investir dans des boules Quies.

Après une agréable douche chaude sans crainte d'être filmée à mon insu ou de voir un voisin pervers débarquer, je m'habille et me rends dans la cuisine, curieuse de savoir ce qu'un troll conserve dans son garde-manger. Cependant, je n'arrive pas jusqu'aux placards puisque je trouve bien plus qu'une clé sur la table de la cuisine. Terrance m'a laissé un ordinateur portable et, sur le même anneau que la clé de la maison, je découvre une télécommande de voiture ornée du logo Cadillac. *Il m'a donné un double des clés de sa voiture ?*

Un mot accompagne ces cadeaux : un bref « NE DISCUTE PAS », suivi de cinq numéros de téléphone. Tracées d'une écriture inclinée, tout en majuscules, les lettres sont particulièrement foncées, comme s'il les avait mises en gras pour insister. *Insister ?* Je ricane. À ce stade, c'est carrément une menace.

J'ai pour règle de ne pas accepter la charité. Par expérience, quand un homme vous fait des cadeaux, ce n'est jamais gratuit. Mais, bizarrement, j'ai le sentiment de pouvoir accepter ce prêt sans risque. Je sais que Terrance essaie simplement d'être gentil, de prendre soin de moi. Et il le fait parce qu'il en a envie, pas parce que l'État le paie. Personne n'a jamais veillé sur moi comme il le fait. Ça me bouleverse.

Je me déniche un bol de céréales, puis m'assois à table et allume l'ordinateur en prenant mon petit déjeuner. Terrance a déjà tout paramétré, jusqu'aux codes Wi-Fi. Pendant que le portable se connecte à Internet, je jette un coup d'œil à la liste de numéros, avant de les ajouter dans mes contacts. Ces cinq numéros sont ceux de Terrance, de son barman, Wulf, de Nick Sublime, de Parker, et d'Oliver. Je ne peux m'empêcher de sourire. C'est comme s'il me disait : voici les personnes sur lesquelles tu peux compter, celles en qui tu peux avoir confiance. Comble de l'ironie, ce sont tous des occultes. Qui aurait cru que je me trouverais plus d'amis chez les monstres que chez les humains ?

Je suis surprise de trouver Parker dans la liste. Étant donné que Terrance était furieux contre les deux vampires la nuit dernière, je n'aurais pas cru qu'il lui fasse assez confiance pour me donner son numéro. Mais bon, ça tombe bien, parce que j'ai justement besoin de lui parler. Mon pouce plane au-dessus de son nom, sans que je parvienne à l'appeler. Je me ressaisis, prenant une profonde inspiration pour calmer ma nervosité.

— Un peu de cran, Nora. Parker n'est pas Henry, et tu as besoin de son aide.

Ce petit speech suffit à me redonner du courage. Je compose son numéro avant d'avoir le temps de me raviser.

— Allô ?

Il a la voix ensommeillée. C'est mignon. Cette réflexion m'atterre presque autant que le sourire qui joue sur mes lèvres à cet instant. Je débloque complètement.

— Allô ? répète-t-il.

— Salut, Parker. Euh… c'est… Nora.

— Nora ?!

Son étonnement anéantit le peu d'assurance que j'avais.

— Euh… oui, c'est moi. Terrance m'a donné ton numéro. J'espère que ça ne te dérange pas que je t'appelle.

— Pas de souci. Je suis content de t'avoir au téléphone. (Il a l'air bien réveillé à présent.) Écoute, Nora, je…

— Laisse tomber les explications et les excuses. Je n'en veux pas. Ce qui est fait est fait. Fin de l'histoire. Je t'appelle simplement pour savoir si tu as trouvé des informations sur le numéro d'immatriculation que je t'ai fourni.

Il y a un long blanc à l'autre bout du fil, puis il répond :

— Je te propose qu'on en discute autour d'un dîner. Je t'invite.

Mon cœur bondit dans ma poitrine. Je me braque aussitôt, cédant à mon premier réflexe quand on me propose un rendez-vous, malgré les papillons que je sens voleter dans mon ventre.

— Non. Pas question.

— Je n'ai pas de mauvaises intentions, Nora. J'aimerais simplement te revoir… dans des circonstances plus agréables cette fois.

Je suis tentée de dire oui – et c'est justement ce qui m'inquiète.

— Je n'accepte jamais les rencards, dis-je d'une petite voix. Sans exception.

— Alors ça n'en sera pas un. Vois-y plutôt un rendez-vous professionnel. Nous travaillons sur la même affaire, nous pouvons nous entraider.

Tentant. Très tentant. Je suis à deux doigts d'accepter. Malheureusement, je ne peux ignorer mon instinct et des années de mauvaises expériences.

— Sinon… tu peux aussi me dire tout de suite ce que tu sais, et je n'aurai pas besoin d'attendre le coucher du soleil pour me mettre au travail.

Il soupire, résigné.

— Les plaques étaient fausses.

— Quoi ?

— Le numéro que tu m'as donné appartient au minivan d'une mère de famille de Plymouth.

Ma déception est immense. C'était notre seule piste.

— Tu en es sûr ?

— À cent pour cent. La plaque était certainement une illusion.

— Un sort ?

— Oui, toutes les caméras dans la boîte de nuit et dans la rue ont également été désactivées par magie ce soir-là.

Je quitte la cuisine pour aller faire les cent pas dans le salon. Cette histoire n'a aucun sens. Néanmoins, cela colle avec la vision que j'ai eue du ravisseur de Shandra. Il lui a soufflé quelque chose à la figure, quelque chose qui l'a mise KO. Je pensais au début à une drogue quelconque, mais il a peut-être employé une substance magique.

— Donc, nous sommes à la recherche d'un sorcier.

— Un sorcier qui enlève les occultes, opine Parker. Même si je ne comprends pas pourquoi.

Je repense aux deux hommes de ma vision, à leur conversation.

— On aurait dit qu'ils cherchaient à se constituer une collection… de différentes espèces d'occultes, je veux dire. Ils étaient hyper excités d'avoir déniché un troll. J'imagine que c'est plutôt rare.

— Et dangereux. Les trolls possèdent une force et une endurance incomparables. Ils sont aussi férocement loyaux envers leurs semblables. Si tu t'en prends à l'un d'eux, tu t'attaques au clan entier.

— Alors pourquoi prendre un tel risque ? Pourquoi les veulent-ils ? À quelle fin ?

— Je l'ignore, confesse-t-il avant de bâiller.

Je me rends compte qu'il est sans doute plus épuisé que circonspect : c'est le milieu de la nuit pour lui. Le simple fait qu'il arrive à se réveiller alors qu'il fait encore jour en dit long sur sa puissance de vampire. Je m'en veux de l'avoir tiré de son sommeil.

— Pardon. Je sais que tu es fatigué.

— Oui, c'est très difficile pour un vampire de veiller en pleine journée, je ne tiendrai pas très longtemps. Cependant, si tu veux bien me retrouver ce soir, nous pourrons discuter de tout cela en détail.

Bien que son offre m'ennuie toujours autant, il n'a pas tort. Si je ne trouve aucun indice aujourd'hui, je n'aurai peut-être pas le choix.

— Appelle-moi à ton réveil, nous verrons à ce moment-là.

Il laisse échapper un petit rire qui me donne des frissons.

— Ce sera purement professionnel. Tu as ma parole.

— Nous verrons, répété-je. Je ne promets rien. Et je ne veux pas avoir affaire à Henry, c'est clair ? Ne t'avise pas de lui donner mon numéro, ne lui dis même pas que je t'ai contacté. Ni à aucun autre vampire d'ailleurs. Personne. Juste toi. Je ne plaisante pas.

— C'est promis, Nora. Je te téléphone vers 20 heures.

Je raccroche en ravalant l'appréhension qui me monte à la gorge. Qu'est-ce qui me prend ? Je viens vraiment d'accepter un rencard avec le diable ? *Ce n'est pas un rencard. Je n'ai même pas promis de le voir ce soir.*

Toujours aux prises avec ma conscience, je tape « fraternités étudiantes » sur un moteur de recherche, avant de faire défiler les différentes photos qui apparaissent. Si la voiture avait une fausse plaque d'immatriculation, ma seule autre piste est l'autocollant que j'ai aperçu sur la vitre arrière. Je ne me rappelle pas tout à fait le symbole, mais je saurais le reconnaître.

J'examine les images une à une, sans trouver ce que je cherche. Je consulte plusieurs sites qui listent toutes les fraternités et sororités étudiantes, mais en vain. Pourtant je jurerais que c'est ce que l'autocollant représentait.

Au moment où je suis prête à renoncer, une dernière idée me vient. Me connectant sur ma messagerie instantanée, je souris en voyant que mon seul contact est en ligne. Ça me fait encore bizarre de me dire que je connais la personne derrière ce pseudo. Je me sens toute timide tandis que j'envoie un message à mon ange gardien de toujours.

MédiumMaboule : Salut… Oliver.

La réponse est immédiate.

SorcierX : Nora ! content d'avoir de tes nouvelles. Je n'étais pas rassuré de te voir rentrer chez toi avec ton voisin harceleur et tout… Est-ce que ça va ?

Sa sollicitude me touche. J'ai peut-être cinq contacts dans mon portable mais, pour le moment, je n'ai confiance qu'en deux d'entre eux : Oliver et Terrance.

MédiumMaboule : En fait, ça va super. Terrance refusait catégoriquement de me laisser y retourner. Du coup, il m'héberge le temps que je retombe sur mes pattes.

SorcierX : TERRANCE ?! Le TROLL t'a accueillie chez lui ?
MédiumMaboule : T'inquiète, je sais que c'est un troll et qu'ils sont dangereux, mais je te promets qu'il ne me fera aucun mal. Je ne sais pas d'où me vient cette certitude, mais je le sens au fond de moi. Je n'ai même jamais aussi bien dormi que cette nuit. Je ne crains rien ici, Oliver. Parole.
SorcierX : Ça je veux bien le croire. C'est *Terrance* qui t'accueille. Je me suis mal exprimé, je suis surtout surpris. Tu sais, se faire inviter chez un troll, ça n'a rien d'anodin. Tu es sous sa protection désormais, et probablement plus en sécurité que beaucoup d'occultes dans cette ville. Je n'en reviens pas, c'est DINGUE. Cela dit je suis content pour toi, content que tu sois enfin en sécurité.
Sa réaction me fait rire. À l'évidence, Terrance n'invite vraiment pas des gens tous les quatre matins.
MédiumMaboule : Merci, moi aussi. Même si j'ai encore du mal à me rendre compte de ce qui m'arrive. Bref, écoute, tu as dit que tu suivais des cours de justice pénale. Ça signifie que tu vas à l'université de Wayne State ?
SorcierX : Ouais, je suis en train de boucler mon master. Ce n'est pas l'université de mes rêves, mais mon budget est d'un autre avis.
Je m'esclaffe ; je sais ce que c'est de revoir ses ambitions à la baisse faute de moyens.
MédiumMaboule : Tu es sur le campus, là ?
SorcierX : Oui, mon dernier cours vient de se terminer. D'habitude, je vais ensuite faire mes devoirs à la bibliothèque près de chez toi, mais j'imagine que ce n'est plus la peine de traverser la ville pour ça, vu que tu n'y seras pas. Pourquoi ? Il te faut quelque chose ?

J'hésite, le cœur battant. La perspective de fréquenter Oliver dans la vraie vie est à la fois excitante et terrifiante. Pour le moment, en l'état actuel des choses, nous pourrions tout à fait rester de simples potes virtuels. Il peut continuer de me filer des infos sur l'Occulte et de répondre à mes questions, la situation serait la même. En revanche, si je lui propose de nous voir, ça change tout : je reconnais alors que notre amitié a une valeur particulière, qu'elle dépasse l'Internet. Je n'ai jamais eu de véritable ami ; il serait le premier.

— Un peu de cran, Nora, me soufflé-je. Tout ira bien, il connaît déjà ton secret. Tu n'as pas à te cacher de lui, il pourrait donc devenir un véritable ami.

Avec une profonde inspiration, je réponds à sa question en m'efforçant de ne pas avoir d'attaque.

MédiumMaboule : J'ai besoin de venir vérifier un truc. Je me disais que, si tu es déjà sur place, tu pourrais me servir de guide et m'aider à trouver ce que je cherche ?
SorcierX : Bien sûr, avec plaisir !

Je grimace ; il espère visiblement plus que mon amitié. En temps normal, son intérêt pour moi me ferait prendre mes jambes à mon cou, mais j'apprécie Oliver. J'aimerais préserver notre relation sans le froisser.

MédiumMaboule : Merci, je me mets en route. Terrance m'a donné ton numéro de téléphone. Je t'envoie un message à mon arrivée.

Je ferme l'ordinateur avec un soupir, puis attrape le jeu de clés sur la table. Je n'en reviens toujours pas que Terrance me laisse sa voiture. Je tâcherai de ne pas en faire une habitude mais, pour le moment, je n'ai pas le choix : l'université se trouve facile à onze ou douze kilomètres d'ici, et je ne connais pas du tout les lignes de bus dans ce quartier. De toute façon, j'ai peu de chances de trouver un arrêt dans le coin. Je suis sous le pont, bordel !

En partant, je découvre avec stupéfaction que l'escalier de l'entrée est déjà éclairé par des plafonniers émettant une lumière tamisée pareille au reste de la maison. *Mais… quand Terrance a-t-il trouvé le temps d'installer un système d'éclairage complet ?*

Une seconde surprise m'attend dehors lorsque j'appuie sur le bouton de la clé de voiture. Une fois mes yeux accoutumés à l'éclat du soleil, je m'aperçois que cette télécommande n'ouvre pas la berline rouge pétante du troll mais un petit coupé sport argenté garé juste à côté. C'est aussi une Cadillac, et j'ai une bonne idée de sa valeur – on n'est pas dans la même gamme de prix que celle de Terrance, mais pas loin.

Un doute affreux m'envahit. Je n'ai pas vu d'autre voiture la nuit dernière. Examinant la vignette temporaire sur la vitre arrière, je lâche un juron : il a acheté ce coupé dans la matinée. Il a carrément pris une nouvelle bagnole pour me permettre de me déplacer à ma guise, alors même que je lui ai répété que je ne comptais pas m'imposer plus de quelques jours.

— Terrance, je te hais, grommelé-je en faisant le tour de la voiture.

Certes, c'est un geste adorable, mais je déteste me sentir redevable, et comment ne pas l'être envers lui, après un tel cadeau ?

Enfin, que puis-je y faire pour l'instant ? Je ne vais pas descendre le réveiller pour rouspéter alors qu'il a consacré sa nuit à s'assurer que je ne manquerai de rien. D'ailleurs, il se sentirait sans doute insulté que je refuse cette voiture de prêt. Je m'installe donc sur le siège conducteur, puis prends la direction du campus universitaire au volant de la plus belle caisse que j'aie jamais conduite.

Chaque accélération, chaque arrêt, chaque virage me procure des frissons. J'arrive à l'université bien trop vite à mon goût et me gare dans le parking visiteurs. J'ai un peu peur de laisser une aussi jolie voiture dans un lieu public, à Détroit. Cependant, lorsque je descends et la verrouille, je perçois un infime sifflement de magie autour d'elle. J'esquisse un petit sourire : elle est protégée par des sorts. Je ne connais pas leur effet exact – peut-être la rendent-ils invisible aux yeux des autres, ou peut-être électrocutent-ils ceux qui s'avisent de la toucher sans en avoir le droit –, mais je sais en tout cas qu'elle ne risque rien.

Me dirigeant vers le bâtiment le plus proche, je suis sur le point d'envoyer un SMS à Oliver quand ce dernier me hèle de loin. Il porte un jean et un sweat-shirt à capuche Zelda. Je le reconnais immédiatement. Ses doux yeux d'ambre sont rivés sur moi, pétillant de joie, et il arbore un sourire plus large que jamais.

— Oliver ! m'exclamé-je en lui faisant signe, avant de le rejoindre promptement. Salut ! Comment tu as fait pour me retrouver si vite ?

Il hausse les épaules.

— En localisant ton portable. Je t'ai vue te garer dans ce parking.

J'arque un sourcil. La localisation de portables ? Il est aussi pirate informatique à ses heures ? Honnêtement, ça ne m'étonne même pas.

— Pardon, bredouille-t-il en se passant une main dans les cheveux. C'est juste qu'on n'est pas dans le quartier le plus recommandable et, maintenant que le monde occulte a découvert ton existence, beaucoup vont se montrer curieux. Nous ne sommes pas tous des créatures de la nuit.

Je soupire en lui offrant un petit sourire pour le déculpabiliser.

— Tu veilles sur moi, comme toujours.

Ses yeux étincellent derechef.

— Bien sûr. Toujours, Nora. C'est promis.

Ne sachant trop quoi répondre, je me racle la gorge et pointe le menton vers le campus.

— Bon, voilà ce qui m'amène… Je dois trouver une fraternité.

Il me dévisage d'un air sceptique.

— Une sororité tu veux dire, et j'ai du mal à croire que, toi, tu veuilles intégrer ce genre de groupe.

Je secoue la tête en repensant à ma vision et aux deux abrutis qui ont enlevé Shandra.

— Non, tu as bien entendu : une fraternité. (Puis mon regard se fait aussi sec que ma voix.) Et j'ai une tête à vouloir intégrer une sororité d'après toi ?

— Non, reconnaît-il avec un grand sourire.

— Tout juste. Nous ne sommes pas là pour rejoindre une association étudiante, Oliver, mais pour chercher des indices. La voiture utilisée lors du rapt de Shandra avait un autocollant sur la vitre arrière. Ça ressemblait aux lettres grecques d'un nom de fraternité, mais je n'ai rien trouvé sur le Net. Vu que Wayne State est la seule université du coin, j'ai l'espoir que cet autocollant appartienne à une fraternité locale. Si nous l'identifions, nous retrouvons la voiture. Alors je pourrai jouer les Sherlock et découvrir de nouveaux indices.

— Nous ? demande timidement Oliver en agrippant les bretelles de son sac à dos.

Je ne saurais dire s'il est nerveux parce que l'idée d'être mêlé à l'enquête l'effraie, ou parce que je viens de lui proposer de m'accompagner.

— Eh bien, rien ne t'oblige à jouer les Watson si tu n'en as pas envie. Ce n'est pas sans risque, en effet. De puissants occultes se font kidnapper, et Nick Sublime a laissé entendre que tu as un pouvoir de fou furieux. Ces tarés pourraient te prendre pour cible. Il vaudrait peut-être mieux que tu m'indiques simplement le bureau de l'association des étudiants et…

— Non, je veux t'aider, balbutie-t-il. J'étais juste surpris que tu m'inclues d'office.

— Pourquoi ?

— Ne le prends pas mal, mais… enfin… tu es plutôt solitaire. Tu n'es pas du genre à travailler en équipe ou à demander du soutien.

Il n'a pas tort mais, ce qu'il ignore, c'est que j'ai toujours été ainsi faute de choix.

— Seulement parce que je n'ai jamais rencontré personne à qui je me voyais révéler mon secret jusqu'à aujourd'hui.

— Tu peux me faire confiance.

Sa déclaration fait naître en moi une myriade d'émotions inhabituelles. « Chaleureuse » et « agréable » ne sont pas des termes que j'emploierais d'ordinaire pour décrire ma vie.

Ignorant le feu qui me brûle les joues, je lui donne un coup d'épaule amical.

— Je le sais, patate, sinon je ne t'aurais pas appelé.

Un silence gêné s'ensuit, que je romps en tapant des mains.

— Venez, mon cher Watson. Nous avons une troll à retrouver.

Chapitre 12

Bien que l'université de Wayne State ne soit pas l'édifice le plus renversant qui soit, je trouve très amusant de me promener sur le campus avec Oliver comme si j'y avais mes habitudes. J'en viens à regretter de ne pas connaître cette vie-là – être ordinaire, avoir des amis, aller à la fac. Je m'imagine presque avec un diplôme, un travail, un petit copain. À cet instant, je me sens normale. Évidemment, je suis une médium qui se balade avec un sorcier, à la recherche d'un groupe de ravisseurs surnaturels qui ont kidnappé la compagne potentielle de mon colocataire troll, donc... pour la normalité, on repassera.

— Tu as de la veine, on est pile la semaine des recrutements, souligne Oliver.

Nous venons d'arriver sur ce qui doit être la pelouse principale de l'université. Tables et stands se dressent de tous côtés, faisant la promotion des différentes sororités et fraternités.

— Toutes les associations étudiantes affiliées à Wayne State seront représentées ici, poursuit-il. Je te propose de commencer de ce côté puis de faire un tour complet de la cour.

— Ça me va.

Un sourire illumine le visage d'Oliver. Il m'offre alors la main, comme si nous sortions ensemble. Je grimace en secouant la tête.

— Désolée, j'ai pour règle d'éviter tout contact. Sauf si tu as envie que j'entende tes pensées.

Ses joues s'enflamment, et il grimace à son tour.

— Ah oui… j'avais oublié.

Je tente un sourire rassurant, mais une profonde gêne s'est installée. À ma grande surprise, c'est Oliver qui parvient à briser la glace.

— J'en déduis qu'il t'est impossible d'inhiber ton pouvoir ?

J'opine du chef, heureuse d'avoir une multitude de banderoles de stands à étudier pour ne pas le regarder dans les yeux.

— J'aimerais pourtant, ça me simplifierait vachement la vie.

— Et avec des vêtements ? Ça traverse le tissu ? Ou les manches longues, les gants et autres trucs du genre arrivent à le bloquer ?

— Ça aide beaucoup, mais je déteste porter des gants, avoir les doigts confinés, et je n'aime vraiment pas attirer l'attention inutilement. C'est déjà assez difficile d'être une petite Blanche dans un quartier défavorisé de Détroit sans en rajouter.

— C'est vrai, soupire-t-il. Ça peut se comprendre, mais… ça ne te manque pas, les contacts humains ?

Pas question que je réponde à cette question. Je m'arrête pour observer distraitement la banderole jaune d'une fraternité.

— C'est celle-là ? me demande-t-il en suivant mon regard.

Après un temps de réflexion, je secoue la tête.

— Ça y ressemble, mais les symboles étaient différents. J'en suis certaine.

Oliver s'approche du stand en question, tenu par deux grands costauds aux airs de joueurs de basket, l'un blanc, l'autre noir. Ils sont plus élancés que les crétins de ma vision, et semblent un poil plus futés, bien que leur installation ne montre que des photos de soirées débridées.

Tous deux jaugent d'un œil circonspect le geek maigrichon qui se présente devant eux.

— Salut, mon pote. Tu cherches à rejoindre une maison ? s'enquiert l'étudiant noir.

Il est plutôt beau gosse, mais sa condescendance à l'égard d'Oliver me le rend tout de suite antipathique. Comme s'il percevait ma crispation, le type se tourne vers moi puis, me détaillant de la tête aux pieds, décoche un grand sourire à mon ami.

— La vache ! mec, elle est canon ta copine.

Sentant qu'Oliver va le détromper sur la nature de notre relation, je m'empresse d'intervenir :

— Merci.

L'étudiant blanc se joint à la conversation en me souriant de toutes ses dents.

— Hé ! beauté, qu'est-ce que tu fiches avec ce guignol ?

Sa question me laisse pantoise. Ils sont sérieux ? Heureusement, Oliver n'a pas l'air de s'en formaliser ; il me lance un regard en coin avant de rouler des yeux d'un air blasé. Un sourire narquois se dessine sur mes lèvres. Me rapprochant de lui, je glisse un bras autour de sa taille. Surpris, il joue cependant le jeu et passe le sien autour de mes épaules en ayant la prévenance de ne toucher que ma manche.

— Vous n'êtes pas au courant, les gars ? dis-je. Les geeks sont tendance maintenant. Et je vous ferais savoir qu'en plus d'être intelligent, drôle et un dieu au plumard, mon mec est aussi super balèze.

Les deux en restent estomaqués. Je me colle à Oliver avec une moue suffisante.

— Eh oui ! c'est un maître de l'autodéfense. Il pourrait vous botter le cul sans problème pour me protéger… vous tuer même si nécessaire.

J'adresse un clin d'œil complice à Oliver. Il a déjà volé à mon secours par le passé et, même s'il n'utilise plus sa magie, je sais pertinemment qu'il n'hésiterait pas une seconde si ma vie était en danger. Flatté, il me serre contre lui et me taquine :

— Encore heureux, vu que tu t'attires toujours des ennuis.

— Haha ! c'est vrai.

Il est plutôt sexy quand il s'affirme. Je l'ai peut-être mal jugé ; il n'est peut-être pas timide, comme je l'imaginais, mais simplement introverti.

Remis de leur surprise, les deux étudiants rient à leur tour. Leur regard sur Oliver a changé, manifestant davantage de respect et de curiosité.

— D'accord, d'accord, petite, me dit le premier. Ça roule, on voulait pas le vexer. Du coup… (il reporte son attention sur Oliver) tu cherches à rejoindre une fraternité ?

J'adresse à Oliver un regard interrogateur qui le fait ricaner. Je me marre à mon tour. Mince ! c'est tellement génial d'avoir un ami.

Il me laisse volontiers répondre à sa place :

— En fait, on cherche une fraternité bien précise. Je pensais que c'était la vôtre, mais je vois maintenant que non. Vous ne connaîtriez pas par hasard une maison dont le logo ressemble au vôtre ? Le même jaune mais avec des symboles différents. Plus de boucles.

L'étudiant blanc part d'un rire méprisant tandis que son camarade se renfrogne.

— Tu parles de ces sous-merdes qui se la jouent ?

Je dresse la tête, intéressée.

— Donc vous les connaissez ?

Le premier secoue la tête, exaspéré.

— Ces guignols ont créé leur propre maison et font style ils sont officiels mais, en vrai, c'est même pas une fraternité.

— Tu ferais mieux de les éviter, meuf, ils sont pas nets ces mecs-là. C'est plus une secte qu'autre chose, et ils vont parfois très loin.

— Il paraît que leurs soirées dégénèrent souvent. De vrais tordus, tu vois le genre ?

J'acquiesce en regardant Oliver.

— Ça ressemble bien aux clowns qu'on cherche.

Il me répond d'un hochement de tête, puis se tourne vers nos nouveaux amis en soupirant :

— Pas de doute, c'est bien eux. Vous savez où se trouve leur maison ?

— Ah, ça ! s'exclame le premier. Ces trouducs se sont installés dans la même rue que nous, avant de nous piquer notre logo. Chaque fois qu'on organise une fête, ils nous volent la moitié de nos participants, et beaucoup de gens ont refusé de nous rejoindre à cause d'eux, tellement ils sont flippants. (Il baisse ensuite la voix en fixant sur nous un regard grave.) Franchement, ne vous approchez pas d'eux. Vous avez l'air sympas. Je suis sûr que vous êtes capables de vous défendre tout seuls, mais ces tarés sont dangereux. Même si tout le monde les déteste, ce n'est pas pour rien que personne ne va leur chercher des crosses.

— Nous, par contre, on organise une fête ce week-end, annonce son camarade. Vous devriez venir.

Il nous remet plusieurs tracts indiquant le nom de leur maison et l'heure de la fête. Leur adresse est fort commodément précisée au bas de la feuille.

— Et au fait, mon pote… (il tend la main à Oliver) si jamais ça t'intéresse de nous rejoindre, fais-nous signe. On te présentera aux autres et on leur dira que t'es cool.

Oliver lui serre la main en s'efforçant de réprimer un sourire.

— Je vais y réfléchir. Merci pour les infos sur ces autres mecs. On fera gaffe à pas les croiser.

— Faites surtout gaffe à pas rater notre fête, ce soir. Ça va déchirer !

— T'inquiète, merci.

Puis il m'invite d'un signe de tête décontracté à me diriger vers le stand suivant.

— Hmm, émet-il lorsque nous sommes assez loin. Voilà donc ce que ça fait d'être un mec cool.

Je pars d'un éclat de rire qui lui arrache un gloussement, puis lui donne un petit coup d'épaule tout en marchant à côté de lui.

— Que ça ne te monte pas à la tête, Oli. Pour ta gouverne, je t'apprécie comme tu es.

Il hausse les épaules et sourit, tête baissée.

— Merci, marmonne-t-il en me rendant mon coup d'épaule, avant de s'éclaircir la voix pour changer de sujet : J'imagine que notre prochaine étape est la maison des « sous-merdes qui se la jouent » ?

— Et comment ! Ils auront bientôt Nora Jacobs, la médium maboule, aux miches, ces « trouducs » !

Le GPS de la supervoiture de Terrance nous conduit droit à la maison étudiante. De là, nous trouvons facilement notre véritable cible. Déjà, un tacot jaune très familier est garé devant, le long du trottoir. Ensuite, la maison entière est peinte dans le même jaune clair que celle de la fraternité. Pas étonnant que nos nouveaux copains du stand l'aient mauvaise. Certes, il paraît que l'imitation est une forme de flatterie, mais ça reste rageant.

— Bingo ! c'est notre voiture.

Suivant mon regard, Oliver lâche un ricanement.

— Une bagnole de rêve.

— Et encore, tu n'as pas vu le plouc qui la conduit. Allons-y. Monte la garde pendant que je fais mon truc : quand je suis absorbée par une vision, je ne peux pas en sortir.

Alors que nous nous approchons de la voiture, Oliver montre des signes de nervosité. Scrutant la grande maison jaune clair, il bredouille :

— Tu es sûre qu'on devrait… ?

— C'est le seul moyen de retrouver Shandra. (Je jette un coup d'œil à la demeure.) Écoute, il n'y a pas un bruit. Soit ils sont pratiquement tous en cours, soit ils dorment, soit ils sont partis kidnapper d'autres occultes. À mon avis, on n'aura jamais une aussi belle occasion. Alors fais le guet, et, si quelqu'un se pointe… écarte-moi de la voiture. Si je perds le contact, la vision s'interrompra. Ensuite, on pourra filer en vitesse.

Il ne répond rien, se contentant d'inspirer profondément, avant de concentrer son attention sur la maison. À quelques pas de la voiture, à la limite de la propriété, ma peau me démange soudain et les poils de mes bras se hérissent. Oliver étouffe un hoquet de stupeur tandis que je laisse échapper un sifflement discret. Même chez Terrance je n'ai pas senti un tel picotement d'énergie.

— Ça fait beaucoup de magie, commenté-je. Cela dit, elle a quelque chose de différent. Ce n'est pas normal, hein ?

N'obtenant qu'un silence, je jette un coup d'œil à Oliver. Il est pâle comme un linge, bouche bée.

— Qu'y a-t-il ?

Il se ressaisit avec un frisson puis déglutit péniblement, avant de murmurer :

— C'est de la magie noire. Son usage est proscrit dans le monde occulte, car elle se nourrit de sacrifices et que c'est une force vraiment dangereuse. Elle n'a pas toujours l'effet escompté. Elle a presque une volonté propre et finit par pervertir l'esprit de son utilisateur.

— Laisse-moi deviner : elle rend les gens méchants ?

Mon sarcasme ne l'amuse pas.

— Oui, c'est exactement ça. Viens, il faut qu'on fiche le camp.

— Quoi ? On ne peut pas partir tout de suite.

Je saisis la poignée de la portière conducteur, mais ne reçois aucune vision. Pas d'empreinte psychique de ce côté. Heureusement, la vieille épave n'est pas verrouillée. Son propriétaire estime sans doute que sa seule réputation dissuadera les gens de s'y intéresser de près – ou il a peut-être simplement oublié de la fermer. Ben oui, à quoi bon ? On est juste à Détroit, l'une des dix plus grandes capitales du crime du pays. Muscles-bis avait l'air particulièrement idiot, cela dit.

J'ouvre la portière en retenant ma respiration. Je suis quasiment certaine que la magie émane exclusivement de la maison, mais il n'est pas impossible que la voiture soit aussi ensorcelée contre les intrusions et que je n'arrive pas à le percevoir. Après quelques secondes, comme rien ne se passe, je souffle enfin. Musclor est donc bien un idiot en fin de compte. Une chance pour moi.

Me glissant sur le siège avant, je jette un coup d'œil par-dessus mon épaule. Mon guetteur est maintenant au téléphone et parle à voix basse tout en lançant des regards nerveux vers la demeure. Soit. Il peut se bouffer les ongles si ça lui chante. Moi, je dois passer cette voiture au peigne fin.

À peine ai-je placé les mains sur le volant que je me retrouve projetée dans une vision intense :

Il fait nuit, le type du bar a disparu, mais son complice, le conducteur de la voiture, est assis devant, serrant le volant à s'en blanchir les articulations. Je suis sur la banquette arrière – Shandra aussi a disparu. À côté, la maison accueille une soirée beuverie de tous les diables.

Musclor avise un homme dans la foule et l'invite d'un signe de tête à monter dans son tacot. Le nouvel arrivant est un rouquin plutôt élancé, bien que son tee-shirt révèle des épaules musclées et des bras bien sculptés. Contrairement à Musclor, il semble très intelligent. Il prend place sur le siège passager avec un air agacé.

— Tu devais me donner des nouvelles il y a une heure. Pourquoi tu n'as pas appelé ?

Continuant de tordre les mains sur le volant, l'autre lui décoche un regard sombre.

— Je me disais qu'il valait mieux avoir cette discussion de vive voix. Tu ne vas pas croire ce qui s'est passé ce soir.

L'homme se contente d'arquer un sourcil, attendant des explications. Musclor soupire :

— On va devoir accepter Noah.

— Noah ? geint le rouquin. Je déteste cet imbécile. Pourquoi tu veux l'accepter ?

— Cet « imbécile » vient de nous choper une troll.

L'homme sursaute, abasourdi.

— Tu déconnes. Une troll *? Il est cinglé ?*

— OUI ! s'écrie Musclor. Il l'a enlevée sous le nez de deux autres trolls. J'ai dû utiliser toutes mes réserves de poudre pour couvrir nos traces.

Son pote pousse un soupir de soulagement.

— Donc tu as pensé à enchanter les caméras ?

— Les caméras, la ruelle. J'ai aussi camouflé la voiture. J'ai fait des tours et des détours pendant une heure avant de l'aider à ramener cette guenon au sanctuaire. Depuis, je m'attends constamment à voir débarquer des trolls en pétard. Je me dis que ce petit con a eu de la chance. À mon avis, on est tirés d'affaire.

Les yeux du rouquin pétillent d'excitation.

— Une troll. On n'a encore jamais eu ce genre de force.

— Normal. S'essayer à exploiter ce genre de puissance, c'est du suicide.

— Tu m'as déjà vu perdre le contrôle ? rétorque sèchement l'autre. Même une fois ?

Le regard noir de Musclor s'efface derrière une moue sceptique.

— Non, mais on s'en approche, et ton pouvoir commence à faiblir.

— Tu crois que je n'ai pas tout prévu ? La récolte aura lieu avant que nos forces vitales s'épuisent. Et puis merde ! je suis quand même un sorcier de niveau intermédiaire. On va s'en sortir. Il faudra accepter Noah parmi nous. C'est le seul autre candidat possible, et il a chopé un putain de troll. Donc, si Xavier veut bien se bouger le cul, on sera fin prêts.

— Xavier ! T'as pas entendu ? Cette couille molle a foiré son coup.

— Quoi ?! Comment ça ? C'était mon favori ! Il a pas attrapé son vampire ? D'après lui, le mec avait plus de quatre cents ans. Tu as une idée de la puissance qu'un vampire de cet âge possède ? Rassure-moi, il ne s'est pas fait tuer.

*— Presque. Mais pas par un vampire. Ce crétin est allé à l'*Occulte *l'autre soir, il s'est pris une raclée et a fait une overdose d'un truc que personne n'a pu identifier. Il a fini à l'hosto, au bord de la mort. Il soutient qu'on l'a drogué, mais les flics ne le lâchent pas. On ne peut pas le laisser nous entraîner dans ses emmerdes.*

— FAIT CHIER ! crie le rouquin en frappant le tableau de bord du poing.

Puis il se passe une main dans les cheveux et souffle un bon coup.

— On a qui d'autre ?

— Personne, Elijah. Il n'y a que Xavier.

Le rouquin – Elijah – secoue la tête.

— Alors on a besoin de lui. Dis-lui qu'on lui laisse une dernière chance de nous amener un occulte, sinon il dégage. On va voir s'il peut vraiment attraper son vampire de quatre cents ans comme il le prétendait.

— Et s'il rate ? On doit être douze pour que ça fonctionne, lui rappelle Musclor. La Lune de sang, c'est dimanche. On n'a plus beaucoup de temps.

Elijah lui adresse un regard torve.

— Dis à Xavier qu'il a de nouveaux concurrents. Ça le motivera. Dis-lui d'amener son occulte à la… je ne sais pas. Vaut mieux pas le laisser venir chez nous, au cas où il aurait effectivement des problèmes avec les flics. Qui organise une fête demain soir ?

— Euh… je crois que les Alpha Gamma Delta ont prévu une soirée d'accueil demain.

— Impeccable.

Elijah ouvre sa portière pour descendre, mais se tourne finalement vers Musclor avec une grimace.

— Il a intérêt à réussir. Tu as raison, on doit être douze. Je comptais sur Xavier.

— Moi aussi, confesse son camarade. Je ne suis pas fan de ce mec, mais il a au moins un cerveau, contrairement à Noah. Je me demande bien comment il a fait pour se retrouver dans cet état.

— Espérons qu'il dit la vérité et qu'on l'a juste drogué ou un truc du genre, soupire Elijah, avant de hocher la tête vers la maison animée. Tu viens ?

— Et comment ! J'ai besoin d'un verre après le coup de ce soir. Un truc bien costaud.

— Ça te dirait un peu d'élixir dans ton whisky ? J'en garde pour les mauvais jours, et je dirais que tu l'as bien mérité ce soir.

La vision se dissipe avant que Musclor donne sa réponse, mais je suis presque certaine qu'il n'allait pas refuser ce fameux élixir – quoi que ça puisse être.

Je me tasse sur le siège en gémissant, en proie à un horrible mal de crâne. Ces visions à rallonge auront ma peau. Heureusement, celle-ci était riche en informations ;

ça m'aurait embêté de tomber sur un bête souvenir de Musclor en train de tirer un coup vite fait dans sa caisse.

Redevenue consciente de mon environnement, j'entends deux voix m'appeler, puis découvre Nick Sublime juste derrière Oliver. Il a l'air inquiet.

— Qu'est-ce que vous faites là ? balbutié-je.

— C'est *mon* affaire, réplique-t-il, agacé.

Lorsque je me tourne pour poser les pieds sur le trottoir, Oliver me prend la main avec un regard peiné.

— On ne peut pas faire face à la magie noire seuls, Nora.

— Vous ne devriez pas y faire face tout court, grommelle Nick.

Ignorant sa remarque, je tends les mains vers mon ami.

— Aide-moi à sortir de là. Je crois que je vais vomir.

Il s'exécute et m'aide à me relever. Nick ferme la portière derrière moi, puis me soulève dans ses bras sans effort. Mince ! il me donne l'impression d'être un poids plume. Si je n'avais pas l'estomac à l'envers, je savourerais volontiers cette petite balade dans les bras d'un canon. J'apprécierais même le fait que M. Appelez-moi-Sublime arbore aujourd'hui un tee-shirt AC/DC rétro et un chapeau de cow-boy. Mais… comme je l'ai dit, je ne suis pas en état de m'en soucier. Mon petit déjeuner remonte sans crier gare.

Nick lâche un juron et me tient à bout de bras, le plus loin possible, afin de sauver ses belles santiags cirées.

— Fais attention, femme. C'est de la peau de serpent !

— Oh ! je suis affreusement navrée. Je vais tâcher de défier les lois de la…

Un nouveau haut-le-cœur m'interrompt et je vomis derechef. J'entends un sifflement désespéré, puis Nick me dépose au bord du trottoir, à côté de la belle voiture prêtée par Terrance. Mon souffle retrouvé, je termine ma phrase :

— Je vais tâcher de défier les lois de la physique pour épargner vos immondes godasses.

— Immondes ?

Plutôt mourir que d'avouer que je les trouve ultraclasse.

— Mais oui. Franchement, y a qu'à regarder.

— Arrête, elles sont sexy.

Oh que oui !

— Si vous le dites.

— Et je le maintiens. Bref, qu'est-ce que vous fichez ici tous les deux ? Et pourquoi est-ce que tu gerbes partout ?

Alors que je lève les yeux au ciel, Oliver m'offre une bouteille d'eau tirée du fond de son sac à dos. Je la prends avec un gémissement de plaisir.

— Oh, Oli ! tu es mon nouveau meilleur ami.

Je me rince la bouche et crache plusieurs fois tandis qu'il s'assoit par terre à côté de moi.

— Ça va mieux ?

J'acquiesce, essuyant d'un revers de manche la sueur sur mon front.

— Oui, c'est bon. Les visions ne me font pas vomir d'habitude, mais celle-ci était particulièrement forte. Le contrecoup est proportionnel à leur intensité.

— Tu viens d'avoir une *vision* ? demande l'agent.

Oliver esquisse un petit sourire en me voyant soupirer d'un air faussement exaspéré.

— Ben oui, je ne suis pas là pour m'acheter une voiture.

Jetant un coup d'œil à l'horreur jaunâtre que j'inspectais quelques instants auparavant, Nick frémit.

— Sage décision.

Je ricane. C'est vrai qu'elle est moche cette bagnole.

— Je suis là pour retrouver Shandra, comme je l'ai promis à Terrance. D'ailleurs, fanfaronné-je en désignant la maison jaune clair, j'ai trouvé les coupables !

Nick contemple la demeure d'un œil circonspect.

— Les occultes disparus sont là-dedans ?

Si seulement c'était aussi simple. Je secoue la tête.

— Non, ils les retiennent ailleurs : un endroit qu'ils appellent le sanctuaire. Je crois que c'est là qu'ils accomplissent leurs rituels. Cette maison ne leur sert qu'à dormir et à faire la fête. En tout cas, ce sont bien nos coupables, et je pense connaître un moyen de retrouver les disparus.

— Je pourrais entrer et les faire avouer tout de suite, propose Nick en tirant un énorme couteau de sa botte.

Génial, ses santiags sont à la fois sexy et fonctionnelles. Bon sang ! il a vraiment la classe de bout en bout.

Bien que je sois impressionnée, je secoue la tête en signe de désapprobation.

— Vous ignorez qui et combien ils sont. Il vous serait impossible de tous les serrer d'un coup. Il en suffit d'un qui s'échappe ou qui passe un coup de fil à celui qui garde le sanctuaire, et vous pouvez être sûr que Shandra et les autres seront transférés ou éliminés pour dissimuler les preuves. Nous devons localiser le sanctuaire avant de débarquer où que ce soit comme deux cow-boys du Far West.

La référence aux cow-boys est un clin d'œil assumé à Nick, qui l'a parfaitement compris. Il pouffe, incapable de garder son sérieux.

— Tu me gâches mon plaisir, Tigresse, plaisante-t-il, avant d'arborer un sourire teinté de fierté. Cela dit, c'est raisonner en vraie enquêtrice. Tu es plutôt dégourdie, pour une humaine.

Son compliment vachard me fait rouler des yeux.

— Bien. Quel est donc ce plan que tu as concocté, et qu'est-ce qui te fait dire que Shandra n'est pas la seule ? s'enquiert-il.

— Déjà, il y a Nadine, souligne Oliver. La vampire de Henry.

Je ne peux m'empêcher de grimacer en l'entendant parler de vampires – surtout de Henry. Difficile de se défaire d'une première impression, et disons que Henry a foiré la sienne en beauté.

Une voiture remonte lentement la rue dans notre direction. Ses deux occupants ont des têtes d'étudiants. Ils passent devant nous en nous lançant un regard suspicieux, mais vont heureusement se garer devant la maison de la vraie fraternité au lieu de celle de la secte maléfique.

— Je vous propose qu'on aille discuter de tout ça ailleurs, dis-je.

— Moi je propose qu'on te ramène chez Terrance, répond Oliver, avant de désigner les taches de vomi sur mon tee-shirt lorsque j'exprime des réserves. Je me disais que tu aimerais te changer et te brosser les dents.

— Vous êtes un homme sage et prévenant, cher meilleur ami sorcier superpuissant.

Il secoue la tête en riant, puis s'installe sans un mot à l'avant de la superbe voiture de T-rex. Ouvrant la portière conducteur, je lance un coup d'œil à Nick derrière moi.

— Allez, viens, cow-boy. Suis-nous jusqu'à la tanière du troll. (Je marque cependant une pause avant de monter en voiture.) Minute. Terrance ne va pas vous bouffer si je vous invite chez lui, pas vrai ?

Je m'attends à déclencher l'hilarité générale, mais c'est tout l'inverse qui se produit. Oliver blêmit et Nick se fige, ravalant le trait d'humour qui lui venait aux lèvres. Après un silence qui dure un peu trop à mon goût, il répond :

— Tu devrais peut-être l'appeler d'abord pour lui demander si ça ne le dérange pas.

Chapitre 13

Terrance me donne la permission de ramener tout ce petit monde chez lui – ou chez nous, je suppose. Il a répondu que c'était ma maison désormais, et que les sorts de protection ne tueraient personne tant que je ne les considérerais pas comme des intrus. Par prudence, j'ai préféré marmonner en boucle une petite formule disant que Nick et Oliver étaient les bienvenus, depuis le grillage à l'entrée jusqu'au bas de l'escalier.

Oliver contemple l'intérieur de la maison d'un air ahuri, restant si près de moi que nos bras se touchent. Je ne lui en veux pas de me coller, car il semble à la fois ébloui et terrifié d'être ici. Nick paraît nettement plus détendu et pousse un sifflement admiratif.

— Belle baraque.

— N'est-ce pas ? ris-je. Et dire que ce palace se trouve sous le pont.

— Normal, je suis un troll, Nora, me fait remarquer Terrance en entrant dans le salon. Nous vivons sous les ponts.

Oliver se raidit et déglutit tandis que j'éclate de rire.

— Désolée. Les comptines disent vrai. J'ai encore du mal à m'y faire.

Terrance secoue la tête d'un air blasé sans parvenir à réprimer un sourire. Je l'amuse toujours.

— Bref, T-rex, j'ai de nouvelles infos sur Shandra. (Je lève aussitôt la main pour prévenir son avalanche de questions.) Déjà, je suis certaine qu'elle est encore en vie.

Il lâche un grand soupir de soulagement et son corps entier semble s'affaisser d'un coup.

— Que s'est-il passé ? Où est-elle ? Elle va bien ?

Je l'arrête de nouveau d'un geste.

— Je te promets de tout te dire mais, d'abord, laisse-moi aller me changer. J'ai vomi mes tripes tout à l'heure après une vision bien méchante. Je rêve de vêtements propres et d'une brosse à dents. Je me dépêche, puis on pourra plancher sur ma stratégie pour récupérer Shandra. Et si tu nous préparais un café pendant que je vais me débarbouiller ?

Oliver laisse échapper un hoquet de surprise et Nick manque de s'étouffer. Je ne sais pas trop ce qu'ils ont, mais ça m'est égal. Le sourire de Terrance s'élargit lorsque je le regarde.

— Ça roule, Pépin, dit-il en me tendant son poing.

J'y cogne le mien, puis prends le chemin de ma chambre.

— T'es le meilleur, T-rex. À tout de suite.

En partant, j'entends Oliver chuchoter :

— Je rêve ou elle vient de faire un check à un troll ?

— Après lui avoir donné des ordres comme à un larbin sans se faire écharper, murmure Nick. Je n'en reviens pas.

L'éclat de rire de Terrance fait trembler la demeure entière.

Quand je ressors de ma chambre, le café est servi. Je suis son odeur délicieuse jusqu'à la cuisine, où Terrance s'affaire sur son plan de travail tandis que Nick et Oliver patientent à table. Lorsque j'entre dans la pièce, le troll me jette un coup d'œil par-dessus son épaule.

— Tu l'aimes comment, ton café ?

— Bien noir, merci.

— C'est comme ça que tu aimes tes hommes aussi ? me demande Nick avec un sourire coquin.

Impossible de me retenir ; je m'esclaffe. Je ris parce que je vois bien qu'il plaisante. Oh ! je me doute qu'il accepterait volontiers une partie de jambes en l'air si je le lui proposais, mais je n'en ai pas envie et il en a visiblement conscience. Il me taquine sans vraiment chercher à me draguer. Je soupire :

— Ah ! Sublime. Tu as bien mérité ton nom, je le reconnais, mais je n'aime mes hommes qu'en tant qu'amis. Je n'accepte jamais de rendez-vous, sans exception. J'en ai trop bavé.

Feignant de ne pas remarquer la déception d'Oliver, je m'installe à table à côté de Terrance.

— Bien, dis-je avant de souffler sur mon café pour y tremper les lèvres.

Ça n'a rien d'un jus de chaussette. Terrance est décidément un maître en cuisine.

— Alors… voilà ce que j'ai appris dans ma vision. Je crois – notez que ce n'est qu'une supposition –, mais je *pense* qu'ils vont tenter de s'approprier la puissance des occultes qu'ils ont enlevés. Ils comptent apparemment siphonner la force vitale de leurs prisonniers et la garder pour eux grâce à une sorte de rituel sacrificiel. (Cette révélation suscite un mélange de murmures choqués et de grognements.) C'est possible à votre avis ?

Une fois passé les jurons outrés de Nick et Terrance, Oliver me répond :

— Ce serait très difficile, et ça nécessiterait de recourir à la magie noire. La magie classique, bénéfique, vient de l'intérieur. C'est pour cette raison que seuls les sorciers peuvent la pratiquer. Chez nous, elle est innée, nous n'avons pas besoin de la voler. La magie noire, quant à elle, s'obtient en tuant des êtres surnaturels. C'est une énergie très puissante, mais aussi hautement instable, et de nature maléfique. Elle est difficile à exploiter. Pour accomplir le genre de rituel dont tu parles, il faudrait…

— Douze personnes ? hasardé-je. Ils ont dit qu'il leur en fallait douze.

Les trois hommes gémissent. Nick jure de nouveau puis renverse la tête en arrière pour observer le plafond.

— On a affaire à un ordre entier de sorciers ?

— Je ne pense pas. (Tous les regards reviennent sur moi.) À mon avis, on a affaire à une bande d'amateurs zélés. Ce sont sûrement tous des humains qui jouent les apprentis sorciers. Ils n'ont pas de pouvoir propre, ils le tirent de leur chef : un sorcier de niveau intermédiaire, aux dires de ce dernier. Apparemment, sa magie leur permet d'accomplir le rituel pour récupérer des pouvoirs occultes. De ce que j'ai compris, ils n'en sont pas à leur coup d'essai. Il a dit que leur magie faiblit, mais qu'ils accompliront le rituel avant qu'elle soit totalement épuisée.

Oliver acquiesce comme si tout cela était d'une logique indéniable.

— Oui, ça me paraît plus probable. À mon sens, il n'existe aucun ordre assez bête pour tomber dans la magie noire. Mais un petit sorcier écervelé qui chercherait à accroître son pouvoir en se servant d'humains pour faire le sale boulot ? C'est nettement plus réaliste.

Je me tourne vers lui avec un rictus narquois.

— Tu sais qu'il disait « niveau intermédiaire » comme si c'était la classe ultime ?

Oliver esquisse un bref sourire, presque hautain mais pas tout à fait.

— S'il a vraiment ce niveau, il n'y a pas de quoi rougir, énonce-t-il en haussant les épaules avec modestie. Il peut sans doute faire des dégâts. Ce sera un adversaire coriace s'il se sert de magie noire. Nous devrons prévoir des renforts quand nous serons prêts à attaquer leur sanctuaire. Deux ou trois sorciers minimum.

— Ou alors, intervient Nick en se tapotant le menton de façon théâtrale, si seulement l'Agence avait dans ses rangs un haut sorcier pour venir à la rescousse. Avec ou sans magie noire, un sorcier de niveau intermédiaire représenterait un obstacle risible pour cet homme.

Oliver le foudroie du regard et, dans un élan à la fois protecteur et possessif, je me surprends à faire de même. *Comment ose-t-il faire culpabiliser mon meilleur ami ?*

— Lâche-le, Nick. Tu ne sais pas de quoi tu parles.

L'agent me regarde d'un air déconcerté puis, remis de son étonnement, réplique avec un sourire arrogant :

— Ton petit copain ici présent est en train de gâcher un talent exceptionnel.

— Et alors ? Fiche-lui la paix.

À présent aussi énervé que moi, Nick se penche en avant, les poings sur la table. Nous nous regardons tous deux en chiens de faïence. On en viendrait presque à oublier qu'Oliver est assis juste à côté de nous. J'ignore comment, mais c'est devenu une affaire entre Nick et moi.

— Il faut bien que quelqu'un se charge de le lui rappeler, grogne l'agent. La directrice West est trop indulgente avec lui. Il doit se secouer et embrasser son destin.

— Tu n'étais pas présent ce soir-là ! vociféré-je, des larmes de colère plein les yeux. Tu ne sais pas ce que nous avons traversé !

Il persiste, implacable :

— Je sais que, même si c'était pire pour toi, tu ne laisses pas ce moment diriger ta vie.

— Tu parles ! (Je me lève brusquement en frappant la table des poings, renversant ma chaise derrière moi.) À ton avis, pourquoi je ne sors jamais avec personne et n'ai même pas d'amis, hein ? Je ne supporte plus qu'on me touche !

Chaque fois que quelqu'un prend ses aises avec moi, je revis cette horrible soirée. Ça s'appelle le trouble de stress post-traumatique, connard, et c'est sérieux ! Et ce n'est pas parce que la souffrance d'Oliver est différente de la mienne qu'il ne souffre pas du tout. Si tu veux qu'il utilise de nouveau sa magie, alors trouve un moyen de lui venir en aide. Ne reste pas assis sans rien faire, à le rabaisser pour un problème qu'il n'a sans doute même pas conscience d'avoir. Il ne l'a pas vécu comme moi : on ne lui a pas fait suivre des années de thérapie. Il a dû garder ça pour lui pendant tout ce temps, personne ne sait ce qu'il a enduré. Il a besoin de compassion, de soutien, pas d'un coup de pied au cul. Et si tu es incapable de le laisser tranquille, alors je t'invite à foutre le camp. Je retrouverai Shandra toute seule.

Je suis à bout de souffle, le visage ruisselant de larmes, mais je m'en moque. Je suis furieuse. Et mon indignation ne concerne pas Oliver – du moins, pas seulement. Peut-être ai-je trop de colère enfouie en moi après toutes ces années de vie misérable. Cependant, ce n'est pas parce que je me suis emportée que j'ai tort. Je n'ai pas l'intention de m'écraser.

Nick non plus, visiblement. À moins que ce soit une réaction face à mon attitude dominante. Je ne sais toujours pas à quelle espèce d'occulte il appartient. Si ça se trouve, il lui est impossible de s'écraser. Il se lève lentement, puis fait ce truc flippant avec ses pupilles en fente et ses ondes de puissance. Quand il adopte cette posture, la température grimpe en flèche, comme s'il dégageait de la chaleur.

— Il n'est pas question, articule-t-il, tremblant de rage, que tu interviennes de nouveau sur cette affaire à moins que je te le demande en étant présent pour t'encadrer, ou bien je te jure que je te collerai au trou pour entrave à mon enquête !

Il n'en faut pas davantage pour faire sortir Terrance de ses gonds.

— C'EST UNE MENACE ?

Ses yeux sont totalement noirs, ce qui, la dernière fois, a terrifié même les plus puissants des occultes. Ce n'est pas le cas maintenant. Apparemment, Nick Sublime est l'homme fort de l'Agence parce qu'il est encore plus redoutable qu'un troll en pétard. Braquant son regard sur Terrance, il se dresse de toute sa hauteur, semblant grandir à vue d'œil. Et il se produit sur sa peau un phénomène indescriptible. Je suis trop loin pour le voir nettement, mais je jurerais qu'elle s'est mise à briller, comme transformée en armure. *Bon sang! mais c'est qui ce type?*

— Je ne fais que mon *travail*, dit-il d'une voix chargée de puissance. Après le coup de fil d'Oliver au sujet de la magie noire, Madison m'a envoyé jouer les baby-sitters pour ces deux idiots (il nous désigne d'un geste désinvolte), l'énigme sur pattes et le petit prodige de l'Agence, parce qu'elle sait que Nora ne renoncera pas tant qu'elle ne se sera pas fait tuer, et qu'Oliver se laissera entraîner parce qu'il a le béguin pour elle.

Dis donc, il est pas gêné!

— Ça m'est égal de laisser Nora utiliser ses dons, poursuit-il. Je veux autant qu'elle retrouver les disparus, et elle semble constituer notre meilleur atout pour le moment. Mais ne t'y trompe pas, Terrance, je la protégerai d'elle-même si nécessaire, que ça te plaise ou non.

Le troll s'apaise, apparemment satisfait de ses explications. Je gémis, m'attirant aussitôt leur attention. Il y a quelques jours encore, personne ne se souciait de moi, et voilà que je me retrouve d'un coup avec deux grands frères ultra-protecteurs. Je meurs d'envie de dire à Nick où il peut se carrer sa protection, mais je sais qu'il a raison ; je suis assez imprudente et bornée pour m'attirer de graves ennuis. Et j'avoue que je serais rassurée d'avoir ce concentré de mystère à mon côté, ce soir, lorsque j'irai m'offrir comme appât afin de retrouver Shandra.

Ils me regardent avec insistance comme s'ils attendaient que je prenne la parole.

— Bien, finis-je par grommeler en lançant à Nick un regard noir. Tu reconnais au moins l'utilité de mes talents, et tu n'essaies pas de me priver de sortie.

Il me surprend en ricanant.

— Tu es plutôt bluffante, petite humaine. Tu as prouvé que tu as de la ressource. Je ne vois pas d'inconvénient à te laisser mettre à l'emploi cet arsenal de talents uniques. Mais si tu tiens à le faire sur le terrain, alors je viens avec toi.

— C'est de bonne guerre, conviens-je en haussant les épaules. Veille juste à respecter Oliver, et tout se passera bien.

— Ça me va, acquiesce-t-il en haussant les épaules lui aussi. C'est dans mes cordes. Je suppose que je ne l'avais jamais envisagé sous cet angle. À l'avenir, je tâcherai de me montrer moins vache.

Avec un petit ricanement, je me tourne vers Oliver pour lui adresser un clin d'œil. Sauf que ce dernier n'est plus à côté de Nick ; il a fait le tour de la table pour venir près de moi. Lorsque je croise son regard, je découvre des yeux brillant de larmes refoulées. Puis, sans crier gare, il me prend dans ses bras. Son étreinte exprime tant de détresse que je ne le repousse pas et le laisse me serrer contre lui.

— Merci, murmure-t-il d'une voix tremblante.

Ses pensées me submergent, si embrouillées que je perçois davantage des émotions que des idées distinctes. Le sentiment dominant est la gratitude. Je suis la première personne à prendre sa défense sur ce point, la première à le comprendre. Il est tellement heureux de m'avoir dans sa vie maintenant. Il adore quand je l'appelle Oli et que je le présente comme mon meilleur ami. Jusqu'à présent, il n'en a jamais eu lui non plus.

Il a toujours été incompris. La communauté des sorciers l'ostracise et ses parents voient en lui une déception, une honte. Il est si heureux de voir que je semble vraiment tenir à lui. Même s'il regrette que je ne veuille pas davantage que son amitié, il comprend mon aversion pour les relations amoureuses et compte bien ignorer ses sentiments à mon égard afin d'être le meilleur ami possible.

Pour une fois, je ne suis pas contrariée d'entendre les pensées de quelqu'un. Je souris et lui rends son étreinte.

— Évidemment que je te comprends. (Inutile de lui cacher que je lis dans son esprit, il sait que j'en ai le pouvoir.) La vie m'a pas mal cabossée moi aussi. Et je tiens sincèrement à toi. Même si on ne peut pas sortir ensemble, ça n'y change rien. C'est toi et moi, Oli, contre le monde entier s'il le faut.

— Oooh ! un amour contrarié. Que c'est mignon !

Oliver me lâche aussitôt, les joues en feu. Je fais un doigt d'honneur à Nick.

— Je croyais que tu devais lever le pied sur les vacheries.

— J'ai dit que j'essaierais, nuance-t-il, tout sourires. Tu ne me facilites pas la tâche.

Je lève les yeux au ciel – j'ai l'impression que ça devient une habitude avec lui. Pourtant… je l'aime bien, ce connard effronté.

— Bon, tout le monde se sent mieux maintenant ? Je peux vous présenter mon plan ?

Tout le monde se rassoit, et Nick m'invite d'un geste à poursuivre.

— Vas-y, Tigresse.

— Eh bien, mon cher Sublime…

D'accord, je dois employer ce nom ridicule au moins cette fois, histoire de me le mettre dans la poche. D'ailleurs ça fonctionne, car je récolte un sourire et un clin d'œil.

J'éprouve toutes les peines du monde à ne pas rouler des yeux encore une fois et à dissimuler mon amusement.

— Nous allons nous vendre.

Il se penche en avant, décontenancé.

— Je te demande pardon ?

— C'est la semaine de recrutement pour les maisons étudiantes. Ce soir, nos gaillards seront à une fête d'accueil organisée par la sororité Alpha Gamma Delta. Il leur faut encore un mec et un occulte. Donc, puisque tu tiens à m'accompagner, tu seras mon cavalier, et nous allons nous vendre : moi auprès d'une sororité, toi auprès… d'une secte maléfique avec un penchant pour la magie noire et les sacrifices.

Nick serre les lèvres, comme pour se retenir de rire à mes singeries. Lorsqu'il est à même de parler sans sourire, il répond d'un simple :

— Explique-moi.

J'inspire profondément, un peu perturbée par tous ces regards fixés sur moi. Ils sont prêts à écouter mon plan d'action, à me prendre au sérieux. Comme si j'avais une seule fois joué le rôle de leader ou de stratège dans ma vie. Cependant, c'est moi qui détiens toutes les informations ce coup-ci, et j'ai promis de faire mon possible pour retrouver Shandra.

— Ils ont besoin d'être douze. M. Muscles et Shandra n'étaient que les onzièmes. Apparemment, il leur faut accomplir le rituel le soir de la Lune de sang, donc dimanche, mais il leur manque toujours un mec et un occulte. Xavier devait être le douzième, mais son plan est tombé à l'eau quand je l'ai livré en pâture à Cecile.

Cette tournure malencontreuse fait glousser Terrance et Nick, et Oliver sourit, amusé. Mais, honnêtement, je ne vois pas comment le formuler autrement. Je veux dire, les succubes se nourrissent du désir sexuel ; je lui ai littéralement jeté mon voisin en pâture.

— Bref… (Je lève les yeux au ciel. Encore. Faut vraiment que j'arrête avec ça.) Ils avaient l'air aux abois. Ils veulent Xavier, mais il a atterri à l'hôpital et les flics lui ont rendu visite pour savoir avec quelle « drogue » il a fait son overdose. Même si les mecs étaient énervés qu'il ait commis une erreur aussi bête et attiré l'attention de la police, ils ont décidé de lui donner une dernière chance. Ils prévoient de le retrouver ce soir, à la fête. Il est censé leur amener son vampire – je suis presque sûre qu'ils parlent de Parker.

Nouveaux ricanements. Les trois s'y mettent cette fois.

— Comme si Parker allait tomber dans le piège, pouffe Terrance de sa grosse voix.

— Si je le lui demande, il mettra Xavier hors course. Je me pointerai ensuite à la soirée avec Nick en prétextant vouloir intégrer Alpha Gamma Delta, mais nous laisserons entendre que je suis une occulte et Nick un humain au courant de notre existence. Nous leur donnerons une occasion trop belle pour qu'ils la laissent échapper.

— Minute, intervient l'agent, avant de s'esclaffer. C'est moi l'humain dans l'histoire, et toi l'occulte ?

— Bah oui ! C'est une fraternité, il leur faut un mec. Et regarde-toi : grand, ténébreux, l'air dangereux. Tu corresponds pile à ce qu'ils cherchent.

Il esquisse un sourire flatté.

— Ah là là ! Nora. Je savais que tu me trouvais sublime, mais à ce point ?

— Genre, comme si tu n'avais pas conscience de ta belle gueule.

— C'est vrai, je suis irrésistible, mais il n'empêche que tu es humaine. Ils devineront sans doute que tu mens.

— Pas forcément, le contredit Oliver. S'ils sont humains, ils ne remarqueront probablement rien. Et si jamais il leur faut une preuve Nora connaît quelques tours.

Je tape des mains, excitée de voir une véritable stratégie se dessiner.

— Exactement ! Puisque leur objectif est de voler la puissance des occultes qu'ils capturent, ils ne pourront pas résister à un pouvoir de télépathie.

Nick et Terrance échangent un regard si long qu'on pourrait croire qu'ils ont eux-mêmes ce pouvoir. Puis le troll soupire, et l'agent pose sur moi un regard grave.

— Ce sera dangereux, Nora. Tu parles de servir d'appât afin de localiser leur sanctuaire.

J'opine de la tête et, pour une fois, me montre très sérieuse avec lui.

— J'en suis consciente. C'est pour ça que tu m'accompagnes. Tu insinues que tu ne pourras pas me protéger ?

— Je ne suis pas infaillible.

Ça me surprend qu'il l'admette. J'admire son honnêteté, et lui réponds donc avec la même franchise :

— Personne ne l'est. Je connais les risques mais, quelque part dans cette ville, il y a onze personnes disparues à qui je peux épargner un sort funeste. Même pour une infime chance de réussite, ça vaut le coup de prendre le risque.

— Si courageuse, murmure Terrance.

Un long silence s'ensuit, puis Nick affiche un sourire narquois.

— Ou imprudente. (Il soupire.) Heureusement, je suis un peu téméraire moi-même.

Il se cale contre le dossier de sa chaise et étire les bras au-dessus de sa tête.

— Très bien, Tigresse. C'est entendu. Allons nous vendre.

— Je viens aussi, décrète le troll en croisant ses énormes bras.

— Pareil, renchérit Oliver.

Je les adore. Mes nouveaux amis sont les meilleurs. Malheureusement, ils ne peuvent pas nous accompagner.

— Désolée, les gars. (J'oppose à la mine renfrognée de Terrance un regard tout aussi sévère.) J'adorerais t'avoir dans les parages, vraiment, mais tu les ferais fuir en moins de deux. Ils te connaissent, Terrance, dis-je lorsqu'il tente de protester. Ils ont enlevé ton amie sous ton nez. Ils te reconnaîtront et ce sera la panique.

» Quant à toi, enchaîné-je en me tournant vers Oliver avec un sourire contrit. Ils ne devineront peut-être pas que tu es un occulte, mais il y a quand même un risque. En tout cas, s'ils ont tous un peu de magie noire en eux, ils seront peut-être capables de détecter la tienne. Ils ciblent des occultes puissants, et tu es l'une des personnes les plus puissantes de cette ville. Je me moque que tu n'utilises pas ta magie, mais ce renoncement te rend vulnérable. Je suis assez faible comme ça. Si tu m'accompagnais, Nick aurait une personne de plus à protéger.

L'étudiant grimace.

— Tu as raison. Tu dois rester la seule priorité de Sublime. De toute façon, j'ai du travail. Mais je me tiendrai prêt à vous envoyer l'Agence au complet à tout instant.

— Super ! Ça fait de toi notre Tour de Guet.

Il ne peut s'empêcher de sourire. Je savais que la référence à la Ligue des justiciers lui remonterait le moral.

— Je me garerai un peu plus loin dans la rue et j'attendrai dans la voiture, persiste Terrance.

Je ne trouve rien à y redire. Difficile de lui reprocher de vouloir être là si nous découvrons où Shandra est retenue prisonnière. Honnêtement, je suis même plutôt soulagée de l'avoir en renfort, au cas où.

— Entendu, je n'y vois pas d'inconvénient. Dans toute équipe, il y a un conducteur prêt à démarrer au quart de tour. Tu seras notre gros bras de secours et notre solution de repli.

— « Gros bras de secours » ? répète Nick en retrouvant son air amusé. Ça veut dire que c'est moi le gros bras ?

Je lui décoche un sourire éclatant.

— Oui, et je suis le cerveau de l'opération.

Il ricane en secouant la tête.

— Comme tu veux, agent 007. Mais, tu sais, chef d'équipe ou non, tu vas devoir te trouver une robe sexy pour cette « opération ».

Merde ! il m'a eue sur ce coup.

Chapitre 14

Étant donné qu'il ne me reste que quelques heures pour aller m'acheter une robe, Nick se charge de ramener Oliver chez lui. À peine sont-ils partis que Terrance me tend une liasse de billets.

— Qu'est-ce que… ? Terrance ! pas question.

Il secoue de nouveau l'argent sous mon nez.

— Pour ta robe. Prends-toi un truc sympa.

— Terrance…

Je fixe sur lui mon regard le plus sévère, ce qui n'a pour seul effet que de renforcer sa détermination. Cependant, je n'ai pas l'intention de céder.

— Tiens ! dis-je d'un ton sarcastique. Puisqu'on en parle…

— Non.

— La voiture en haut…

— Elle est à toi. J'ai dit pas de discussion.

— C'est une *voiture*, Terrance. Je ne peux pas accepter.

Il grommelle dans sa barbe et se laisse tomber sur le canapé en prenant soin d'éviter mon regard.

— La concession automobile m'appartient. Ce n'est rien du tout.

Je cligne des yeux… puis éclate de rire. Évidemment que c'est sa concession.

— Peu importe. Je n'aime pas me sentir redevable, et je ne suis pas une profiteuse. Je n'ai rien fait pour mériter cette voiture, ni cet ordinateur. Je ne peux pas accepter tes cadeaux.

— Rien fait pour les mériter ? répète-t-il en me regardant enfin. Tu es prête à risquer ta vie pour retrouver un membre de mon clan. Si tu as besoin d'une raison pour accepter mes cadeaux, considère-les comme une compensation pour un travail dangereux.

J'inspire par le nez, encore agacée, bien que je comprenne son raisonnement.

— Soit, vu sous cet angle.

Je me vautre à l'autre bout du divan en fixant sur mes genoux un regard boudeur, puis maugrée :

— N'empêche que c'est quand même trop.

Il soupire.

— Le service que tu rends à mon clan est inestimable. C'est nous qui avons une dette envers toi. Surtout moi. Si tu ramènes Shandra à la maison, je te serai redevable à vie.

Son aveu me laisse sans voix. Une dette à vie, c'est énorme. On ne balance pas ce genre de déclaration en l'air. S'il le dit, c'est qu'il le pense.

— Parce que c'est peut-être ta future compagne ?

Terrance cille, puis pâlit à vue d'œil. Je baisse la tête en grimaçant.

— Pardon. Ta sœur en parlait dans la vision que j'ai eue au bar. Shandra était si nerveuse, elle se disait que tu n'apprécierais pas que votre clan l'ait envoyée.

Son corps entier s'affaisse. Il pousse un long soupir, puis acquiesce d'un bref signe de tête.

— Je n'étais pas ravi. Elles m'ont surtout pris de court, j'ai un peu paniqué. C'est pour ça que Shandra a voulu s'isoler un moment.

Je comprends mieux pourquoi ça devient une dette à vie pour lui.

— Ce n'est pas ta faute, Terrance. Oui ça s'est passé dans ta discothèque, oui tu l'as sans doute contrariée, mais tu n'es pas responsable de son enlèvement. Tu n'y es pour rien.

Il lève vers moi un regard éteint.

— Si. Compagne ou non, elle était sous ma responsabilité, tout comme Nell. Notre clan n'est pas basé ici. Dans cette ville, c'est moi leur chef. J'étais chargé de la protéger, et je l'ai laissée tomber.

Mon cœur se serre pour lui. J'aimerais le réconforter, mais je préfère rester hors de son esprit pour l'instant ; j'opte donc pour une tape amicale sur l'épaule, avant de me carrer au fond du canapé.

— C'est faux. Tu fais tout ton possible pour la récupérer, tu n'as pas baissé les bras. Tu es même allé jusqu'à engager une médium humaine complètement barge pour la retrouver.

Lorsqu'il lève de nouveau le regard, j'y décèle une lueur d'espoir. Je lui adresse un clin d'œil, puis décide de lui faire une promesse :

— Je la retrouverai, T-rex. Je te la ramènerai, et alors tu seras un héros aux yeux de ton clan. Un héros pour Shandra et ta sœur.

Il prend une profonde inspiration, déglutit péniblement, puis se racle la gorge.

— Merci, Nora, bredouille-t-il d'une voix rauque et émue.

— Il n'y a pas de quoi, Terrance. Et… merci pour les cadeaux, j'imagine. Je dois avouer que j'adore la voiture. Elle déchire grave !

Il sourit.

— Je me suis dit qu'elle te correspondait bien.

— Et tu as mis dans le mille. Maintenant, je vais devoir me creuser le citron pour trouver où et comment m'acheter une robe.

— Je n'y connais pas grand-chose, confesse le troll en étirant les bras avec un bâillement sonore. Mais je connais quelqu'un qui pourra t'aider.

Je lui glisse un coup d'œil, curieuse de savoir qui il envisage de me recommander.

— Il me semble que tu as fait la connaissance de Cecile au night-club, l'autre soir.

J'aimerais la jouer décontractée, mais écarquille les yeux malgré moi.

— Le succube ?

Il s'esclaffe.

— Ça ne craint rien. Enfin… ça ne craindra rien si je la préviens d'abord.

— Merci, c'est rassurant, ironisé-je.

— Tu as ma parole, Pépin, m'assure-t-il avec un petit gloussement. Elle ne s'en prendra pas à toi maintenant que tu es sous ma protection. Elle travaille pour moi.

— Ah oui ?

— C'est en quelque sorte l'atout charme du club.

Je pars d'un rire sarcastique.

— Ah ! ça, elle joue son rôle à la perfection. Et c'est sans doute un arrangement gagnant-gagnant.

— Tout à fait. Crois-moi, elle ne prendrait pas le risque de se retrouver bannie de ma boîte. D'ailleurs, tu l'as beaucoup intriguée : elle était surprise de n'avoir aucun effet sur toi. C'est rare. Du coup, elle aimerait te revoir. Elle sera sage, et je suis sûr qu'elle saura bien te conseiller pour trouver une robe.

Je soupire.

— Je n'en doute pas. D'accord, appelle-la, mais je dois être partie à 19 heures. J'ai rendez-vous avec Parker pour faire un point sur l'avancée de l'enquête.

Le troll hausse un sourcil, mais s'abstient de tout commentaire. Il dégaine son portable pour contacter le succube.

À vrai dire, l'idée de revoir la séductrice me rend nerveuse. Cependant, je n'y connais vraiment rien en robes ; je serais bien incapable de trouver une boutique qui en vend et, quand bien même, je ne saurais pas du tout comment en choisir une. J'ai besoin de son expertise.

J'en suis encore à me tracasser quand Terrance raccroche.

— D'après elle, deux heures, c'est trop court pour une séance de shopping, mais elle pense trouver ton bonheur dans sa garde-robe personnelle. Je vais te donner son adresse, ce n'est pas loin d'ici. Elle a dit qu'elle t'aidera aussi pour ta coiffure et ton maquillage. (Il rit en voyant ma grimace gênée.) Oh ! allez, Pépin, tu es une femme magnifique : n'aie pas peur de mettre cette beauté en avant.

Ma grimace se transforme en mine renfrognée.

— Tu te rappelles quand je t'ai dit que je vis pour éviter le danger ? Je n'ai pas peur de mon apparence, j'ai juste parfaitement conscience du problème.

Son air perplexe ne me surprend pas. Il a du mal à saisir pour l'instant, mais ça viendra.

— Être toute pomponnée, en robe, coiffée et maquillée, ne m'attirera que des ennuis.

Il n'en croit pas un mot. Un sourire espiègle se dessine sur ses lèvres quand il répond :

— Je n'arrive pas à visualiser, alors j'ai demandé à Cecile de t'amener au club quand elle aura fini.

Je secoue la tête en me retenant de rire.

— Je vais à une simple fête ou à mon bal de promo ?

Ses yeux étincellent.

— Pour Cecile, ça revient au même.

Je soupire. Je sens que la soirée va être longue.

Cecile habite dans l'une des rares tours d'habitation du centre-ville, dans un grand appartement avec terrasse, et disons qu'il est si beau que j'ai l'impression d'en faire baisser la valeur rien qu'y mettant les pieds.

— Nora ! s'exclame-t-elle en tapant des mains quand elle m'ouvre la porte. Bienvenue chez moi, beauté !

J'ébauche un sourire narquois.

— Ah ! je ne suis plus une humaine insipide ?

Elle balaie ma remarque d'un geste.

— C'est du passé, chérie, oublions cela. Si tu savais comme j'ai bondi de joie quand Terrance m'a parlé de ton problème.

Je veux bien le croire ; elle a pratiquement « fashionista » écrit sur le front. Elle porte des leggings noires, assorties d'un tee-shirt ample qu'il lui descend à mi-cuisses et lui dénude une épaule. Elle paraît grande et svelte, tout en jambes, aussi élancée et délicate qu'un fae, même si je sais qu'elle cache en dessous des courbes voluptueuses. J'ignorais que des vêtements pouvaient à ce point changer l'apparence d'une personne. Pourtant, l'un comme l'autre style lui vont à ravir : cette femme est tout bonnement sublime.

— Tu as vraiment une beauté naturelle, tu sais. Je ne m'en suis pas rendu compte au club, mais c'est vrai. J'ai hâte de te relooker !

Mon cœur bondit dans ma poitrine, moins d'enthousiasme que de panique.

— Houla ! ne nous emballons pas. J'ai juste besoin d'avoir une tenue adaptée pour une soirée étudiante près de l'université de Wayne State. Je ne vais pas à un mariage.

— Donc il nous faut quelque chose de gai, aguichant et sexy. Compris. (Elle m'étudie d'un œil critique en se mordillant la lèvre inférieure d'un air songeur.) Je crois que j'ai trouvé.

Me faisant signe de la suivre, elle traverse l'appartement pour se rendre dans sa chambre. Celle-ci correspond exactement à ce que j'imaginais pour une reine de la nuit.

Le terme « chambre à coucher » prend ici tout son sens : un grand lit à baldaquin avec de longs rideaux trône au centre, même si la pièce réserve bien d'autres surprises. Si jamais je me posais la question, j'ai maintenant la confirmation que Cecile aime ramener du travail à la maison. Je frissonne tandis qu'elle me fait passer dans son dressing.

Presque aussi grand que la chambre, le dressing me rappelle ceux qu'on voit à la télévision, dans les maisons de riches. Il y a un banc capitonné au milieu, des tiroirs, des étagères, des portants à gogo, et différentes possibilités d'éclairage. Cecile opte pour une lumière plus vive et m'invite à m'asseoir.

Pendant qu'elle regarde des robes sur un portant, je me creuse les méninges pour trouver quelque chose à dire, n'importe quoi, mais rien ne me vient à l'esprit. Je n'ai jamais été douée pour les trucs de filles. Cecile me glisse un coup d'œil par-dessus son épaule avec un petit sourire, comme si elle devinait mes pensées, puis retire trois robes – une verte, une bleue, une rose – qu'elle jette à côté de moi.

— OK, chérie, dis-moi la vérité, lance-t-elle en continuant d'examiner sa collection. Je sais que tu négliges sciemment ton apparence. Tu fais tout ton possible pour t'effacer. Pourquoi, alors que tu es si ravissante avec tes beaux cheveux lisses et ta taille de guêpe ?

Revenant avec une robe rouge rubis, elle claque des doigts comme pour m'ordonner de me lever. J'obéis et réponds :

— Je n'aime pas attirer l'attention, c'est tout. J'en reçois déjà beaucoup trop.

Elle pousse un soupir peiné en tenant la robe devant moi, puis me fait pivoter pour faire de même côté dos.

— Comment peut-on avoir trop d'attention ?

— Quand on n'est pas assez forte pour se défendre seule ? suggéré-je d'un ton amer.

Oubliant la robe, elle me retourne face à elle et me regarde droit dans les yeux, comme si elle cherchait à percer ma carapace pour me sonder au plus profond de mon âme. Je décide de lui épargner cette peine.

— Il y a quelque chose de… bizarre chez moi. Je suis maudite. J'attire les hommes malgré moi. Certains deviennent complètement fous, et la plupart tolèrent mal mes refus. Toute ma vie j'ai eu affaire à des admirateurs, des harceleurs, des agresseurs. J'ignore d'où ça vient, mais je sais que ce n'est pas mon imagination.

Cecile recule d'un pas et me détaille une nouvelle fois de haut en bas avec un léger sourire.

— Je te le confirme, ce n'est pas ton imagination. À moi aussi tu me fais de l'effet. Ça n'a rien de sexuel, je me sens simplement fascinée et agréablement attirée par toi. Ce n'est pas sans rappeler le charme que les succubes et les incubes exercent sur leurs proies, même si nous décidons quand jouer de ce charme, si l'on peut dire.

J'écarquille les yeux.

— Ça se contrôle ?

— Évidemment, chérie. (Elle choisit la robe verte.) Je crois que ce sera celle-là.

Lorsqu'elle désigne le paravent, je comprends que le moment est venu de passer aux essayages. Tandis que je vais docilement me déshabiller, elle m'explique un peu comment fonctionne son espèce :

— Nous autres, démons de la luxure, nous nous nourrissons de l'énergie sexuelle. Pour ce faire, nous devons contrôler nos phéromones afin d'attirer naturellement notre proie. Plus nous en diffusons autour de nous, plus les personnes à proximité réagiront à notre présence. Comme dans ton cas, un individu éprouvant une attirance spontanée pour nous succombera plus facilement à nos charmes. Toutefois, il est vrai que ceux de mon espèce émettent en permanence un peu plus de phéromones que le démon lambda, ce qui nous donne en général cette séduction naturelle dont tu parlais. Je dois cependant reconnaître, Nora chérie, que tu y es presque totalement immunisée. Tu es la personne la moins libidineuse que je connaisse.

J'enfile la robe. Elle a de fines bretelles et un grand décolleté. Cintrée au niveau de la taille, elle s'évase ensuite jusqu'à mi-cuisse. Il faut l'admettre, c'est une très jolie robe, qui me plairait beaucoup d'ailleurs si je ne savais pas qu'elle attirera tous les regards à la soirée.

— En fait, j'aime bien, ça change un peu, poursuit la démone. Je pense maintenant que c'est ce qui m'a intriguée à l'origine chez toi. (Elle pouffe en repensant à notre rencontre.) Ce n'est pas tous les jours qu'une personne repousse mes avances une fois que j'ai jeté mon dévolu sur elle, homme ou femme.

— Eh bien, n'en sois pas vexée. Après ce que j'ai vécu, j'ai beaucoup de mal avec tout ce qui a trait au sexe.

— Hmm… ça paraît logique. Je suis navrée que tu n'aies connu que de mauvaises expériences. Le sexe peut vraiment être un acte merveilleux.

Je n'en doute pas, mais il est peu probable que je sois un jour prête à sauter le pas pour connaître la version dont tout le monde parle. Je suis presque sûre d'être irrécupérable de ce point de vue. Remontant la fermeture Éclair sur le côté de la robe, je suis surprise de découvrir qu'elle me va comme un gant. Le vert s'accorde à la perfection avec mes cheveux foncés et ma peau claire. J'avoue, Cecile a l'œil.

Je sors timidement de derrière le paravent, gênée, car je me sens presque nue. Ma relookeuse pousse une exclamation ravie :

— Tu es absolument superbe !

Après un bref examen, cependant, elle fronce les sourcils d'un air préoccupé.

— Je vois maintenant ce que tu voulais dire concernant l'excès d'attention. Tu seras accompagnée à cette soirée, n'est-ce pas ? Tu auras quelqu'un pour te protéger ?

— J'aurai Nick Sublime avec moi. Nous comptons nous infiltrer tous les deux dans cette soirée pour tenter de retrouver les occultes disparus.

— Mmmh ! gémit-elle, les yeux fermés, me faisant rougir. Alors, lui, c'est un homme à part.

— Qu'est-il exactement ?

Elle rouvre les yeux et me dévisage, l'étincelle qui brille dans son regard lui donnant l'air plus espiègle que jamais.

— Il ne te l'a pas dit ?

— Non, et je ne sais pas s'il est vraiment poli de demander à un occulte à quelle espèce il appartient, mais j'imagine que c'est sans doute mal vu.

Elle se dirige vers un mur de chaussures en gloussant. Je réagis aussitôt :

— Pas de talons. Je suis incapable de marcher avec des talons. Quelque chose de plat, par pitié.

Elle choisit une paire de sandales plates à lanières vertes, qu'elle me tend avec un clin d'œil.

— En effet, il est mal vu de demander son espèce à un occulte si tu ne le devines pas toute seule. Et si Sublime ne t'en a pas parlé lui-même il ne m'appartient pas de te le dire. Mais crois-moi, ma puce, c'est une créature éblouissante, et tu n'as rien à craindre avec lui. (Le désir s'inscrit de nouveau sur son visage.) Il est éblouissant en tout point, Nora. Si jamais tu en as l'occasion, j'espère vraiment que tu trouveras le courage de lui donner sa chance. Il changera à tout jamais ton regard sur le sexe. Je te le garantis.

Un rire s'étrangle dans ma gorge.

— Toi et Nick ?

Elle arbore le sourire ultime de la séductrice.

— Environ une fois tous les dix ans. Je ne me nourris même pas de nos ébats, c'est purement pour le plaisir. Ceux de son espèce sont irrésistibles pour les miens.

— Et pour Ren ?

Je me rappelle le charmant incube de l'Agence, qui semblait désespérément épris de Nick. Cecile laisse échapper un rire aussi doux qu'un carillon.

— Oui, son espèce n'y résiste pas non plus. Le pauvre. Sublime semble anormalement immunisé contre son charme.

— C'est clair qu'il a fait preuve d'une volonté surprenante, l'autre nuit. Même moi j'étais plus affectée, alors que les hommes me font très rarement de l'effet.

Je chasse aussitôt l'image de Parker qui s'impose subitement à mon esprit.

— Tu as été affectée par Ren ? s'enquiert Cecile en me ramenant dans la chambre pour m'installer devant sa coiffeuse.

— Oui. Cela dit, je n'arrivais même plus à bouger ni à respirer. Je crois qu'il a mis la dose de phéromones au max dans l'espoir d'affecter Nick.

— Je l'imagine sans mal, glousse-t-elle. J'adore les observer tous les deux quand ils sont dans la même pièce. C'est très divertissant, tu ne trouves pas ?

— Parle pour toi. J'ai trouvé ça horrible. Je n'ai jamais ressenti un tel désir sexuel, c'était presque palpable. Mais, comme je te l'ai dit, le côté apnée et immobilité ne m'a pas plu du tout.

— Oh ! ma petite Nora, le fait que tu n'aies pas déchiré tes vêtements pour bondir sur Ren en dit long sur ta capacité de résistance. Toi, ma chérie, tu es une véritable énigme.

Elle branche un fer à friser et se met à me brosser les cheveux. Fermant les yeux, je prends un moment pour savourer la sensation de me faire chouchouter. Même si j'ai eu droit à une ou deux mères adoptives dignes de ce nom, personne ne m'a jamais dorlotée de la sorte jusqu'à présent. J'ai soif d'affection, de caresses bienveillantes. À cet instant, je suis aux anges.

Comme si elle percevait cette soudaine quiétude, Cecile me laisse profiter et me coiffe en silence. Elle façonne de grandes et longues boucles, y mêlant assez de produit pour leur donner une brillance exceptionnelle. Mes cheveux n'ont jamais été aussi beaux. Franchement, je ne savais pas du tout qu'ils avaient un tel potentiel.

Tandis qu'elle sort ses produits de maquillage, ses crèmes et ses lotions, je repense à notre conversation. Elle a affirmé pouvoir contrôler son charme. Cette idée m'obsède depuis tout à l'heure ; ça me paraît impossible. Être capable de l'inhiber totalement ? ou au moins d'en réduire l'effet ? Brisant le silence, je lui demande :

— Tu crois qu'il est possible que je sois comme toi ?

Elle me sourit tout en m'appliquant un fond de teint clair.

— Comment ça ?

— Tout le monde n'arrête pas de dire que j'ai sans doute un peu de sang occulte. Tu crois que ça pourrait venir d'un succube ? Genre, en remontant à plusieurs générations ? C'est peut-être la cause de ma malédiction. Du coup, je pourrais peut-être apprendre à inhiber mon charme, ou au moins à le contrôler, comme toi.

Son sourire devient triste.

— Même si ça me ferait extrêmement plaisir, car nous sommes si peu nombreux dans mon espèce, je ne perçois pas une once d'énergie démoniaque en toi. De plus, je peux flairer les phéromones. Si ton attrait venait de là, à l'instar du mien, je le saurais tout de suite. J'ai bien peur que tu ne sois autre chose. Quelque chose d'extraordinaire, chérie. Ferme les yeux, s'il te plaît.

Zut! cette théorie tombe à l'eau. Je suis contente de devoir fermer les yeux; Cecile ne pourra pas y lire ma déception. Non que je tienne particulièrement à être un succube, mais j'aurais été contente d'avoir enfin des réponses – et ravie d'avoir un mentor pour m'apprendre à contrôler ma malédiction. Malheureusement, ces espoirs sont anéantis. Cependant, ça me rend plus déterminée que jamais à découvrir mes origines. Étant donné mes pouvoirs, les autres ont probablement raison; je dois être une sorte d'occulte. Si je parviens à identifier à quelle espèce j'appartiens, j'obtiendrai peut-être des réponses.

— Superbe, murmure Cecile. Maintenant, ouvre la bouche et détends les lèvres. On va rajouter un peu de gloss à la fraise.

Je la laisse m'en mettre, puis ouvre les yeux. Je reconnais à peine la femme dans le miroir.

— Waouh! Cecile…

Elle me sourit tendrement.

— Il faut dire que j'avais une magnifique toile de départ.

Chapitre 15

À la seconde où je mets les pieds à l'*Occulte*, Terrance regrette de m'avoir demandé de passer. Il travaille à l'intérieur lorsque Cecile me traîne de force dans la discothèque principale ; il me remarque donc à peu près en même temps que le reste de la salle. La présence du séduisant succube à mon côté n'arrange rien. Ensemble, nous figeons la pièce entière. Tout le monde s'arrête pour nous regarder entrer.

Vu que nous sommes vendredi soir, il y a trois fois plus de clients que la dernière fois. Cecile salue Terrance de loin, puis m'entraîne vers le bar. Deux hommes se lèvent promptement pour nous offrir leurs tabourets.

— Oh ! merci beaucoup, Pellitoris, ronronne le succube en embrassant sur la joue celui qui lui a laissé sa place.

— Mon plaisir, Cecile, dit-il d'une voix tout aussi suave.

Son regard, comme celui de l'autre client, se pose sur moi.

— Qui est donc ta délicieuse amie ?

Les pupilles de Cecile se dilatent tandis qu'elle aspire à pleines narines l'énergie sexuelle qui émane des deux hommes.

— Mmmh ! délicieuse, en effet. Cette charmante demoiselle se prénomme Nora.

Avant que je puisse l'en empêcher, Pellitoris me prend la main et la porte à ses lèvres. Je n'entends pas ce qu'il me dit, car ses pensées couvrent sa voix. *Je n'ai jamais vu une aussi belle créature. Il faut absolument que je danse avec elle pour sentir son corps contre le mien et faire pâlir de jalousie tous les hommes de la discothèque. Ensuite, je pourrai peut-être la ramener dans mon royaume. Après quelques plats et vins faes, elle pourrait devenir mon animal de compagnie humain pour toujours.*

Je retire aussitôt ma main en me fendant d'un sourire forcé. Non, merci, je ne tiens pas à devenir le jouet d'un fae d'été pour l'éternité. Cependant, je tiens ma langue ; mieux vaut ne pas insulter un sidhe. Ce sont des personnes très orgueilleuses, qui peuvent devenir franchement mauvaises quand on les offense.

— Ravie de faire votre connaissance.

— C'est réciproque, ma belle. M'accorderais-tu l'honneur d'une danse ?

Eh merde ! comment refuser sans le vexer ?

— Navré, Pellitoris, grommelle Terrance, qui a finalement réussi à se frayer un chemin dans la foule. Cette humaine n'est pas libre.

Pellitoris le dévisage en fronçant les sourcils, puis me lance un regard pour obtenir confirmation. Je hausse les épaules d'un air contrit.

— J'ai déjà rendez-vous avec quelqu'un. Il ne va pas tarder.

Le fae analyse ma réponse, puis me sourit. Sa réaction me provoque un frisson désagréable.

— Et qui est cet homme qui n'a pas eu la décence de passer te prendre ?

— Parker Reed, assène Terrance, comme si ce nom devait l'emplir d'effroi. Et il l'aurait fait si elle n'habitait pas *chez moi* en ce moment, protégée par des sorts qui repoussent les vampires.

Je lui jette un coup d'œil, me demandant si c'est vrai. Je lui poserai la question plus tard ; ce ne serait pas une bonne idée de mettre sa parole en doute maintenant. Son expression est devenue assez menaçante pour que Pellitoris marque un temps d'arrêt, avant de m'étudier avec un nouveau regard.

— Tu habites chez *Terrance* ?

J'acquiesce lentement. Terrance aussi, tout en prenant sa posture impressionnante de troll videur. Le sidhe le contemple de la tête aux pieds, puis soupire :

— Fort bien, je me trouverai une autre partenaire de danse. Je reste enchanté de vous avoir rencontrée, mademoiselle.

— Pellitoris, trésor, roucoule Cecile en lui tendant la main, que dirais-tu de danser avec moi à la place ?

Le visage du fae s'illumine et, tandis qu'il emmène la démone sur la piste, cette dernière décoche un clin d'œil discret à Terrance. Sa proposition de danser avec le sidhe visait surtout à apaiser les tensions. Je me demande d'ailleurs si ça ne constitue pas sa mission principale dans la boîte – jouer les pacificatrices pour le troll bourru. Ce serait logique.

— Nora, chérie ! (Je me retourne juste à temps pour la voir m'adresser un sourire éclatant.) J'ai passé une merveilleuse soirée. N'hésite pas à m'appeler à l'occasion. J'espère que nous deviendrons de très bonnes amies.

Bizarrement, cette idée me plaît ; j'opine de la tête.

— Je n'y manquerai pas.

Terrance prend sa place sur le tabouret à côté du mien. Il fait face à la salle, fixant un œil noir sur tous ceux qui ont le malheur de regarder vers nous.

— Pas moyen de te laisser seule une seconde ici, ronchonne-t-il, avant d'examiner ma tenue d'un air renfrogné. Ce maudit succube a trop bien réussi son travail. Parker est en route ?

— Je lui ai envoyé un message en venant, il devrait arriver d'une minute à l'autre. On ira ailleurs.

Terrance grogne après un homme assis à côté de moi. Le type se barre aussi sec. Le pauvre a sûrement commis l'erreur de me reluquer.

— Tu es sûre que je ne peux pas venir avec vous à la soirée ? bougonne-t-il.

Je secoue la tête en signe de dénégation.

— J'adorerais t'avoir en soutien, mais c'est impossible. Tu compromettrais notre seule piste, ainsi que nos chances de retrouver Shandra à temps. Ne t'inquiète pas, Nick ne me lâchera pas d'une semelle.

Il émet un grommellement ; ça veut sans doute dire que ma réponse le satisfait. Après un moment de silence, il soupire :

— Tu veux boire quelque chose en attendant ?

Son offre me fait sourire.

— Pourquoi pas. Un Coca ce serait super.

Il s'éclipse sans un mot pour exaucer mon souhait. Il lui faut moins d'une minute pour passer de l'autre côté du bar et poser un Coca devant moi.

— Merci, T-rex.

Je vide d'emblée la moitié du verre. Je n'avais pas conscience d'avoir si soif ; ça doit être le stress d'être toute pomponnée.

— Finalement, j'avais raison, me fait remarquer le troll. Tu es vraiment un aimant à pépins.

— C'est toi qui as voulu que je fasse un saut ici.

Il marmonne de nouveau en croisant les bras. J'ai droit au regard noir du T-rex.

— Mes sorts de protection bloquent tous ceux qui ne sont pas expressément invités. Je ne voulais pas de Parker chez moi parce que les vampires sont unis à leur sire par un lien mental. Si tu l'invites dans ma maison, la magie étendra l'invitation à tous les membres de son clan.

Et donc Henry, ou même n'importe lequel de ses laquais, pourrait ensuite débarquer sans problème. J'en frémis.

— Bien vu, Terrance. Merci.

Son visage s'adoucit.

— Je serai toujours là pour te protéger, Nora.

Une boule se forme dans ma gorge. Ça me bouleverse toujours autant de savoir que quelqu'un en qui j'ai confiance veille sur moi.

— Moi aussi, dit une voix suave dans mon dos.

Je frissonne, obligée de prendre une profonde inspiration et de détendre mon visage avant de me tourner face à Parker. Dès que je le vois, mon cœur s'emballe, pas moyen de l'en empêcher. Ce soir, le vampire porte un jean créateur parfaitement ajusté et une belle chemise dont le bleu s'harmonise avec ses yeux. Il a retroussé les manches sur ses avant-bras musclés. Et il me dévisage d'un air ébahi.

— Salut, dis-je, grimaçant en entendant ma voix rauque.

Il ne répond pas tout de suite. Il en est encore à me regarder. Puis il secoue lentement la tête et finit par murmurer :

— Nora, tu es…

Terrance se racle la gorge avant qu'il puisse trouver le terme adéquat. Parker cligne des yeux, puis tressaute, libéré du charme qui le subjuguait. Me sachant responsable de ce moment d'absence, je sens mes joues s'enflammer. Il s'éclaircit la voix et reprend :

— Merci d'avoir accepté ce rendez-vous.

— C'est seulement un dîner d'affaires.

En tout cas, je ne cesse de me le répéter. Le bref sourire qui passe sur ses lèvres me laisse supposer qu'il n'est pas dupe. Étant donné qu'il peut percevoir mon attirance pour lui, c'est même certain. Je n'en suis que plus déterminée à rester professionnelle.

— Nous avons un tas de choses à voir concernant l'enquête, alors ne perdons pas de temps et allons-y.

Le petit sourire refait une brève apparition.

— Tu as un lieu précis en tête ?

— Un endroit sans occultes, exige Terrance.

Il s'est remis à fusiller du regard tous les hommes qui s'attardent autour de moi.

— Pourquoi pas le quartier grec ? proposé-je. Il n'est pas tenu par les occultes, ou bien ?

— Non, rit Parker, juste par les Grecs.

— Nickel. Je meurs de faim, et je ne dirais pas non à une bonne brochette.

— Alors c'est parti pour le quartier grec.

Son regard pétille d'amusement, le rendant encore plus séduisant. Il me sourit, comme s'il savait pourquoi je fais soudain cette tête renfrognée, puis approche sa main du bas de mon dos.

— Interdiction de la toucher ! lâche Terrance d'un ton sec alors que j'esquive le contact. Et ne la quitte pas des yeux, compris ?

Parker baisse la main et prend un air grave.

— Je veillerai sur elle, Terrance. Tu as ma parole.

— T'as intérêt.

— Fais-moi confiance.

Le regard qu'ils échangent me donne envie de rouler des yeux – je ne suis pas une poupée en sucre. Je m'en abstiens, cependant, car je suis plutôt rassurée d'avoir des gardes du corps tant que je porte cette robe.

Respectant l'interdiction de me toucher, Parker m'invite d'un geste à passer devant. Dehors, je devine tout de suite que le coupé Mercedes qui attend près du voiturier est le sien. Il s'empresse de m'ouvrir la portière. Maintenant, ça ressemble vraiment à un rendez-vous galant et, pour la première fois de ma vie, je ne sais plus quoi en penser.

Je ne devrais pas avoir envie de sortir avec Parker. Dans ma tête, je sais que c'est un vampire, pareil aux monstres abjects qui ont tué ma mère. Il boit du sang, nom de Dieu ! Cependant, plus j'apprends à le connaître, moins je vois le vampire. Il ne reste alors que l'homme.

Les mecs ne m'ont jamais intéressée. En général, quand un homme s'approche trop, tout ce que j'éprouve, c'est de la peur. Pourtant, lorsque Parker s'installe au volant de la voiture et que son parfum entêtant embaume l'habitacle, un tout autre sentiment m'envahit. Je ne comprends pas pourquoi il me fait cet effet, et je n'aime pas ça du tout. Ça me rend nerveuse.

— Tout va bien ? me demande-t-il en faisant démarrer la voiture.

— Oui.

Je m'aperçois alors que je suis crispée sur mon siège et que ma réponse était un peu brusque, mais je n'arrive pas à me détendre.

Je ne souffle plus un mot jusqu'à notre arrivée au restaurant. Parker soutient que c'est le meilleur du quartier grec. Je le trouve trop chic et romantique à mon goût, mais l'odeur alléchante qui s'en échappe finit par me convaincre.

Un hôte d'accueil nous escorte jusqu'à une petite table pour deux agrémentée d'une bougie. Quand Parker tire ma chaise pour me permettre de m'asseoir, là je sais que c'est un rendez-vous galant. Comment diable a-t-il réussi à renverser la situation ? Dans quoi me suis-je embarquée ?

Je sursaute en entendant mon nom. Les deux hommes ont les yeux fixés sur moi.

— Du vin ? répète Parker.

— Je ne bois pas d'alcool.

Je grimace intérieurement. On dirait une vraie peau de vache. À ma décharge, je suis coincée dans un dîner aux chandelles avec un vampire, et je suis si nerveuse que je ne vais pas tarder à trembler comme une feuille.

Parker souffle quelque chose à l'employé, qui s'éloigne promptement, puis il reporte son attention sur moi. Il me détaille de nouveau, comme si c'était plus fort que lui.

— Nora…

— Ils proposent quoi de bon ici ? demandé-je en ouvrant mon menu pour échapper à ses yeux pénétrants.

Même cachée, je sens encore son regard.

— Tout est délicieux, répond-il. Surtout leurs brochettes. C'est ce qui te faisait envie, n'est-ce pas ? Les leurs sont particulièrement excellentes.

Baissant mon menu, je dévisage Parker d'un air perplexe.

— Ça veut dire que tu manges de la vraie nourriture ?

Une fois de plus, ses yeux pétillent d'amusement.

— Oui, je mange. Ça ne suffit pas à me nourrir, mais j'aime la sensation. Je vais d'ailleurs me commander un plat ce soir.

Je dois reconnaître que c'est un soulagement. Un léger soulagement.

Comme invoqué par sa remarque, un serveur apparaît devant nous en posant deux verres d'eau avec une rondelle de citron sur la table. Je commande une brochette, et Parker opte pour une sorte de côte d'agneau qui semble fort appétissante. Le serveur parti, j'attrape mon verre et en bois la moitié d'une traite.

— Tu n'as pas de raison d'être nerveuse, Nora.

— Mais bien sûr, marmonné-je tout bas derrière mon verre. Je suis seulement en train de sortir avec un vampire.

J'avais oublié que ces derniers ont une ouïe ultra-développée. Une expression de pur bonheur se peint sur le visage de Parker. Zut ! il a maintenant la confirmation que c'est un rencard. Mais qu'est-ce qui cloche chez moi ?

— Ça me fait vraiment plaisir que tu aies accepté de me voir, ce soir. (Il lève la main pour m'empêcher de le contredire.) Je sais que c'est uniquement pour retrouver les occultes disparus, mais je t'en suis quand même reconnaissant. Je t'en prie, permets-moi de te présenter mes excuses pour le tort que je t'ai causé avec mon clan.

Je lâche un rire moqueur, mais décide de ne pas l'interrompre, car il semble sincèrement désolé.

— Si j'avais su que tu avais ces pouvoirs, ou que tu as certainement du sang occulte, je ne t'aurais jamais conduite auprès de Henry.

Non. Tu aurais tenté de me garder pour toi seul.

— Peu importe. C'est du passé, alors n'en parlons plus, d'accord ? Je sais que tu n'imaginais pas que ça se passerait comme ça. Je suis encore furieuse, mais je ne t'en veux pas. Je blâme Henry.

— Tous les vampires ne sont pas comme lui, murmure-t-il.

Il plonge son regard dans le mien, et je suis incapable de détourner les yeux. Heureusement qu'une table nous sépare. S'il décidait de me toucher à cet instant, je n'aurais sans doute pas la volonté de l'en empêcher. Je réponds d'une petite voix :

— Vampire ou non, ce n'est pas la question. Je fuis toute forme de rencard, de relation ou de contact physique.

— Pourtant je ne te laisse pas insensible.

Certes, mais ça ne suffit pas.

— Tu me fais peur, avoué-je. J'ai peur des hommes. Presque tous ceux que j'ai rencontrés ont fini par me blesser.

Ses yeux s'emplissent de tristesse.

— Jamais je ne te ferais de mal, Nora.

Je déglutis péniblement. J'ai beau vouloir me méfier de lui, mon cœur commence à le croire, bien que ma tête s'y refuse.

— Ce n'est pas la question, répété-je d'une voix à peine audible.

— Comment puis-je t'en convaincre ? Dis-moi comment obtenir ton pardon et ta confiance.

Je secoue la tête. Mon pardon importe peu, et je lui fais déjà confiance en réalité, sinon je ne serais pas dans ce restaurant avec lui. Mais je ne peux pas m'engager dans une relation. Ça finira forcément mal. Il est trop attiré par moi. Si je lui donne une chance, il sera incapable de se refréner. *Non.* En attendant d'en savoir plus sur mes origines et sur la manière de contrôler ma malédiction, je ne peux sortir avec personne. Mon corps devra bien se faire une raison.

— Je ne cherche pas de petit ami, Parker. En revanche, ton aide me serait utile ce soir.

— Tout ce que tu veux.

On vient nous servir nos plats, et je raconte ma journée à Parker tout en mangeant : la visite à l'université, la découverte de la fausse fraternité remplie d'adeptes de magie noire. Je lui parle de ma vision dans la voiture et du plan que j'ai concocté avec Nick pour la fête étudiante. Il désapprouve, mais son avis n'entre pas en ligne de compte.

— Bon, en quoi puis-je t'aider ?

Bien qu'il tente de le masquer, mon refus de rester sur la touche sur ce coup l'exaspère.

— J'aimerais que tu empêches Xavier de venir à la soirée. Il va certainement t'appeler.

— Il a déjà tenté, mais je ne l'ai pas rappelé. Il me proposait de l'accompagner à une fête, ce soir.

Je souris, gagnée par la même excitation que j'ai ressentie en mettant au point cette mission d'infiltration avec Nick.

— C'est sûrement la même que nous.

— Alors ce ne serait pas plus simple que je vienne ? Au moins, comme ça, je pourrai aider Sublime à veiller sur toi.

Je secoue la tête en avalant ma dernière bouchée de brochette. Parker avait raison : je n'en ai jamais mangé de meilleur.

— Non, il ne vaut mieux pas. Les mecs connaissent Xavier. Ils l'aiment bien et lui font déjà confiance. C'est lui qu'ils veulent. S'il se pointe ce soir, Nick et moi ne les intéresserons pas.

— Ce n'est pas plus mal, réplique-t-il, avant d'observer mon assiette vide. Est-ce qu'on commande un *baklava* en dessert ?

Je devrais dire non ; un dessert nous ramènerait dans l'ambiance dîner aux chandelles alors que j'avais enfin réussi à donner un ton professionnel à notre rendez-vous. Mais bon, franchement : qui pourrait refuser un *baklava* ?

— Carrément, j'adore ça !

Parker rit et fait signe à notre serveur. La commande passée, je reprends immédiatement notre débat, car le vampire se remet à me contempler avec tendresse.

— Tu ne peux pas amener Xavier.

— Mais si je viens avec lui ils peuvent me prendre à votre place. Ça marche aussi, remarque-t-il.

— Oui, et tu disparaîtras comme les autres. Je te rappelle qu'ils utilisent une sorte de drogue issue de la magie noire. Tu te réveilleras enfermé dans une cage Dieu sait où, et on n'aura aucun moyen de vous localiser. Le but de l'opération n'est pas que je serve d'appât, mais que Nick intègre leurs rangs. Il est impératif qu'ils l'acceptent pour lui révéler ensuite où aura lieu le rituel. Si tu pars avec Xavier, on ne sera pas plus avancés.

Parker soupire. Il sait que j'ai raison.

— Je t'en prie, arrange-toi simplement pour qu'il ne vienne pas à la soirée. Emmène-le ailleurs, soumets-le à ta volonté si nécessaire.

Il me regarde avec étonnement.

— Tu me demandes de manipuler son esprit ? Je croyais que tu détestais cette pratique chez nous.

— Sur des innocents, oui, mais sur un dangereux psychopathe ? Ça ne m'empêchera pas de dormir.

Le vampire secoue la tête avec un petit rire incrédule. Il fixe ensuite sur moi un regard songeur, et je vois dans ses yeux le moment précis où il capitule.

— D'accord, je tiendrai Xavier à l'écart de la soirée. Mais à une condition.

— Laquelle ?

Il se penche vers moi.

— Que tu m'accordes un baiser avant que je te confie à Sublime.

Ma bouche s'assèche et mes poumons se vident d'un coup. J'hésite une seconde de trop, puis le serveur arrive avec notre dessert, qu'il pose au milieu de la table avec deux cuillères. Dès qu'il nous tourne le dos, j'empoigne la mienne pour attaquer le gâteau.

— Waouh ! il est vraiment succulent.

— Nora…

Je refuse de croiser son regard.

— Sérieux, goûte !

— Nora.

Avec un soupir intérieur, je finis ma bouchée, puis me force à lever les yeux vers lui.

— Non.

Un infime sourire se forme de nouveau sur ses maudites lèvres. Je persiste :

— Non, ce n'est pas la peine d'y penser.

Au moins, ce coup-ci, j'ai l'air sérieuse.

— Sur la joue alors, transige-t-il. J'aimerais te prouver que toute expérience avec un homme n'est pas nécessairement désastreuse.

Je déglutis, même si je n'ai plus rien dans la bouche. Puis je prends un autre morceau de *baklava*.

— Tu ferais mieux de te servir avant que je mange tout.

— Nora…

Il ne va pas renoncer. Je ferme les yeux et pose ma cuillère.

— D'accord.

Lorsqu'il inspire brusquement, je me décide à le regarder. Grossière erreur. Ses yeux brûlent de désir, et l'intensité de son regard ravive les papillons dans mon ventre. Je me sens excitée et terrifiée à la fois.

— Seulement sur la joue, décrété-je. Et c'est tout. Rien de plus. Si tu tentes quoi que ce soit, je lâche mon troll sur toi.

Il arbore maintenant un sourire victorieux. Des crampes de nervosité remplacent les papillons dans mon estomac.

— Je finirai par gagner ton cœur, affirme-t-il en saisissant enfin sa cuillère pour prendre une bouchée de notre dessert commun. Je suis un homme patient.

Chapitre 16

Nick passe me prendre au restaurant. Nous patientons à table le temps de recevoir son message d'arrivée, puis Parker paie l'addition et m'accompagne jusqu'à la sortie. L'agent m'attend dehors, appuyé contre sa moto. Il émet un sifflement admiratif quand il me voit.

— Mince ! j'ai l'impression d'avoir une tenue négligée maintenant.

Il a revêtu un jean et un tee-shirt Metallica sous son blouson en cuir, laissant son chapeau de cow-boy au vestiaire et troquant ses santiags contre une paire de bottes de moto noires.

— Détrompe-toi, dis-je avec un petit sourire. Tu as le look parfait pour cette soirée.

Amusé, il ôte son blouson et me le tend avec un jeu de sourcils coquin. Je ne veux pas l'encourager, mais je ris malgré moi. J'esquisse un pas vers lui, quand Parker se racle la gorge derrière moi. Ah ! oui… le baiser.

Tandis que je prends un instant pour me préparer à affronter la suite, je le sens franchir la distance qui nous sépare.

— Je garde les mains dans le dos, Nora. Tu n'as rien à craindre.

À part peut-être d'aimer ça. Il est si près que son souffle me chatouille la nuque. Un frisson me parcourt tout entière.

— Tu es d'accord, pas vrai ?

Franchement, je n'en sais rien. Une partie de moi en a envie, l'autre pense qu'il n'y aura pas de retour en arrière possible si je le fais. C'est risqué, quoi qu'en dise Parker.

— Tourne-toi, ma belle.

Je ne peux plus respirer. L'anxiété me tétanise. Je tremble. Ce n'est qu'un baiser sur la joue, même pas sur les lèvres. Mais c'est ce qu'il représente qui m'effraie. C'est un pas vers plus d'intimité, la conclusion d'une soirée. Un dernier baiser avant de partir.

— Nora, mon ange, si c'est vraiment au-dessus de tes forces, ça ne fait rien. J'empêcherai quand même Xavier de venir à la fête.

Je pousse un soupir de soulagement. Mon corps entier se dégonfle, me laissant aussi ramollie qu'un chewing-gum. Je n'avais pas remarqué à quel point j'étais tendue. Je ne suis même pas fichue d'accepter un baiser sur la joue de la part d'un homme qui m'attire.

— Pardon, bredouillé-je d'une voix rauque.

Je me sens ridicule. Il y a vraiment quelque chose qui ne tourne pas rond chez moi. Déprimée, je sens mes épaules s'affaisser. Je ne serai jamais normale. Je ne connaîtrai jamais l'amour ni le plaisir d'être en couple.

— Tout va bien, mon ange. Je n'aurais pas dû insister. Je ne savais pas que c'était si grave.

— C'est idiot.

— C'est compréhensible.

Je n'arrive toujours pas à me retourner pour lui faire face. Je suis au bord des larmes et je n'ai qu'une envie : foutre le camp. À quelques pas de là, Nick attend patiemment en nous observant d'un air intrigué. Il entend sûrement chaque mot que nous prononçons.

— Merci pour le dîner, dis-je, faute de mieux, pour mettre un terme à cette conversation.

— Tout le plaisir était pour moi.

Il parle d'une voix normale, comme si rien ne s'était passé et que je n'étais pas une loque irrécupérable.

— Sois prudente ce soir.

— Toi aussi.

Je m'éloigne sans un regard en arrière. Quand je rejoins Nick, celui-ci m'enveloppe dans sa veste sans un mot. Je lui suis reconnaissante de ne pas me poser de questions. Je grimpe derrière lui sur la moto. Il fait vrombir le moteur et me propose :

— Tu veux qu'on fasse un tour d'abord ? On a un peu de temps devant nous si on choisit de jouer les retardataires.

Il est vraiment merveilleux. Une balade à moto pour me laisser le temps de me remettre de mes émotions et de me concentrer de nouveau sur notre mission, c'est exactement ce qu'il me faut.

— Oui, s'il te plaît.

Il démarre en trombe, et je m'abandonne aussitôt au frisson de la vitesse. Même si je me sens rapidement mieux, nous roulons une vingtaine de minutes avant de gagner la maison de la sororité. Ça ressemble plus à une fête paisible qu'aux soirées déchaînées qu'on voit à la télévision. Cette atmosphère décontractée me convient tout à fait ; c'est idéal pour papoter et faire connaissance – pile ce dont Nick et moi avons besoin.

Je lui rends son blouson avec un dernier laïus de motivation :

— Une fois à l'intérieur, essaie de prendre un air agacé dans mon dos.

Il rajuste son cuir en me lançant un regard interrogateur.

— Pourquoi ça ?

— Parce qu'on parle d'un rituel sacrificiel. Ils doivent croire que tu veux uniquement mon pouvoir et que tu accepteras de me tuer sans sourciller, sinon ils ne mordront pas à l'hameçon.

Nick pose le regard sur mes pieds, puis le remonte lentement avec un sourire malicieux.

— Je ne peux pas être dingue de tes jambes ?

Je lève les yeux au ciel.

— Bien sûr, ça aussi, sinon on ne formera pas un couple crédible. Allez, sois sérieux, on n'a pas le droit à l'erreur. C'est notre seule chance.

— D'accord, d'accord, je promets d'être un petit copain imbuvable.

— Merci !

Il éclate de rire en secouant la tête.

— Prête, agent 007 ?

Je me tourne vers la maison et inspire profondément.

— Prête, c'est parti. Allons nous vendre.

Devant la porte, une représentante d'Alpha Gamma Delta accueille les invités. Ses yeux s'illuminent quand elle nous voit débarquer, mais son attention se concentre sur moi, pas sur Nick. Je me retiens de pouffer en entendant ce dernier lâcher un petit ricanement. Ça ne doit pas lui arriver souvent d'être ignoré par une femme.

— Bonsoir ! lance-t-elle en me prenant la main pour la serrer chaleureusement.

Je n'ai qu'un aperçu de ses pensées, car elle me lâche presque aussitôt. *Ce qu'elle est belle ! Elle a l'air sympa ! J'espère qu'elle voudra nous rejoindre.*

— Je m'appelle Stacia. Bienvenue chez les Alpha Gamma Delta. Tu envisages de déposer une candidature ?

Je mens en récupérant ma main :

— J'y songe. Je suis surtout curieuse d'en savoir plus sur la vie en sororité. J'aimerais d'abord voir si ça me correspond. Quelqu'un sur le campus m'a parlé de votre soirée d'accueil, j'espère que ça ne vous dérange pas qu'on soit venus.

— Pas du tout ! C'est justement le but de cette fête : accueillir celles qui seraient intéressées.

Son attitude joyeuse et amicale me la rend immédiatement sympathique.

— Vous trouverez à boire dans la cuisine. Toutes les personnes avec un tee-shirt Alpha Gamma Delta sont là pour répondre à vos questions et vous faire visiter la maison. Allez-y, entrez et profitez bien de la fête !

Je puise au fond de moi pour invoquer une Nora pétillante d'insouciance. Ce n'est pas facile, car, même si j'apprécie l'entrain de Stacia, je ne suis pas du tout une fille à sororité.

— Merci ! Ravie de faire ta connaissance. Je m'appelle Nora, et lui c'est mon petit copain, Nick. On se fera un plaisir de discuter avec quelques personnes tant qu'on est là. Merci de nous accueillir. La fête a l'air super !

Nick me glisse un regard un coin tandis que nous passons enfin la porte. Je lui rends sa moue moqueuse.

— Pas de commentaire.

— Je ne comptais pas en faire. (Son rire indique le contraire.) Bon, on se prend un verre à la cuisine, puis on fait un tour de piste ? Tu pourras me désigner nos gaillards, vu que tu es la seule à connaître leurs têtes.

— Ça me paraît une bonne idée, mais je prendrai juste un verre d'eau. Je ne bois jamais d'alcool.

Il arbore un grand sourire.

— Dans ce cas, je suppose que je boirai pour deux. Faut bien se fondre dans la foule, pas vrai ?

— Ne va pas te bourrer la gueule non plus. On est là pour travailler, ne l'oublie pas.

Il hausse les épaules.

— Mon métabolisme élimine l'alcool trop vite. Ça ne risque rien.

Je brûle encore une fois de lui demander quel genre d'occulte il est. Cependant, comme il ne prend pas l'initiative de me le dire, et que Cecile m'a confirmé qu'il est impoli de poser la question, je me retiens, le laissant m'entraîner dans la cuisine.

Lorsque j'ai ma bouteille d'eau, et Nick le gobelet en plastique rouge réglementaire, nous partons explorer la maison. Elle est immense et jolie, quoique moins chic que ce que j'imaginais. En réalité, c'est un endroit chaleureux et sans prétention. Encore un bon point pour la sororité. Qui aurait cru que ça me plairait ?

— Bingo, lâché-je en hochant la tête vers un visage familier, avant de murmurer derrière ma bouteille : le blondinet musclé, à deux heures. C'est le ravisseur de Shandra. Le type encore plus baraqué à côté de lui, avec les cheveux blond-roux, c'est le propriétaire de l'inimitable tacot jaune moutarde.

Tandis que Nick leur jette un coup d'œil détaché en buvant son verre, j'ajoute :

— Cherche un mec plus petit avec des cheveux bien roux. Ce sera Elijah. Apparemment, c'est l'humain qui dirige la bande.

— Excusez-moi, dit une voix dans notre dos afin de capter notre attention.

Nous retournant d'un même mouvement, nous avons la surprise de découvrir Elijah juste derrière nous.

— Arrêtez-moi si je me trompe, mais vous venez de dire que vous cherchez un « humain » qui dirige une fraternité ?

Mince, je suis grillée ! Comment rattraper le coup ? À l'évidence, il m'a entendue ; je lis une dangereuse suspicion dans son regard. J'espère que la mention du nom de Shandra lui a échappé. Je dois me montrer plus prudente mais, pour le moment, autant assumer.

Ressortant la Nora pétillante, je souris de toutes mes dents en sautillant sur place.

— Oh ! c'est toi, pas vrai ? C'est toi Elijah ? (J'agrippe le bras de Nick, heureuse qu'il ait un blouson à manches longues.) Tu vois, Nicky, je t'avais bien dit qu'on le trouverait !

L'agent fait la grimace. Peut-être parce qu'on s'est fait prendre ; peut-être à cause de ma voix soudain nasillarde et haut perchée ; ou alors, plus probablement, parce que je l'ai appelé Nicky. Dans tous les cas, sa grimace est parfaite, car Elijah nous regarde tour à tour, de plus en plus perplexe.

— Oui, c'est moi Elijah. Je peux vous aider ?

Sa voix révèle plus de dédain que de méfiance. Espèce de connard condescendant ! J'ai bien envie de lui dire où il pourrait se carrer son air suffisant, mais je dois rester dans mon personnage d'occulte insupportable. Je lui réponds avec un gloussement qui m'exaspère moi-même :

— À vrai dire, oui.

Enhardie, je lui prends le bras et l'emmène dans le salon pour nous poser sur un canapé libre.

— En fait, mon copain Nicky aimerait rejoindre votre fraternité, mais on n'a trouvé aucune info sur vous.

Elijah s'assoit à côté de moi, mais retire son bras, me privant de ses pensées. Tout ce que j'ai réussi à capter entre-temps, c'est que plusieurs détails l'agacent. Déjà, il regrette que je sois si horripilante, parce qu'il me trouve canon. Ensuite, ça lui plaît moyennement que je sois au courant de l'existence des occultes – et c'est forcément le cas, puisque j'ai parlé d'humains. Il veut savoir comment je les connais, lui et sa confrérie.

— Malheureusement, dit-il avec l'arrogance d'un M. Darcy, notre confrérie est un cercle très fermé, auquel on n'accède que sur invitation, et nous sommes complets cette année.

— Oh, flûte ! déploré-je avec une moue exagérée. C'est bête. (Je me penche à son oreille et baisse la voix.) Nicky était tout excité en apprenant qu'il existait une fraternité occulte.

Comme tous les hommes, Elijah tombe malgré lui sous mon charme. Il pose la main sur ma cuisse, à moitié sur ma robe, à moitié sur ma peau. Bien que son geste me débecte, je le laisse faire.

— Et comment se fait-il que vous connaissiez notre confrérie ? demande-t-il d'un ton devenu sucré.

Ses pensées n'ont pas beaucoup changé ; il veut toujours savoir d'où je tiens toutes ces informations, mais je l'agace nettement moins. À présent, il est obnubilé par ma beauté et se demande si c'est sérieux entre mon copain et moi ; sans doute pas tant que ça, vu que Nick ne nous a pas empêchés de nous asseoir côte à côte et qu'il ne cesse pas de reluquer d'autres nanas.

— Oh ! fais-je en posant ma main sur la sienne. En fait, c'est très drôle. J'ai rencontré votre ami Xavier à l'*Occulte*, l'autre soir. Il était avec une amie à moi. Je l'ai trouvé cool, même s'il n'arrêtait pas de me draguer. Il voulait me ramener chez lui alors que je lui répétais que j'étais casée. J'ai dû recourir à un petit charme pour qu'il me laisse tranquille.

Je mime un « Oups ! » assorti d'un gloussement conspirateur. Elijah se redresse subitement.

— Un charme ? Tu es une fae ?

Je me mords la lèvre inférieure, feignant la nervosité ; les occultes ne sont pas censés parler de leur monde. Elijah me caresse la cuisse du pouce.

— Tu peux me faire confiance, Nora. Je suis moi-même sorcier, je sais garder un secret.

Je fais mine de réfléchir pendant que j'écoute ses pensées. Même s'il est excité à l'idée d'avoir trouvé un autre occulte, il a encore quelques doutes. Je lui parais très humaine.

— D'accord. (Je me mords la lèvre derechef, attirant son regard sur ma bouche.) Je vais tout te dire, mais tu dois promettre de garder le secret. Je cours un grand danger si la mauvaise personne découvre mon existence.

Il sourit, me serrant la cuisse d'une façon qui se veut rassurante, mais ses pensées disent : *Oh ! chérie, tu l'ignores encore, mais je suis cette mauvaise personne.*

Je reçois ensuite des souvenirs de rituels passés. Je le vois sacrifier un esprit de l'eau – une jeune femme qui semble si faible et sans défense, abêtie par leur sédatif surnaturel. Il absorbe sa force vitale en buvant son sang. J'ai envie de vomir. Je voudrais tuer ce connard.

Nick perçoit certainement ma réaction, car il apparaît brusquement devant nous et empoigne la main d'Elijah pour l'écarter de ma cuisse. Je ne veux pas savoir s'il la lui broie, mais Elijah devient rouge pivoine et grimace de douleur, se massant la main quand Nick la lâche enfin. Ce dernier se penche alors vers lui d'un air menaçant tout en me tirant du canapé.

— Trouve-t'en une autre. Celle-ci est à moi.

Il ne pouvait pas trouver mieux comme réplique : elle provoque Elijah, homme manifestement orgueilleux, lui donne la confirmation que je suis une occulte et, surtout, lui révèle que mon « copain » s'intéresse uniquement à moi parce que j'en suis une. Du coup, je ne botte pas le cul de Nick pour m'avoir traitée comme un objet.

Il me prend à part, en veillant à rester assez près pour qu'Elijah nous entende.

— Bébé, qu'est-ce que tu fabriques ? Tu ne peux pas révéler aux gens ta véritable nature. Les sidhes ont une puissance très convoitée, surtout ceux de la Cour d'été. Tu es une fae de sang royal, ma puce. Les gens n'hésiteront pas à te tuer pour s'emparer de ton pouvoir.

Cool. Grâce à lui, je n'ai pas besoin de m'inventer un type de fae. Il vient de m'offrir la couverture idéale.

On fonctionne vraiment en osmose sur cette mission, j'adore. C'est l'équipier rêvé.

— Mais, Nickyyy, c'est le chef du groupe que tu aimerais rejoindre. Il faut bien qu'il nous fasse confiance. Je me disais que, s'il apprenait que je suis une occulte, il t'accepterait peut-être dans la confrérie.

— Mais on ne sait encore rien de lui. On est juste venus se renseigner, tu te rappelles ? Rien ne dit qu'on peut leur faire confiance.

— N'oublie pas que je suis puissante, déclaré-je avec une moue gamine. Je peux me protéger toute seule.

Il me sourit et me caresse la joue, laissant ses doigts s'attarder près de ma bouche. Son geste m'aurait choquée s'il ne m'avait pas transmis ses pensées à cet instant. C'est étrange de l'entendre me parler directement de cette manière. Il est le premier à essayer. *Tu es une excellente comédienne, Tigresse. Un peu trop même. Je n'ai pas aimé la façon dont il te regardait. Faisons-nous discrets maintenant. Laissons-les un peu nous courir après.*

J'acquiesce pour lui signifier que j'ai bien reçu le message. Il baisse la main.

— Viens, on va bavarder avec les filles de la sororité.

Je lève les yeux au ciel, mais nous allons à la rencontre de deux étudiantes vêtues du tee-shirt Alpha Gamma Delta, que nous interrogeons sur la vie de l'association.

Nous passons une bonne heure à boire et à papoter avec des étudiantes. Nick me convainc même de danser avec lui à un moment. Pendant tout ce temps, les membres de la fameuse confrérie nous observent de près, entamant avec nous des conversations amicales en apparence fortuites. Nous devinons toujours quand nous avons affaire à l'un d'eux ; nous avons sans doute rencontré les onze à présent. Vu l'attention qu'ils accordent à Nick, je pense qu'ils ont finalement décidé de croire à notre histoire, et qu'ils essaient maintenant de voir s'il serait enclin à prendre part à leur jeu malsain.

Bien qu'ils aient réussi à nous séparer, nous ne nous perdons pas de vue. Le conducteur du tacot et deux autres membres ont acculé Nick dans la cuisine alors qu'il les accompagnait pour reprendre un verre. À la seconde où je me suis retrouvée seule, Elijah est réapparu et nous avons repris nos places sur le canapé. Un bras posé sur le dossier, derrière mes épaules, il se penche vers moi de façon très intime.

Je sais que, derrière cette tentative de séduction, se cachent des desseins plus vils. En effet, dès qu'il s'est approché de moi, j'ai senti des picotements prémonitoires le long de ma colonne vertébrale. Elijah me veut du mal. La sensation de danger n'étant pas écrasante, je ne pense pas qu'il ait l'intention de passer à l'acte ce soir. À mon avis, il a décidé d'accepter Nick dans sa confrérie, et compte lui demander de me sacrifier dimanche, lors de la Lune de sang. Mon instinct me hurle de foutre le camp, mais je me force à rester dans mon rôle. Nous sommes si près du but ; nous allons récupérer Shandra et les autres.

— Tu disais que tu as rencontré Xavier à l'*Occulte* ? C'est lui qui t'a parlé de nous ?

Xavier est la justification idéale, étant donné qu'il ne pourra pas se pointer pour me contredire. J'opine du chef.

— Ne t'inquiète pas, il ne divulguait pas vos secrets à la cantonade. Il a fait la connaissance de Nicky. Tu sais, en temps normal, on ne croise pas d'humains à l'*Occulte*. La plupart ne connaissent même pas l'existence de notre monde. Du coup, Nicky ne peut jamais parler à personne de ce qu'il sait. Quand j'ai aperçu Xavier dans le night-club, je me suis un peu emballée et je lui ai révélé que mon copain était humain lui aussi. Ils ont tout de suite accroché.

» C'est à ce moment-là qu'il a parlé à Nicky de votre confrérie. Il a dit qu'il restait peut-être une place et qu'il préférait voir Nicky vous rejoindre plutôt qu'un type prénommé Noah. Il a promis de vous demander votre avis, mais il a ensuite atterri à l'hôpital. Quand il a appelé pour nous parler de cette fête d'accueil, il a précisé qu'il n'avait pas eu l'occasion d'aborder le sujet avec vous, mais qu'on devrait quand même passer pour vous rencontrer.

Elijah soupire.

— Je n'ai rien contre vous deux, mais Xavier n'aurait pas dû se montrer si bavard. C'est la première règle quand on entre dans le cercle : on ne parle à personne de la confrérie.

— Je connais. La première règle dans le monde occulte, c'est de ne pas parler de l'Occulte aux humains.

Elijah ébauche un sourire narquois.

— Alors comment ça se fait que ton copain est au courant ?

Je détourne le regard en m'efforçant de rougir. J'ignore si ça marche, mais ma fausse timidité a en tout cas l'effet escompté. Le bras d'Elijah glisse du dossier pour passer officiellement autour de mes épaules. Je perçois des pensées un peu embrouillées. Il est attiré par moi, intéressé par mon pouvoir, mais il se méfie encore. Il a toujours l'impression que je suis simplement humaine. Ça ne lui plaît pas que j'en sache autant sur lui. Il pense que Xavier n'aurait pas dû vendre la mèche au sujet de la confrérie. C'était pourtant une recrue prometteuse. Il a encore des doutes sur Nick également. C'est un candidat un peu trop providentiel. Elijah trouve étrange de nous avoir rencontrés pile au moment où il cherchait désespérément un dernier membre pour son cercle. Il n'aime pas les coïncidences. Il n'est pas prêt à nous faire confiance pour l'instant.

— D'ailleurs, qu'est-ce que tu fiches avec un humain ? me demande-t-il à voix basse. Tu n'es pas censée te limiter à ceux de ton espèce ?

— Je suis une sidhe, dis-je avec une extrême pudeur. J'appartiens à la Cour d'été, mais je n'aime pas trop rester là-bas. Les sidhes sont si froids et distants, on s'ennuie vite. (Soignant mon effet, je le regarde à travers mes cils.) Les humains sont beaucoup plus amusants. D'habitude, je ne révèle pas mes secrets, mais Nicky n'est pas comme les autres. Il sait se montrer persuasif. Je suis vraiment folle de lui.

Feignant de jeter un coup d'œil à la ronde comme pour m'assurer que personne ne nous écoute, je me penche vers Elijah et murmure :

— Il aimerait que je demande au Roi de l'été de le transformer en fae. Il dit qu'il veut rester à mon côté pour l'éternité. On ne fait pas ça souvent, mais ça arrive quand l'humain est assez spécial. Je crois que Nicky a une chance. Il ferait un fae terriblement beau, tu ne penses pas ? Il est déjà si fort, si séduisant : qu'est-ce que ce sera quand il aura en plus le pouvoir de mon peuple ?

Et voilà le travail. Je laisse Elijah ruminer un peu tout ça dans sa tête. Il retire son bras de mes épaules et se cale au fond du canapé pour m'étudier d'un air pensif. Lorsque je lui lance un regard interrogateur, il se fend d'un sourire.

— Tu es une femme fascinante, Nora. Et, si je peux me permettre, la plus belle que j'aie jamais vue.

Je glousse en lui donnant une petite tape sur le bras.

— C'est très gentil, mais ne le répète pas devant Nicky. Il n'était pas content tout à l'heure. Il pensait que tu cherchais à lui piquer sa copine.

Elijah se redresse vers moi, une lueur intense dans les yeux.

— Et si c'est le cas ?

Je prends un air abasourdi, puis glousse une fois de plus en secouant la tête.

— Alors je te souhaite bon courage. Je suis fidèle à Nicky. Il est si fort.

Il s'humecte les lèvres, baisse le regard sur ma bouche.

— Et si j'arrive à te prouver que je le suis encore plus ?

Je ne sais pas quoi répondre ; je n'ai plus accès à ses pensées, et ses nouvelles questions me prennent de court. Je croyais qu'il se méfiait de moi, et voilà qu'il essaie de me voler à mon petit ami ? Dois-je en conclure qu'il me prendra moi, mais pas Nick ? ou est-ce une tactique pour démontrer que nous ne sommes pas dignes de confiance ?

Je jette un coup d'œil à Nick, de l'autre côté de la pièce, histoire de gagner un peu de temps, et découvre avec stupeur la personne qui lui tient compagnie. Parker m'avait promis qu'il empêcherait Xavier de venir à la soirée. Cela dit… je ne vois mon voisin nulle part. Parker est venu seul.

C'est l'échappatoire dont j'avais besoin. Je laisse échapper un hoquet de surprise, puis m'écrie :

— Parker !

Chapitre 17

Lorsque Parker se retourne, je lui adresse un grand sourire et me lève pour aller à sa rencontre. Elijah m'emboîte le pas en fixant sur lui un regard d'aigle. *A priori*, ils ne se sont jamais rencontrés mais, grâce à Xavier, Elijah sait que Parker est un vampire vieux de quatre siècles – même si j'ignore encore comment mon voisin a fait pour découvrir la vérité.

— Que fais-tu ici ? demandé-je en le surprenant avec une étreinte.

Approchant mon visage du sien, je lui murmure tout bas à l'oreille :

— Joue le jeu.

Il enchaîne avec beaucoup de naturel.

— Nora, ça me fait plaisir de te voir. Xavier m'a appelé pour m'inviter ce soir. Ça ne vaut pas l'*Occulte*, mais ça me permet de sortir. Et toi, que fais-tu ici ?

— Xavier m'a aussi téléphoné pour me parler de la soirée.

Je regarde autour de moi, parfaitement consciente que mon voisin pervers n'est pas dans le coin ; Parker ne serait pas revenu sur sa parole de le tenir à l'écart.

— Où est-il d'ailleurs ? Il n'est pas venu avec toi ?

Le vampire secoue la tête en signe de dénégation.

— Comme il ne répondait pas au téléphone, je suis passé chez lui. Il a apparemment fait une sorte de dépression nerveuse à son retour de l'hôpital.

— Une dépression nerveuse ?!

Cette nouvelle inquiète Elijah. Il redoute certainement que Xavier s'amuse à crier sur tous les toits qu'il tente de rejoindre une confrérie dont le passe-temps est de sacrifier des monstres pour obtenir leur puissance.

Parker me décoche un sourire discret.

— Oui, c'est très étrange. Apparemment, ça fait un certain temps qu'il commet des crimes très graves contre des femmes et, ce soir, il a brusquement décidé de se confesser. Il s'est rendu à la police en leur demandant de le mettre en prison et de lui fournir une aide psychiatrique.

Ses explications me laissent pantoise.

— Quoi ? glapis-je. C'est une histoire de dingue !

— Oui, confirme-t-il en me regardant droit dans les yeux. Je me demande bien ce qui a pu le *pousser* à faire une telle chose.

Oh, bon sang ! Parker a utilisé son pouvoir de contrainte pour le pousser à se livrer à la police ? Je lis dans son regard qu'il l'a fait pour moi, et je regrette maintenant de ne pas l'avoir embrassé après le restaurant. J'en meurs d'envie maintenant. Je voudrais me jeter à son cou, le serrer de toutes mes forces et le remercier mille fois. Naturellement, je ne peux pas le faire devant Elijah, mais des larmes viennent malgré tout m'embuer les yeux. Parker me voit lutter contre ce flot d'émotions ; son visage s'adoucit légèrement. Cependant, nous n'avons pas l'occasion de dire quoi que ce soit, car Elijah lâche un juron.

— Attends, Xavier est en taule ?

Parker acquiesce en dévisageant d'un air perplexe ce parfait inconnu.

— Oui, les policiers l'ont embarqué sous mes yeux. Et, vu le nombre de photos et de vidéos qu'il leur a remis, où on le voit infliger à ces filles des actes innommables, il n'en sortira pas de sitôt.

Avec un soupir de frustration, Elijah se frotte le visage d'une main, avant de la passer dans ses cheveux. Il se montre très agité tout à coup. Il me regarde, puis jette un coup d'œil à Nick, qui rigole encore avec ses potes. Finalement, il soupire de nouveau et me gratifie d'un sourire forcé.

— Si tu veux bien m'excuser, Nora, je dois parler à mes frères une minute.

— Pas de souci !

Va dire à tes frères que vous devez accueillir Nick dans votre cercle de tarés.

Dès qu'il disparaît, je bondis au cou de Parker. Bien que je pleure rarement, des larmes s'échappent sur mes joues. La voix étranglée par l'émotion, je murmure :

— Merci. Je n'en reviens pas que tu aies fait ça.

Il me prend dans ses bras et me serre un moment contre lui. J'entends ses pensées, je sais qu'il attendait cet instant avec impatience, qu'il en savoure chaque seconde, que ça lui redonne espoir, mais je ne peux me résoudre à le lâcher.

— Je suis un homme bien, Nora. Je ne pouvais pas laisser ce pervers s'en prendre à d'autres femmes après ce qu'il a tenté de te faire.

— Ça fait si longtemps que je rêve de pouvoir le dénoncer, confessé-je, la tête enfouie dans son cou. Tu ne sais pas ce que ça représente pour moi. Merci, Parker, du fond du cœur.

— De rien, dit-il en me serrant une dernière fois avant de me libérer. Donc… tu commences à me croire quand je te dis que nous ne sommes pas tous des monstres ?

J'ignore s'il parle des hommes en général ou des vampires, mais peu importe : après ce qu'il vient de faire, quand rien ne l'y obligeait et sans que je le lui demande, je suis bien obligée d'acquiescer.

— J'admets qu'il doit en exister deux ou trois respectables dans le lot.

Il m'offre un sourire teinté de tristesse.

— Sache que je n'ai pas choisi cette vie. (Nous parlons des vampires donc.) Je m'en accommode aujourd'hui, mais je ne l'ai jamais demandée. Ce n'est pas ce que je voulais. Toi, en revanche…

Retrouvant ce regard intense qu'il a déjà posé sur moi plusieurs fois, il s'approche – vraiment très près. Je suis étonnée de ne pas reculer.

— Je te veux, Nora. (Il déglutit, lève une main vers mon visage, puis la baisse sans me toucher.) Mais c'est impossible, Henry me tuerait.

— Tu veux dire, au sens propre ?

— Peut-être. (Il grimace.) Nora, il est complètement tombé sous ton charme. Je ne l'ai jamais vu aussi épris de quelqu'un. Même si je te désire tout autant, et que je comprends pourquoi tu as choisi de partir, je dois te dire que ton rejet lui a brisé le cœur.

Cela ne me fait ni chaud ni froid.

— Il s'en remettra vite s'il reste loin de moi. Du moins, c'est comme ça que ça marche d'habitude.

— De quoi parles-tu ?

Il hausse les sourcils, surpris de me voir rougir. J'aurais dû aborder ce point plus tôt.

— Les gens sont… inexplicablement attirés par moi, avoué-je, avant de grimacer en voyant sa réaction. Oui, les humains comme les occultes. Tu ne fais sans doute pas exception.

Il ouvre la bouche pour me poser des questions, mais je l'en dissuade d'un signe de tête.

— Je ne saurais pas l'expliquer. C'est comme pour mes autres pouvoirs. Je ne sais ni d'où ça me vient, ni comment ça fonctionne, et je ne le contrôle pas. Je sais juste que c'est là. C'est ce qui m'a causé tant de problèmes avec les hommes depuis toujours. J'étais avec Cecile tout à l'heure, et elle m'a certifié que je n'étais pas un succube, mais je dois forcément avoir quelque chose en moi qui me donne ce charme. (Je fixe sur lui un regard suppliant.) Et en attendant de savoir comment le maîtriser, je ne peux confier mon cœur à personne, car rien ne me garantit que les sentiments de l'autre seront sincères.

— Nora, je te jure que je…

Je lève la main pour l'interrompre.

— Tu ne peux pas en être sûr. Et même si tu le pouvais, ou même si ça t'était égal, rien ne dit que tu ne te deviendrais pas trop… enthousiaste. L'attirance des gens vire toujours à l'obsession, Parker. C'est plus fort qu'eux. Ils en arrivent à un point où ils sont incapables d'accepter mon refus. Si je t'encourage… tu finiras dans le même état.

— Je ne te ferais jamais…

— Tu ne peux pas me le promettre.

Il se tait, fronce les sourcils, cherchant sans doute des arguments. Il n'a pas le temps de trouver sa solution miracle, cependant ; Elijah revient déjà, suivi de ses potes et de Nick. Ce dernier vient glisser un bras autour de ma taille d'un geste possessif. Je dois me rappeler que nous jouons un rôle, car je suis temporairement sortie de mon personnage avec Parker.

— Hé, bébé ! bonne nouvelle. (Il hoche la tête vers Elijah et sa clique pour répondre à mon air interrogateur.) Je fais maintenant partie de la bande.

— Quoi ? dis-je, avant de regarder Elijah en fronçant les sourcils. Je croyais que vous n'aviez plus de place.

Le sorcier grimace.

— Xavier devait être le dernier mais, pour des raisons évidentes, on ne peut plus l'accepter. Mes frères et moi avons donc décidé que Nick ferait une bonne recrue de remplacement.

— Youpi ! m'extasié-je en tapant des mains.

Ignorant le rictus que Parker réprime en découvrant la Nora pétillante, j'en remets une couche avec ma voix nasillarde :

— Oh, Nicky ! je suis si contente pour toi ! J'étais sûre que tu y arriverais !

Il sourit fièrement.

— Merci, ma puce. Tout ça, c'est grâce à toi.

Elijah se racle la gorge pour capter mon attention.

— Comme nous l'avons expliqué à Nick, pour devenir membre, chaque candidat doit se faire parrainer officiellement par un occulte.

Je me retiens de ricaner. *Le parrainer. Mais bien sûr. Tu veux dire renoncer à notre force vitale.* Cependant, j'acquiesce avec enthousiasme.

— Mais oui ! Je le parrainerai avec joie ! (Je tourne mon sourire séducteur vers Nick.) Je ferais tout pour toi, bébé. Tu le sais.

— Justement, dit-il d'un air solennel, j'ai besoin que tu fasses quelque chose pour moi.

Il me prend la main comme pour me demander un immense service, me donnant accès à ses pensées : *Il veut goûter ton sang. Rien ne t'oblige à le lui donner.*

Puis il se tourne vers Elijah pour le laisser expliquer la situation. Ce dernier m'adresse un sourire obséquieux.

— Notre confrérie repose sur la confiance, la loyauté, et le désir de s'unir afin d'atteindre un niveau d'existence supérieure. Autrement dit, nous partageons tout. Nous mettons nos talents et nos ressources en commun.

— Y compris nos parrains occultes, précise le conducteur du tacot jaune.

Elijah acquiesce.

— Afin de prouver sa loyauté et mériter sa place au sein de notre maison, Nick doit te laisser nous offrir un peu de ton sang, et tu dois y consentir aussi.

Même si l'agent m'a prévenue, je reste surprise par leur demande. Ce ne sont pas des vampires. Pourquoi tiennent-ils tant à avoir mon sang ? Nick remarque mon trouble. *Quelques gouttes de sang occulte suffisent à donner des pouvoirs temporaires à un humain. Ils auront aussi la preuve que tu es bien une occulte.* Voyant ma panique, il ajoute : *Ne t'inquiète pas, je suis quasiment certain que tu as du sang d'occulte dans les veines. Ça devrait marcher. Et, dans le cas contraire, dis-leur que ton peuple t'a maudite en inhibant tes pouvoirs. Dis-leur qu'on t'a bannie du royaume fae et que c'est la vraie raison qui te pousse à fréquenter les humains. S'ils décident de ne pas nous accepter, Parker prendra probablement ta place. Mais rien ne t'oblige à faire ça. Tu peux leur mentir tout de suite et dire que ça ne marchera pas. Je feindrai l'ignorance, puis demanderai à Parker de devenir mon parrain.*

— Vous êtes sérieux ? m'indigné-je, estimant que ce long silence commence à me rendre suspecte. Vous avez conscience qu'offrir son sang est l'un des actes les plus sacrés et intimes du monde occulte, n'est-ce pas ?

Nick et Parker me sourient en secret, fiers de ma capacité à improviser. Ils me sous-estiment. Cette réactivité est un talent que j'ai dû développer bien des années auparavant afin de me défendre. Je suis un peu une experte à présent.

Elijah me prend la main et murmure d'un ton doucereux :

— Je sais, Nora, et je m'en veux d'avoir l'audace de te le demander, mais tu ne comprends pas ? Pour gagner notre confiance, il faut faire un sacrifice. *(Oui, un sacrifice qui inclut ma vie…)* Tu as toujours envie que Nick devienne l'un des nôtres, n'est-ce pas ?

Si je me montre trop motivée, ils se méfieront. La main d'Elijah me reliant à son esprit, je sais que, pour lui, c'est impératif : il a besoin de goûter mon sang pour savoir si je suis effectivement une sidhe et s'il peut se fier à Nick.

Même s'il l'apprécie, il n'est pas encore certain de pouvoir nous faire confiance. Je vois aussi que le plan de secours avec Parker ne fonctionnera pas : Elijah est déjà sous mon charme. Seul mon sang le convaincra d'accepter Nick dans leur cercle.

— Bon, d'accord, je veux bien donner mon sang. Mais seulement à toi pour l'instant.

Je jette un coup d'œil à ses frères ; pas question de me mettre en *open bar*. Lorsque Elijah secoue la tête en signe de refus, je fais de même.

— Désolée, mais la confiance doit être réciproque. J'ai passé un peu de temps avec toi ce soir, tu es donc le seul avec qui je me sens à l'aise. Je vais t'offrir mon sang et, si ça suffit pour faire entrer mon copain dans la confrérie, alors j'accepterai de me donner sans réserve en tant que marraine de Nicky.

Comme je m'y attendais, Elijah est flatté que je le distingue des autres. Il jubile à l'idée d'obtenir un privilège qu'aucun de ses frères n'aura. Malgré ses beaux discours sur le partage et l'unité, il adore sa position de chef.

— Entendu, ça me semble un bon compromis. Juste moi ce soir. Tu pourras l'offrir aux autres après l'initiation de Nick.

— D'accord, ça me convient. Merci d'avoir tenu compte de mon ressenti.

— C'est normal. Après tout, tu es la petite amie de Nick avant d'être sa marraine. Nous ne voudrions pas vous mettre mal à l'aise, ronronne-t-il. Maintenant, si nous allions dans un coin un peu plus discret ?

— Il n'y a plus personne devant la maison, observe Nick en écartant un rideau. Tout le monde est rentré à cause du froid. On ne sera pas dérangés.

Et on pourra facilement décamper en cas de besoin. Bien vu, agent Sublime.

Elijah m'invite d'un geste à passer devant. Nick remet son bras autour de ma taille pour m'accompagner dehors. Il prend toujours garde à ne pas toucher ma peau excepté quand il veut communiquer. J'adore. Le don de télépathie serait moins pénible si tout le monde avait cette prévenance.

Malheureusement, certains ne sont pas aussi précautionneux. Alors que nous descendons les marches du perron, nous dirigeant vers un grand arbre sur le côté de la propriété, à l'abri des regards, Parker m'attrape la main. Ses pensées furieuses, apeurées et jalouses me submergent.

— Nora, rien ne t'oblige à faire ça. Ces voyous n'ont pas à te demander un tel sacrifice, me dit-il.

Difficile de ressentir son inquiétude pour moi quand sa soif, son désir et son envie de forger un lien entre nous par le sang bourdonnent dans mes oreilles. Je retire ma main d'un geste brusque et grimace lorsqu'il recule, vexé.

— Pardon. J'entends toutes tes pensées quand tu me touches comme ça.

Son visage se crispe. Il sait très bien ce qui a pu me déranger.

— Désolé. Ce ne sont que des pensées, je n'ai pas l'intention de les concrétiser.

— Je te crois, mais je n'ai pas forcément envie de les entendre.

— Excuse-moi. Cela dit, je pense quand même que tu ne devrais pas faire ça. S'ils ont juste besoin de sang occulte, je leur donnerai le mien. Je parrainerai Sublime.

Son offre ne me surprend pas, mais je sais à l'avance que ça ne marchera pas. Elijah fait déjà une fixation sur moi. Même si mon sang nourrira sûrement cette obsession, c'est le seul moyen pour nous d'accéder au sanctuaire.

La confrérie entière nous a suivis dehors, et ils ont tous entendu la remarque de Parker. Onze visages irrités ont les yeux fixés sur moi à présent, attendant ma réponse. J'ébauche un sourire rassurant à l'intention du vampire.

— Ne t'inquiète pas. Pour l'instant, il n'y aura qu'Elijah et, si ces garçons vont vraiment devenir les frères de Nicky, alors ça ne me dérange pas. Ça ira pour toi quand mon sang coulera ?

Il prend une brusque inspiration, une étincelle de désir apparaît dans ses yeux, mais il opine de la tête. Après un bref regard autour de lui, il baisse la voix :

— Je suis un vampire très ancien, Nora ; j'ai une maîtrise absolue de mes pulsions. Néanmoins, comme j'allais te revoir, je me suis nourri avant de venir afin de ne pas prendre de risque. Ne t'inquiète pas pour moi.

Il jette un coup d'œil au groupe d'humains qui nous observe. À l'évidence, il est contrarié de leur avoir confirmé son statut d'occulte. Je me sens un peu coupable, mais j'avais besoin de connaître la réponse à cette question. Je n'aurais sans doute pas été capable de me couper en sa présence si j'avais pensé qu'il pouvait fondre sur moi tous crocs dehors.

— Son sang est vraiment alléchant à ce point pour toi ? s'enquiert Elijah.

Parker lui décoche un regard noir de pur vampire ; ses yeux rougeoient, ses canines s'allongent. Elijah et ses camarades reculent promptement.

— Si vous révélez son secret à quiconque, nous vous tuerons, énoncé-je calmement. Tous sans exception.

Houla ! je ne sais pas d'où sort cette menace, mais je suis plutôt sérieuse en fait. Même si je n'ai pas l'âme d'une meurtrière, j'éprouve soudain le besoin irrépressible de protéger Parker. Cela signifie sans doute qu'il fait lui aussi partie de mes amis désormais ; je ne me montre aussi loyale et protectrice qu'envers les personnes auxquelles je tiens.

Visiblement, Elijah ne prend pas ma menace à la légère, car il s'avance vers moi en levant la main en signe d'apaisement, et me parle comme à une gamine hystérique :

— Aucun problème, Nora. Nous n'avons absolument pas l'intention de nuire à ton ami. Nous veillons à ne jamais causer de tort à nos frères ou à leurs parrains. Et puis nous ne ferions pas la bêtise de contrarier un vampire. (Il hoche la tête lorsque Parker grogne une nouvelle fois.) Nous garderons le secret de votre identité, vous avez ma parole.

Après un long silence tendu, il se tourne vers moi avec un sourire.

— Le moment est venu.

J'acquiesce. Il me prend alors la main et sort un couteau papillon de sa poche. Ses pensées forment un méli-mélo effervescent : il est accro au sang occulte, il a hâte de goûter le mien ; il pense que j'ai quelque chose de différent, quelque chose de puissant que je m'efforce de cacher ; selon lui, ça expliquerait pourquoi je l'attire autant et pourquoi Parker trouve mon sang si alléchant.

— Dépêche-toi, qu'on en finisse, dis-je d'une voix rauque en agitant le bras.

Il lève vers moi des yeux enfiévrés et accroche obstinément mon regard tandis qu'il entaille l'intérieur de mon avant-bras. Je grimace, mais reste plutôt fière de ne pas avoir crié alors que ça fait un mal de chien et que la douleur me donne envie de jurer comme un charretier.

Tenant son regard rivé au mien d'une manière qu'il juge sans doute sexy – bien que je sois d'un autre avis –, Elijah porte mon bras à sa bouche. Il se contente d'abord de lécher les perles écarlates à la surface, puis il lâche un hoquet de stupeur et plaque les lèvres contre la plaie. Ses yeux se révulsent tandis qu'il aspire goulûment mon sang. Il pousse un gémissement qui me donne l'impression d'être sale – quoique ses pensées ne soient sans doute pas étrangères à ce sentiment.

Il n'a jamais goûté un sang comme le mien. Il n'est pas déçu. Même s'il ignore ce qui me rend si différente, mon sang est le plus doux et revigorant qu'il ait jamais absorbé. Il sent déjà ma puissance l'envahir, et en aurait presque une érection.

La sensation de picotement qui m'alerte en cas de danger imminent disparaît soudain. Elijah n'a plus l'intention de me sacrifier pour le rituel. Il a d'autres projets désormais : il veut faire de moi sa petite amie ou, à défaut, son esclave de sang et de sexe.

Il se sentait déjà attiré par moi avant mais, maintenant, après avoir partagé ce moment intime en me goûtant, il est complètement subjugué. Ça va au-delà de l'attrait du sang ; il aimerait me revendiquer tout entière. Il n'a jamais éprouvé un tel désir. Il va voir s'il peut amener Nick à rompre avec moi avant dimanche, et fera le nécessaire si ce dernier se montre récalcitrant. Il pense cependant que Nick acceptera, car il ne semble pas vraiment se soucier de moi, il s'intéresse surtout à mon pouvoir, et Elijah peut justement lui en offrir beaucoup ! La négociation devrait être facile.

À aucun moment il ne prend en considération *mon* avis sur la question. Sale con.

Ses pensées s'évanouissent lorsqu'on l'écarte brutalement de moi.

— Ça suffit, tu en as assez pris, décrète Nick.

Il retire son tee-shirt pour l'enrouler autour de mon bras ensanglanté et m'enveloppe dans son blouson en cuir. Je dois avoir vraiment la tête dans le gaz puisque je tremble, que je veux rentrer chez moi et que je me moque même que Nick soit torse nu devant moi et tout à fait à la hauteur de son nom. Mince ! il rendrait même Adonis vert de jalousie.

— Ça va ? s'enquiert-il.

J'opine du chef, mais ce simple mouvement me fait chanceler, et Nick est obligé de me rattraper. Il lance à Elijah un regard furibond.

— Tu en as trop pris, grogne Parker.

Le vampire garde pour l'instant ses distances ; ses yeux rougeoient de nouveau. Je suis sans doute la Bella de son Edward. C'est rassurant… ou pas.

— Désolé, bafouille Elijah, l'air ivre mort.

Ses frères l'aident à tenir sur ses jambes, et il me regarde avec un grand sourire niais.

— Tu es incroyable, Nora. Tellement puissante.

Vraiment ? C'est curieux, je suis avant tout humaine. Le peu de sang occulte que j'ai en moi doit vraiment débloquer. Cependant, je m'occuperai de ce mystère une autre fois, car, là, je peine à garder les yeux ouverts.

Elijah place une main sur son torse avant de désigner ses frères.

— Nous, la Confrérie de l'Ordre suprême, serions honorés d'accueillir Nick dans notre cercle, ainsi que toi, sa marraine.

— Formidable.

Impossible de retenir mon sarcasme, j'ai trop mal à la tête.

Le sourire d'Elijah se fait bienveillant.

— Rentre chez toi et repose-toi. Tu seras vite d'aplomb, et nous pourrons ensuite discuter. (Il se tourne vers Nick.) Nous t'enverrons un message dimanche pour t'indiquer le lieu de ton initiation. Amène Nora. Cette épreuve accomplie, tu seras l'un des nôtres. Nous t'accueillerons dans la maison, et nous partagerons avec toi nos secrets. Un pouvoir que tu peux seulement imaginer dans tes rêves les plus fous deviendra pour toi une réalité.

— Je m'en réjouis d'avance, répond Nick en lui serrant la main. Parker, tu veux m'aider à ramener Nora ?

Le vampire me regarde avec une grimace de douleur et de honte.

— Il ne vaut mieux pas.

Nick le scrute de ses yeux étrécis, comme s'il envisageait maintenant ce qui me tracassait quelques minutes plus tôt. En quoi mon sang est-il si spécial ? Ça devrait être un banal sang humain, avec au mieux un soupçon de puissance occulte. Il ne devrait pas mettre à l'épreuve un vampire aussi ancien que Parker – rassasié de surcroît.

Nick me tourne face à lui pour remonter la fermeture du blouson tout en cherchant mon regard.

— On doit te ramener chez toi et te mettre au lit. Tu crois que tu arriveras à te cramponner à moi sur la moto le temps que je t'y conduise ?

Honnêtement, je n'en sais rien. Cependant, ma voiture est toujours garée à l'*Occulte*, et je refuse de laisser quiconque à part Nick me ramener à la maison.

— Ça ira.

— D'accord. Viens, on y va.

Chapitre 18

À mon réveil, le souvenir d'avoir laissé ce taré d'Elijah boire mon sang ne me semble plus qu'un mauvais rêve. Je me rappelle vaguement que Nick m'a emmenée manger un hamburger avant de me ramener à la maison et de me mettre au lit. Cependant, malgré tous mes efforts, je n'arrive pas à me souvenir de quoi nous avons parlé. Ça avait un rapport avec le fait d'avoir besoin de fer, d'attendre jusqu'à dimanche et de demander le soutien de l'Agence, mais je ne me rappelle plus les détails.

Et je n'ai pas envie d'attendre.

Je me lève, me douche, puis fais un tour dans la cuisine. Je trouve un mot sur la table, près de mes clés, de mon ordinateur et de mon portable.

— Y a comme une sensation de déjà-vu, marmonné-je en ramassant le papier.

Le message est écrit encore une fois tout en majuscules inclinées :

« PARTI TÔT POUR LE CLUB. TA VOITURE EST DEVANT LA MAISON. SUBLIME M'A PARLÉ DE LA SOIRÉE. ENVOIE-MOI UN SMS À TON RÉVEIL POUR ME RASSURER. »

Je pouffe. C'est comme avoir un père – un père qui se soucierait réellement de mon bien-être. Je trouve ironique d'avoir dû attendre plusieurs années après être sortie du système adoptif en atteignant la majorité pour obtenir une vraie figure parentale.

Jetant un coup d'œil à mon portable, je m'aperçois avec étonnement qu'il est 17 heures passées. J'ai dormi toute la journée. Je dois encore manquer de fer, parce que j'ai une folle envie d'un gros cheeseburger avec du bacon.

Je farfouille dans le réfrigérateur une bonne minute. Ne trouvant pas le nécessaire, je décide de me rendre au restaurant où, de mémoire, Nick m'a emmenée hier soir. S'il y a une chose dont je me souviens, c'est que la bouffe était délicieuse.

Le trajet est court et le restaurant presque vide : des conditions idéales vu mon état de faiblesse. Je m'approprie un box entier et sors mon ordinateur ; autant entamer mes recherches de boulot pendant qu'on prépare mon hamburger. Si nous retrouvons Shandra et les autres demain, je ne serai alors coincée à Détroit que le temps de déterminer ma prochaine étape.

Je trouve une annonce pour un poste dans un magasin de motos situé dans une ville du nom de Monroe. C'est au sud, à une heure de route de Détroit, sur la côte du lac Érié. Vingt mille habitants d'après Internet. Je clique sur le détail de l'offre. J'ai toujours caressé l'idée d'habiter dans une petite ville. Il paraît que la plupart des occultes préfèrent les métropoles, qui leur permettent plus facilement de se fondre dans la masse. Il y aura peut-être une meute de loups-garous du côté de Monroe, ces derniers préférant les bourgades entourées de forêts pour courir, mais ils ont la réputation de rester entre eux. Ils ne se soucieront pas de mon cas.

Je suis sur le point de composer le numéro indiqué quand mon hamburger est servi. L'odeur me fait tout de suite oublier mes recherches d'emploi. Il est encore meilleur que dans mon souvenir. Je le dévore comme si je n'avais pas mangé depuis une semaine, et envisage d'en commander un autre, avant d'opter finalement pour un brownie chocolat-caramel avec la touche spéciale de Détroit : une boule de glace goût soda au gingembre. C'est si bon que je gémis littéralement de plaisir lorsqu'une ombre sur la table me fait lever les yeux.

— J'allais dire qu'une femme comme toi ne devrait pas avoir à dîner seule, mais tu sembles y prendre beaucoup de plaisir, me taquine Elijah avec un regard lubrique.

J'étouffe une exclamation, surprise de le voir là. Ravi de son effet, il esquisse un petit sourire.

— Salut, Nora.

Ma stupeur éclipse la gêne que j'aurais pu ressentir.

— Elijah ! dis-je, avant de poser le regard sur l'homme qui l'accompagne. Mark. Qu'est-ce que vous faites ici ?

Mark est le vrai nom de Musclor, le fameux propriétaire du tacot, et apparemment bras droit d'Elijah. Je ne l'aime pas ; il dégage la même aura que Xavier – celle d'un pervers tordu. Je serre les dents en les voyant tous les deux debout, devant mon box, alors que je suis seule, mais je me force à sourire.

— C'est sympa de vous croiser ! Désolée, mais Nicky n'est pas là. Il sera déçu de vous avoir manqués.

Le sorcier balaie ma remarque d'un geste de la main.

— On s'en fiche, on le verra bien assez tôt. C'est toi que je cherchais. (Il se glisse sur la banquette, à côté de moi.) Ça ne te dérange pas si on se joint à toi, hein ?

Et comment pourrais-je répondre que, si, ça me dérange alors qu'il s'est déjà assis, en me piégeant dans le box par-dessus le marché ?

Je ferme promptement ma page Internet et rabats l'écran tout en me rapprochant du mur pour mettre un maximum de distance entre nous. Mark s'installe sur l'autre banquette, en face.

— Comment saviez-vous que je me trouverais ici ?

Le regard d'Elijah s'embrase. Il tend la main pour me toucher le bras, mais je m'écarte aussitôt. Il la pose finalement sur la table avec un froncement de sourcils, avant de retrouver son sourire.

— J'ai ton sang en moi, murmure-t-il d'une voix rauque de désir. Je m'en suis servi pour te localiser.

J'écarquille les yeux. Je le laisse croire que je suis impressionnée mais, en réalité, je viens de prendre conscience qu'il me sera impossible de lui échapper. Mon don prémonitoire ne se manifeste pas – Elijah n'a apparemment pas l'intention de me brutaliser. Pourtant, mon instinct me hurle de foutre le camp et d'appeler Terrance ou Nick pour leur demander de me tirer de là. Mon téléphone est dans la poche de mon jean. Je pourrais l'utiliser discrètement mais, curieusement, je ne le fais pas. Une petite voix me souffle d'attendre et de voir d'abord ce qu'ils veulent. Ça me permettra peut-être de retrouver les occultes.

— Pourquoi voudrais-tu me revoir ? demandé-je en jouant l'innocente qui ne soupçonne rien.

— Nora… (Il se rapproche de quelques centimètres.) Je n'ai pas arrêté de penser à toi depuis l'instant où on s'est rencontrés. Je sais que tu sors avec Nick, mais je l'ai bien observé et, ma puce, il n'est pas honnête avec toi. Il se sert de toi pour ton pouvoir.

Je secoue la tête en arborant ma moue la plus convaincante ; c'est ce que ferait mon personnage.

— Non… c'est impossible… tu te trompes. Nicky m'aime.

Elijah m'adresse un sourire patient et compatissant.

— Dans ce cas, pourquoi a-t-il flirté avec les autres filles à la fête ? Je sais que tu l'as remarqué.

Hmm. S'il m'a vue observer Nick, il me surveillait plus attentivement que je ne le pensais. Je secoue la tête obstinément, comme pour nier l'évidence.

— Non… il est juste d'un naturel sociable. Il est super sympa avec tout le monde. D'accord, il flirte peut-être un peu, mais…

— Il a donné son numéro à trois filles pendant que tu discutais avec Elijah, me coupe Mark. Quand elles lui ont parlé de toi, il a répondu que ça ne te posera aucun problème si tu n'en sais rien.

J'ignore si c'est vrai mais, étant donné que nous voulions leur faire croire que Nick m'utilisait, ça ne me surprendrait pas. J'écarquille de nouveau les yeux. Doutant de pouvoir sortir des larmes crédibles – je ne suis pas du genre larmoyante –, j'opte pour la colère et m'indigne :

— Il a fait *quoi ?*

Elijah saute sur l'occasion pour me prendre la main.

— Ne te mets pas en colère, ma puce. Vous n'êtes pas faits pour être ensemble, c'est tout. Il ne sait pas t'apprécier à ta juste valeur… contrairement à moi.

À ma grande surprise, ses pensées reflètent ses paroles. Il pense sincèrement que Nick n'est pas assez bien pour moi, et que lui saurait me combler. Il veut vraiment faire de moi sa petite amie. Et, une fois que nous serons liés, je ne pourrai plus le quitter. Je me dévouerai à lui corps et âme.

Minute, quoi ? « Liés » ? J'ignore ce que ça signifie exactement, mais ça ne me dit rien qui vaille. Même si c'est avant tout un sorcier, je serais prête à parier qu'il possède aussi des pouvoirs de vampire, vu la façon dont il a sucé mon sang. Il a sans doute pris des traits de tous les occultes qu'il a pu sacrifier. Pourrait-il me lier à lui comme à un sire vampire ? ou comme la compagne d'un loup-garou ?

— Je ne sais pas…

Je me mordille la lèvre inférieure, baisse la tête, puis lève les yeux pour le regarder à travers mes cils en lui serrant la main.

— Tu es un homme séduisant, gentil, très puissant, mais tu seras bientôt le frère de Nick, et moi sa marraine. Si on se met ensemble, est-ce que ça ne risque pas de causer des histoires ?

— Pas si on prend Xavier à la place de Nick. On peut toujours payer sa caution.

Je n'aime pas la tournure que prend cette conversation.

— Vous ne voulez plus initier Nick ?

Mark prend la parole :

— On a déjà voté. Nick dégage et Xavier le remplace. Il va demander à son vampire de le parrainer. À la nuit tombée, il ira voir Parker avec certains de nos frères. (Il hausse les épaules en voyant mon air mécontent.) La confrérie place la loyauté au-dessus de tout. On ne veut pas d'un mec qui trompe sa copine. S'il est incapable de rester fidèle à la femme qu'il prétend aimer, on ne peut pas espérer qu'il se montre loyal envers nous.

Eh merde ! Nick était notre clé pour localiser le sanctuaire. Et ils vont s'en prendre à Parker ce soir. Ils vont le kidnapper, Nick ne recevra jamais le SMS avec l'adresse du sanctuaire et nous n'aurons plus aucune chance de retrouver Shandra avant demain soir. Comment se fait-il que notre superplan ait tenu si peu de temps ?

Je suis maintenant obligée de jouer le jeu et de laisser Elijah me convaincre de devenir sa petite amie ; c'est le seul moyen. Ou peut-être pas. Emmènerait-il sa copine occulte à l'endroit où il sacrifie ses semblables ? J'en doute. Il va probablement se servir de sa magie noire et m'imposer une sorte de lien qui fera de moi une esclave sexuelle-pute à sang complètement lobotomisée. *Je suis mal barrée.*

Je ne dois pas paniquer, ça c'est clair et net. Mais je ne peux pas non plus accepter sans discuter sa proposition. Ce serait trop gros et ça ne me mènerait pas au sanctuaire.

La solution serait peut-être de refuser ses avances. De lui résister pour le forcer à m'enlever.

Tu parles ! Je n'ai pas du tout envie de me faire kidnapper et droguer.

Je devrais surtout foutre le camp au plus vite.

Avant que je puisse me décider, le serveur revient avec mon addition.

— C'est pour moi, m'annonce Elijah avec un sourire radieux qui me donne la chair de poule.

Il pense que c'est gagné, que je lui appartiens déjà. Je sens que je ne vais pas tarder à finir droguée comme les autres.

— Oh… euh… merci, mais tu n'es pas obligé.

— J'insiste. C'est normal de payer un dîner à ma nouvelle copine.

Je déglutis en le regardant tendre sa carte au serveur. Il faut vraiment que je déguerpisse d'ici.

— Je ne sais pas trop, Elijah.

— Tout ira bien, bébé, tu verras. Je te jure que tu ne gagneras rien à rester avec ce connard infidèle. Je m'occuperai bien de toi. Je te serai plus dévoué que Nick ne l'a jamais été. Et je suis puissant, ma puce. Tu n'as pas idée à quel point.

— Oui, mais…

— Si tu rentrais à la maison avec moi ? suggère-t-il en voyant ma nervosité, avant de me prendre la main d'une manière rassurante. On pourra discuter, apprendre à mieux se connaître. Tu pourras aussi parler aux autres, je suis sûr que tous te raconteront ce que Nick a fait dans ton dos hier soir. Je sais que tu ne veux pas l'entendre, mais je ne supporte pas l'idée de te laisser avec un petit ami infidèle.

Je veux partir. Ce ne serait une bonne idée de le suivre et de me lancer là-dedans toute seule. Je suis désolée pour Shandra, mais me laisser kidnapper ne l'aidera pas. Mieux vaut fuir pour établir une nouvelle stratégie.

— C'est vraiment adorable, Elijah, mais je ne peux pas sortir avec toi comme ça alors que j'aime encore Nicky. Je dois le constater de mes propres yeux ou l'entendre de sa bouche pour le croire, tu comprends ? Je vous connais à peine, je ne peux pas me baser sur vos dires. Je vous fais confiance, hein ? mais je dois au moins donner à Nick une chance de s'expliquer.

Le sorcier soupire alors que le serveur revient avec sa carte de crédit. Il signe son reçu, puis me jette un long regard dur.

— Il ne te mérite pas, Nora.

Je hausse les épaules, faute de trouver une réponse.

Elijah se met à pianoter sur la table d'un air songeur. Je voudrais connaître ses pensées, mais pas au point de le toucher. D'ailleurs, je ne vois pas comment je pourrais justifier mon envie soudaine de lui tenir la main.

Je peux dire le moment exact où il change ses projets, car je sens un picotement familier sur ma nuque, suivi d'un nœud d'angoisse dans mon ventre. La sensation n'ayant rien de suffocant, j'en déduis qu'il ne compte pas me tuer, mais il a nettement l'intention de me faire du mal. Cette fois, ça y est, je vais être droguée et kidnappée.

— D'accord, bébé, dit-il en reprenant ma main pour la caresser du pouce. (Je le laisse faire afin de lire dans ses pensées.) Je vois que tu as besoin de temps. Va parler à Nick. S'il ne se montre pas honnête avec toi, amène-le-moi. Je peux lui jeter un sort pour l'empêcher de mentir. Je peux lui soutirer la vérité pour toi. Mais promets-moi de me donner une chance quand tu découvriras son véritable visage.

Je ne l'écoute même pas, absorbée par le plan qui se dessine dans son esprit. Il attendra que je sois seule avant d'utiliser sa poudre magique ; il ne veut pas de témoins. Il compte me suivre jusqu'à ma voiture, puis prendre lui-même le volant, étant donné qu'il est venu avec Mark et qu'il préfère ne laisser aucun indice de ma disparition.

Il pense ensuite m'étourdir et m'emmener au sanctuaire, où il pourra m'enfermer le temps d'accomplir le rituel du lien. Il n'aura peut-être pas la force nécessaire dans l'immédiat si je m'oppose à cette union, mais ce ne sera plus un problème après la cérémonie, demain soir. Il me veut tellement qu'il est prêt à me garder enfermée deux jours si nécessaire. Ça n'aura plus d'importance, se dit-il, une fois le lien forgé. Il est convaincu que je l'aimerai et lui serai totalement dévouée, malgré mon enlèvement.

Bien que son plan rejoigne en partie le mien, je reste morte de trouille à l'idée de m'embarquer dans cette histoire toute seule. Il me faut des renforts. Et, puisqu'ils prévoient de me sauter dessus quand je retournerai à ma voiture, je dois passer mes appels avant de partir.

— D'accord, je promets de te téléphoner quand j'aurai parlé à Nicky. Mais, là, j'ai rendez-vous avec des amis, alors il faut vraiment que je file.

Elijah tient à me faire un baisemain avant de me libérer, puis Mark et lui se lèvent pour me laisser sortir du box.

— Je t'accompagne, dit le sorcier avec un sourire d'impatience qu'il peine à dissimuler. On est quand même à Détroit : une jolie poupée comme toi ne devrait pas se balader seule à la tombée de la nuit.

Sachant que je n'y couperai pas, je ne m'embête pas à protester. Il pourrait devenir soupçonneux si je refuse une proposition en apparence innocente. Je le remercie en rangeant mon ordinateur :

— C'est très gentil. Donne-moi une minute, le temps de passer aux toilettes, ensuite on pourra y aller.

— Pas de souci.

Mark et lui m'accompagnent jusqu'aux W.-C., puis s'écartent pour se poster près de la porte. Elijah tend la main.

— Laisse-moi ton ordinateur, ça te débarrassera.

— OK.

Il pense sûrement que mon téléphone se trouve dans la sacoche ; heureusement, il est toujours dans ma poche. Je lui remets l'ordinateur en espérant tout de même le récupérer plus tard, car ça m'ennuierait beaucoup de perdre un cadeau de Terrance. J'entre dans les toilettes des dames et m'enferme dans une cabine.

Mon premier réflexe est de joindre Nick. Cependant, lorsque j'essaie, mon doigt refuse littéralement de m'obéir : impossible d'appuyer sur la touche. Qu'est-ce qui m'arrive ? Je tente alors d'appeler Terrance, et rencontre le même problème. Pareil avec Oliver, puis Parker. Je ne peux appeler aucun de mes contacts à la rescousse et, plus je m'acharne, plus je sens un poids étrange m'écraser le cerveau.

C'est cette pression dans mon crâne qui m'offre la clé du mystère ; j'ai ressenti la même le soir où Henry m'a imposé la contrainte de retrouver Nadine.

— C'est pas vrai !

Je suis toujours forcée de faire mon possible pour la retrouver. Elijah a l'intention de m'emmener au sanctuaire, là où Nadine est retenue prisonnière. Mon cerveau sait que, si j'accompagne le sorcier, je la retrouverai. L'ordre ne semble pas prendre en compte le fait que, si je me fais kidnapper, peu importe que je retrouve la vampire, je finirai coincée avec elle. En revanche, il a conscience que, si j'appelle quelqu'un à l'aide, la personne viendra me chercher et je n'atteindrai jamais le sanctuaire.

Putain, Henry ! Même maintenant, ce connard continue de me pourrir la vie.

— Réfléchis, Nora, réfléchis. Tu as besoin de renforts, mais il faut qu'ils viennent te chercher au sanctuaire, sans t'empêcher d'y aller.

Ça y est ! Si je ne peux pas les appeler directement pour leur demander de l'aide, je peux au moins leur laisser un indice, pas vrai ?

Je me connecte à ma messagerie instantanée et regarde le statut d'Oliver. Coup de bol, il est hors ligne pour l'instant. Je commence à composer un message et pousse un soupir de soulagement quand la contrainte m'y autorise. Si Oliver ne le reçoit pas tout de suite, il n'aura pas l'occasion de venir pour tenter de m'arrêter. Je sais cependant qu'il ne reste jamais hors ligne très longtemps. S'il le lit dans une demi-heure, ça me laisse amplement le temps de découvrir l'emplacement du sanctuaire. Alors, il pourra appeler Nick et envoyer la cavalerie.

> **MédiumMaboule :** Elijah et M. Tacot sont en train de me kidnapper. Ils vont m'emmener à leur sanctuaire. Suis mon téléphone à la trace comme tu l'as fait à la fac, hier, et viens me chercher. Appelle Nick et Terrance, dis-leur de prévoir un max de renforts. À mon avis, ça risque de dégénérer. N'essaie pas de me joindre. S'ils découvrent mon portable, ils me le confisqueront à coup sûr.

Le message envoyé, je mets mon téléphone sur silencieux et le planque dans ma culotte. Un peu crade mais, je l'espère, efficace. J'aurai probablement droit à une fouille au corps après mon enlèvement ; le soutien-gorge n'est donc pas une bonne idée. Les poches, ce n'est même pas la peine de l'envisager ; pareil pour les chaussettes, sans doute. En revanche, je ne pense pas qu'Elijah ira jusqu'à fourrer sa main dans mon pantalon. Du moins, pas avant ce fichu rituel d'union.

Je me lave rapidement les mains, puis sors des toilettes. Les deux hommes s'avancent aussitôt vers moi. Mark me souffle au visage une sorte de fumée qui ressemble à celle d'une cigarette. Cependant, je sens une odeur acide et le picotement familier de la magie.

— Hé! qu'est-ce qui te prend?

Je ne peux rien dire de plus, car la tête me tourne déjà.

— Ne t'inquiète pas, ma puce. Je vais bien m'occuper de toi.

Passant mon bras par-dessus son épaule, Elijah m'aide à sortir du restaurant comme s'il s'occupait d'une copine avec un coup dans le nez.

Dehors, il fouille mes poches à la recherche de mes clés de voiture. J'ai bien fait de cacher mon portable ailleurs. Les clés trouvées, Elijah appuie sur le bouton de la télécommande, puis me décoche un sourire lorsque les phares de ma voiture clignotent.

— Belle caisse!

Je lui suggérerais volontiers un endroit où il peut se la carrer, mais j'ai peur de le contrarier et qu'il parvienne finalement à mettre la main sur mon portable.

Je perds conscience au moment où il m'installe sur le siège passager.

CHAPITRE 19

Je me réveille dans une cage, avec une migraine atroce et le ventre retourné. Je trouve à peine la force de rouler sur le côté et d'attraper le seau qu'on a aimablement laissé près de mon matelas. Je le colle sous mon menton juste à temps pour rendre mon dîner. Bizarrement, celui-ci est moins agréable dans ce sens que dans l'autre.

Lorsqu'il ne me reste plus rien dans l'estomac, je me remets sur le dos avec un gémissement faiblard. Je transpire et tremble comme une droguée en manque.

— Eh bé ! murmure une voix enrouée dans la cage voisine. J'ai l'impression d'être en pleine forme à côté de toi.

Malgré la pénombre environnante et ma vue légèrement trouble, je devine un grand entrepôt autour de moi et des cages en fer alignées telle une rangée de cellules le long du mur du fond. Je ne crois pas reconnaître la femme dans la cage voisine. Une chose est sûre, ce n'est pas la troll de ma vision.

— Tu es Nadine ?

— Cette saleté de vampire ? Ça va pas à la tête ? Je m'appelle Maya. J'appartiens à la meute de loups-garous de la rivière Huron, près de Flat Rock.

Oups ! Je lui adresse une grimace contrite.

— Désolée. Moi, c'est Nora.

Je tends le bras pour lui serrer la main à travers les barreaux, mais elle lève les siennes, et je m'aperçois qu'elle est enchaînée au mur par les poignets et les chevilles.

— Je rêve ou la louve-garou me traite de saleté ? lance une voix précieuse quelques cages plus loin. C'est l'hôpital qui se fout de la charité. Comment connais-tu mon nom, humaine ?

Dans sa bouche, le mot « humaine » devient une injure.

— Ton connard de maître m'a contrainte à te retrouver.

Nadine ricane.

— Très réussie, la mission de sauvetage. Bravo.

— Là encore, tu peux remercier Henry. À cause de sa contrainte, je n'ai pas pu appeler des renforts quand Elijah a décidé de m'enlever.

Elle devient brusquement muette, et un silence s'installe. Je reporte mon attention sur Maya.

— Sais-tu si Shandra est ici ?

Elle penche la tête de côté, étonnée.

— La troll ? Oui, elle est ici.

La louve hoche la tête vers l'autre cage accolée à la sienne. Je scrute la pénombre en plissant les yeux, mais ne distingue qu'une grande masse étendue sur le sol.

— Elle va bien ?

— Sans doute, répond la femme en haussant les épaules. Ils surveillent son état, mais ils la maintiennent aussi inconsciente depuis son arrivée. Je crois qu'ils ont peur de ce qui se passerait si elle se réveillait. Pas sûre que des barreaux puissent la retenir.

J'en doute fort. À mon avis, il ne doit pas y avoir grand-chose qui puisse arrêter un troll en pétard. Cela dit, je n'aurais pas non plus cru qu'il soit possible de confiner un loup-garou ou un vampire.

— Comment ont-ils réussi à vous séquestrer, Nadine et toi ? Les cages sont ensorcelées ?

Maya secoue la tête en signe de dénégation et agite les fers à ses poignets. Elle grimace comme si ce geste la brûlait. Je remarque alors que les chaînes sont en argent.

— Les cages n'ont probablement rien de spécial, mais ces maudites menottes en argent me privent de toutes mes forces. Quant aux vampires, les barreaux suffiraient sans doute à les bloquer, mais nos ravisseurs les affament également.

J'entends Nadine ricaner de nouveau.

— Parce que les loups sont plus forts que les vampires peut-être ?

— Tu veux qu'on s'explique, saleté ? Quand on sortira d'ici, je m'occuperai de toi sans problème.

— Ils *les* affament, tu dis ? répété-je, afin d'éviter que le ton monte entre elles.

D'autres prisonniers se mettent à râler en leur ordonnant de la boucler. À l'évidence, elles n'en sont pas à leur première prise de bec.

— Combien de vampires ont-ils capturés ?

— Deux. Ils ont amené le mec hier soir, juste après ton arrivée.

Mon cœur fait un bond.

— Parker ?

N'obtenant aucune réponse, je hurle :

— Parker !

— Ne t'inquiète pas, humaine, dit Nadine en percevant ma panique. Il va bien. Il n'a pas encore émergé, c'est tout. Comment connais-tu Parker ?

Je m'apprête à lui balancer une repartie hautaine et m'étonne moi-même en répondant :

— C'est un ami. On travaillait ensemble pour tenter de vous retrouver. Mais, là encore, la contrainte de Henry m'a empêchée de l'appeler hier soir, alors je n'ai pas pu l'avertir qu'ils comptaient s'en prendre à lui.

— Aucune contrainte n'est parfaite, marmonne Nadine, davantage pour elle-même qu'à mon bénéfice.

Je devine qu'elle est très attachée à Parker. Voilà qui va m'attirer sa sympathie quand celui-ci se réveillera fou d'inquiétude pour moi. Cependant, irritée par sa remarque, je rétorque :

— Eh bien, peut-être que la bande de connards suceurs de sang que vous êtes devrait éviter d'employer cette méthode sur les gens. J'aurais aidé Parker dans son enquête s'il me l'avait demandé. C'était même mon intention. J'aidais déjà Terrance, je n'avais pas besoin qu'on me force la main. Henry n'est qu'un gros con possessif, et on va tous mourir à cause de lui.

J'espère me tromper, mais je suis manifestement dans cet entrepôt depuis un certain temps, et la cavalerie n'a toujours pas débarqué bien que j'aie toujours mon portable. Ce n'est pas très encourageant.

— Je suis sûre que Henry a seulement fait ce qu'il estimait nécessaire pour me retrouver. Il se préoccupe de ses vampires.

— Oh ! je sais très bien de quoi Henry se préoccupe.

De sa petite personne.

— Si tu ne cesses pas tout de suite d'insulter mon maître, je jure de te tuer avant que les salauds qui nous retiennent en otage ne s'en chargent.

Une autre voix s'élève. Bien que rocailleuse et virile, elle trahit un mépris aussi profond que celui de Nadine :

— Et pourquoi Henry aurait-il besoin de ton aide ? Tu n'es qu'une humaine.

— Alors, j'ai un scoop pour vous : nous ne sommes pas retenus en otage. Ils vont tous vous sacrifier ce soir, durant la Lune de sang, afin de vous dérober votre force vitale à l'aide de la magie noire. Henry m'a kidnappée parce que je possède moi-même certains pouvoirs. Je vous aurais d'ailleurs tous tirés de là sans cette contrainte à la con.

J'étais à deux doigts de réussir. Je ne suis pas une humaine ordinaire.

— En effet, nous interrompt une voix enjouée à l'autre bout de la salle.

Les lumières s'allument et Elijah vient se camper devant ma cage.

— Tu es bien plus qu'une humaine ordinaire, n'est-ce pas ? Quoique je sois un peu déçu d'apprendre que tu es humaine tout court. Une fae d'été, Nora ? De la famille royale qui plus est ? (Il secoue la tête en claquant la langue de façon désapprobatrice, un sourire narquois aux lèvres.) La vilaine menteuse.

Je pars d'un rire sec.

— J'en connais un qui a été très vilain aussi. Jouer avec la magie noire, Elijah ? Enlever des occultes ? Je ne suis pas une experte, mais je crois que c'est encore plus mal vu que de se faire passer pour une occulte de sang pur.

— À t'entendre, on croirait que tu n'es pas totalement humaine.

— C'est le cas, pauvre con. J'ai du sang occulte. Comment crois-tu que j'ai réussi à te duper quand tu l'as bu ?

Il s'avance jusqu'à ma cage et agrippe les barreaux en fixant sur moi un regard curieux.

— Pourtant tu es bien totalement humaine. Les occultes ne s'y trompent pas.

— Mais toi si. Tu dois être un occulte particulièrement faible. Sorcier de niveau intermédiaire, tu parles !

Un éclair de colère embrase ses yeux. J'ai apparemment mis le doigt sur une corde sensible – et sur la vérité. Il n'est pas aussi puissant qu'il le prétend. Sinon, il aurait vu que j'étais humaine, et il aurait tout de suite compris que Nick Sublime ne l'était pas.

— J'ai toujours douté de ta petite histoire, se défend-il. Mais tu as bien quelque chose de différent malgré tout.

— C'est son sang, confirme Nadine. Je le flaire d'ici. Il n'a pas l'odeur d'un sang humain ordinaire. Il est nettement plus appétissant.

— Waouh ! merci, Nadine. (Je regarde Maya.) Je comprends maintenant pourquoi tu la traitais de saleté. La solidarité entre prisonniers, elle connaît pas, hein ?

— Je ne te dois rien, humaine.

— J'espère vraiment survivre pour raconter à Henry comment tu m'as enfoncée. Il t'arrachera sûrement la gorge : il est encore plus obsédé par moi qu'Elijah.

Ce dernier éclate d'un rire sinistre.

— Bientôt, tu me seras aussi dévouée que je le suis envers toi.

C'est à mon tour de m'esclaffer, mais mon rire se veut odieux, pas sinistre.

— C'est ça, on y croit. J'ai résisté à Henry Stadther, Parker Reed, Nick Sublime et Cecile le succube. Mais, oui, tu as sûrement raison. Je vais tomber en adoration devant toi, parce que tu es tellement plus séduisant.

Elijah me dévisage en plissant les yeux puis se met à faire les cent pas devant ma cellule. Au bout d'un moment, il s'arrête et plante son regard dans le mien.

— Tu as peut-être raison. Je devrais sans doute envisager quelque chose de plus fort qu'un lien de compagne.

Je me lève péniblement. Je me sens déjà beaucoup mieux après avoir vomi le reste de mon sédatif magique.

— Que veux-tu dire ? demandé-je en m'avançant lentement vers lui.

Je prends garde à rester hors de portée, mais me rapproche suffisamment pour donner à cet échange l'allure d'une vraie conversation.

— C'est risqué, marmonne Elijah, plus pour lui-même qu'autre chose. Mais ça ne peut que fonctionner, quelle que soit ta force de résistance.

Ça ne me dit rien qui vaille.

— Risqué en quoi ? De quel genre de lien parles-tu ? Les trips esclave sexuelle, type princesse Leia et Jabba le Hutt, c'est pas mon truc.

Le sorcier me regarde en fronçant les sourcils.

— Je n'ai pas besoin de la magie pour obtenir une femme, Nora. Comme tu finiras peut-être par t'en rendre compte. Non, le lien auquel je pense est nettement plus complexe qu'un sort d'amour. Je vais faire de toi mon familier.

Le terme me prend au dépourvu. Je ne sais pas grand-chose des familiers, si ce n'est que ce sont des créatures magiques qui accompagnent les sorciers et les sorcières.

— Ce ne sont pas des animaux normalement ? Comme les chats ?

Elijah lâche un petit rire.

— D'habitude, oui. Cependant, la magie noire permet de le faire aussi avec des humains. C'est une relation très spéciale, Nora. Nous unirions nos forces vitales, partageant notre puissance en retour.

Mais bien sûr. *« Partager » ?*

— Tu me donneras ton pouvoir ?

— Une partie, oui, et moi je bénéficierai de tes dons.

— Tu me contrôleras donc contre une *partie* de ton pouvoir ? Je n'ai pas l'impression que ce soit une si bonne affaire.

— Je ne te contrôlerai pas, insiste-t-il, mais j'aurai ta loyauté. (Il me regarde de nouveau dans les yeux.) Et tu auras la mienne, ainsi que ma protection. Je ne plaisante pas quand je dis que je te suis dévoué, Nora. Je serai un bon compagnon, je te le promets.

Je me moque de sa protection et de sa loyauté ; celles de Terrance et d'Oliver me suffisent. Et je n'ai absolument pas besoin d'un compagnon, bon ou mauvais. En revanche, je dois à tout prix sortir de cette cage, et le meilleur moyen d'y parvenir, malheureusement, c'est sans doute de le séduire pour l'amener à croire que j'adhère à son projet ridicule.

— Tu m'aimes vraiment ?

Je m'efforce d'adopter un ton méfiant tout en y instillant une note d'espoir. Elijah est assez imbu de lui-même pour tomber dans le panneau, mais il se méfiera si je me montre trop enthousiaste trop vite.

— Tu ne t'intéresses pas qu'à mon pouvoir ?

Il interrompt ses allers et retours devant ma cage, étonné par ma question. À ma grande surprise, une tendresse sincère vient adoucir son visage.

— Nous serons heureux ensemble, tu verras.

— Et je ne serai liée qu'à toi ? Pas aux onze autres crétins ? Parce que tu as évoqué la possibilité que je les laisse tous profiter de mon sang, et ça ne me dit trop rien.

Comme je m'y attendais, une lueur de jalousie possessive s'allume dans ses yeux.

— Rassure-toi, j'ai capturé Parker justement pour ne pas avoir à te partager. (Il inspire profondément puis s'avance jusqu'aux barreaux de ma cellule.) Tu es à moi, Nora, et je tuerai quiconque posera la main sur toi. Tu as ma parole.

Il est de plus en plus fébrile maintenant que je ne lui résiste plus. Il veut cette union. Il a terriblement envie de moi. Nous y sommes ; il est temps pour moi d'user de mes artifices féminins sur ce type. Je n'ai encore jamais fait ça.

Je tente sciemment de l'attirer vers moi. Il se colle à ma cage, comme tiré par un fil invisible. Je n'en reviens pas. C'est moi qui fais ça ? Est-ce un pouvoir que je possède ? Comme celui de Cecile ?

Agrippant un barreau, je dévisage le sorcier comme si c'était moi qui tombais sous son charme, et non l'inverse.

Je me mordille la lèvre inférieure. Son regard descend sur ma bouche, ses yeux deviennent vitreux. Je susurre :

— Elijah… approche.

Il obéit, sans discuter. La vache ! je suis plus douée que je le pensais à ce petit jeu.

Je me passe la langue sur les lèvres et bombe la poitrine jusqu'à la presser contre les barreaux. Bien que mon tee-shirt n'ait aucun décolleté, mes formes sont assez prononcées pour capter l'attention d'Elijah. Il déglutit et pose sa main sur la mienne, autour du barreau.

— Tu peux me faire confiance, Nora.

Il le pense sincèrement. Il est convaincu de vouloir me protéger et prendre soin de moi. Il est aussi certain qu'une fois notre lien forgé je me sentirai si proche de lui que je désirerai cette relation autant que lui.

Il passe les mains à travers les barreaux pour prendre mon visage en coupe. Je lui saisis doucement le poignet et me laisse toucher, prête à frapper.

— Nora… j'ai besoin de toi. Dis-moi que tu veux être mienne.

Consciente que je n'aurai pas d'autre occasion, je mets le paquet. Je l'empoigne à deux mains et le tire vers moi de toutes mes forces, lui fracassant le visage contre la cage. Le choc l'étourdit mais ne l'assomme pas. Sans perdre de temps, je passe la main à travers les barreaux et l'attrape par les cheveux.

— Je ne t'appartiendrai jamais, connard ! lâché-je avant de lui éclater la tête contre les barreaux trois fois de plus, jusqu'à ce que ses yeux se révulsent enfin.

Chapitre 20

J'entends un long sifflement admiratif.

— Bien joué ! lance Maya quand Elijah s'écroule devant ma cellule, KO.

— Vite, les clés ! Prends les clés ! s'écrie l'homme dans la cage qui jouxte la mienne. Dépêche-toi, petite ! Il ne va pas tarder à reprendre ses esprits !

— Sans blague ! rétorqué-je.

Je suis déjà accroupie, en train de fouiller ses poches.

Bingo ! J'ouvre la porte de ma cage puis m'empresse d'y enfermer Elijah. Il arrivera sûrement à la déverrouiller avec un sort à son réveil mais, avec un peu de chance, ça le ralentira.

J'entre ensuite dans la cellule de Maya et tente d'ouvrir ses menottes, sans succès. Je n'ai pas la bonne clé. Avec un sourire peiné, elle hoche la tête vers les autres cellules.

— Libère-les, ils pourront aller chercher de l'aide.

C'était déjà mon intention, mais je suis contente qu'elle soit du même avis. Je m'occupe de l'homme emprisonné dans la cellule mitoyenne à la mienne. L'air grincheux, il ne dépasse pas le mètre vingt. Il me regarde avec un air solennel et déclare :

— Merci, petite. Les brownies n'oublieront pas ton geste.

Puis il s'enfuit sans me laisser le temps de répondre. Je crie pour qu'il m'entende :

— De rien, et merci pour votre aide avec les autres !

— Vite, petite !

— Libère-moi !

— Occupe-toi de ma porte !

Leurs voix restent faibles, mais l'espoir les fait revivre. Me hâtant d'ouvrir leurs portes, je tombe sur un homme également entravé par des menottes en argent.

— La clé est rangée avec les chaînes dans le placard, là-bas, dit-il en tendant le doigt vers le fond de la salle.

Sa voix laisse supposer qu'il s'est fait plusieurs fois tabasser – à moins qu'il soit en train de succomber à un empoisonnement à l'argent.

— Je m'en occupe dès que j'aurai fini de libérer les autres.

— Maya d'abord.

C'est très noble de sa part. J'acquiesce avant de passer à la cage suivante. Je devine à sa beauté et à son froncement de sourcils marqué que la femme qui s'y trouve est Nadine.

— Dépêche-toi, humaine !

Ses yeux sont écarlates, et ses canines s'allongent lorsque je m'approche de sa cage. J'hésite à lui ouvrir.

— Tu vas m'attaquer si je te libère ?

— Fais-moi sortir ! grogne-t-elle.

Ne la sentant pas capable de dominer ses pulsions, je passe directement à la porte suivante. Parker se chargera d'elle quand je l'aurai réveillé. Elle fulmine en me voyant l'abandonner pour m'occuper de Parker à la place. Ignorant ses invectives, je m'agenouille à côté du vampire.

— Parker ?

Je lui tapote les joues, puis le gifle quand je n'obtiens aucune réaction.

— Parker, réveille-toi. Je ne peux pas te porter.

— Il a besoin de sang ! me crie Nadine. Ils l'ont saigné pour l'affaiblir, il a besoin de se nourrir.

Eh zut !

— Je sens que je vais le regretter, grommelé-je en m'écorchant le poignet avec la clé.

Ça ne vaut pas un couteau, mais je n'ai pas mieux sous la main. Lorsqu'une petite ligne pourpre apparaît à la surface, je mets mon poignet sous le nez du vampire.

— Allez, Parker, réveille-toi. Je ne partirai pas sans toi. (Je le secoue, puis place la plaie devant sa bouche.) Allez, c'est le moment ou jamais de goûter mon sang, le buffet ferme dans trois secondes. Une… deux…

Il ouvre les yeux d'un coup, m'attrape le bras et le plaque contre ses lèvres. Je lâche un hoquet de surprise quand ses canines se plantent dans ma peau. Très vite, cependant, une douce chaleur m'envahit. Je n'ai jamais rien ressenti d'aussi agréable. Je veux me coller à Parker, sentir ses mains sur moi. J'ai bien trop de vêtements à mon goût, et lui aussi. Je meurs d'envie de les arracher pour lui faire l'amour pendant des heures. Je laisse échapper un gémissement. Des points noirs se mettent à danser devant mes yeux, mais je n'en suis pas sûre, car je me sens submergée à cet instant. Je n'ai jamais connu une telle extase. Si j'avais su que la morsure d'un vampire procurait de telles sensations, j'aurais peut-être laissé Henry me mordre au lieu de lui planter un pied de tabouret dans le torse.

Puis la sensation s'étiole et, brusquement, c'est moi qui me fais secouer.

— Nora ? Nora !

— La vache, Parker ! Ça fait cet effet chaque fois ?

— Bon sang, Nora, tu as pris un risque inconsidéré ! J'aurais pu te tuer si je ne me maîtrisais pas autant !

— J'avais confiance. (Je glousse bêtement comme si j'étais pompette.) Maintenant aide-moi. Il faut encore libérer les loups-garous, Nadine veut me bouffer, et je ne peux pas porter Shandra toute seule.

Clignant des yeux pour reprendre mes esprits, je jette un coup d'œil alentour. Un petit gémissement se fait entendre.

— Vite, Nora! s'écrie Maya. Il revient à lui!

— Eh merde!

Je saisis Parker par les poignets avant de bondir debout. Le monde se met aussitôt à vaciller. Parker me rattrape avec un juron.

— Nom de Dieu! tu n'aurais pas dû me nourrir, Elijah t'a pris trop de sang hier.

— Peu importe, allons aider les autres.

Il secoue la tête et me soulève dans ses bras.

— Non, l'Agence viendra les chercher. Je vais te sortir de là.

— Sûrement pas! (Je me débats en désignant les loups et la troll.) Je ne partirai pas d'ici sans Shandra! Je l'ai promis à Terrance. Emmène-la dehors pendant que je m'occupe des loups.

— Pas question.

— PARKER! (Je le repousse si brutalement qu'il me repose sur mes pieds.) JE NE PARTIRAI PAS SANS ELLE!

Il me regarde droit dans les yeux. Je secoue la tête, désespérée.

— Je t'en prie, Parker. Occupe-toi d'elle d'abord.

Peut-être se doute-t-il que je reviendrai ici à la première occasion, ou peut-être essaie-il de m'amadouer; quoi qu'il en soit, Parker acquiesce, puis se précipite vers la cage de la troll. Je gagne le placard où sont rangées les clés des menottes. Lorsque je les trouve, Shandra et Parker sont déjà partis.

J'accours auprès de Maya. Malheureusement, avant que je puisse la délivrer, Elijah m'attrape par ma queue-de-cheval et me tire en arrière.

— Tu as fait une grosse erreur, Nora, dit-il en me sortant de la cellule.

Je me démène comme un beau diable pour me libérer, mais la perte de mon sang m'a trop affaiblie, et le sorcier semble jouir d'une force surhumaine. Je lance au dernier moment les clés à Maya, mais elles tombent trop loin pour elle.

— Je suis désolée ! Parker reviendra, je te le promets !

Elle me regarde en secouant la tête, comme si sa propre sécurité lui importait peu.

— Sois prudente !

— Nora ne risque rien, lui assure Elijah avant de me jeter sur une grande table au centre de la salle. Cependant, Parker ne reviendra pas. Personne ne peut franchir mes défenses magiques.

Remarquant les menottes fixées aux extrémités de la table, je me fais la remarque que celle-ci ressemble davantage à un autel. Mon cœur s'arrête une seconde, puis s'affole. L'adrénaline m'envahit, me commandant de fuir ou de résister.

Je me débats de plus belle quand Elijah me saisit le poignet pour l'attacher à la table. Je parviens à lui coller un coup de poing de mon bras libre. Il tombe à la renverse.

— Bon sang, Nora, ça suffit ! Tu m'as déjà explosé le nez sur les barreaux !

— Tant mieux !

J'écorche et griffe ma main attachée, je tire si fort sur les menottes que mon poignet se met très vite à saigner. Pas moyen de briser l'entrave. Je suis coincée.

Elijah m'attrape ensuite les chevilles. J'ai beau donner des coups de pied, ruer à m'en déboîter les genoux, il parvient à m'enchaîner à la table.

La peur fuse dans mes veines, m'empêchant de respirer.

— Je t'en supplie, ne fais pas ça, dis-je, à bout de souffle.

Ma terreur est telle que je commence à trembler de tout mon corps. Des larmes me piquent le coin des yeux.

Le sourire aux lèvres, Elijah empoigne mon dernier membre encore libre. J'essaie de me dégager, mais l'adrénaline reflue déjà et je n'ai plus la force de lutter.

Le sorcier me regarde amoureusement, avec une tendresse empreinte de démence. Quelque chose au plus profond de moi réagit soudain. Une sensation étrange m'envahit et mon instinct se dresse brusquement contre ma peur. Une petite voix me souffle que je suis plus forte que cet homme.

Au moment où il lève son couteau en approchant un calice de mon poignet, sans doute décidé à me saigner, mon instinct prend le dessus et je prononce son nom. Le mot s'échappe de mes lèvres, presque chantant, et Elijah s'arrête. Il plonge son regard dans le mien, les pupilles dilatées. Sa réaction m'emplit de satisfaction. C'est lui qui est à ma merci, pas l'inverse.

— Détache-moi.

Posant couteau et calice, il entreprend docilement d'ouvrir mes menottes. À peine m'a-t-il libéré un poignet qu'il semble déjà sortir de son état de transe. Il braque sur moi un regard furibond.

— Qu'est-ce que tu m'as fait, sale petite diablesse ?

Je sens mon mystérieux pouvoir m'échapper, comme s'il se remettait en sommeil. Paniquée, je m'emploie à le ramener à la surface.

— Laisse-moi partir, ordonné-je.

Elijah a un mouvement de recul, comme soufflé par mon pouvoir. Il écarquille un instant les yeux, puis les plisse en serrant les dents, s'obstinant à affronter mon regard.

— Peu importe ce que tu es, siffle-t-il, je suis plus fort que toi.

Un picotement de magie me submerge, et je me sens prise d'une soudaine envie de dormir. Il cherche à me jeter un sort. Rassemblant toute ma volonté, je projette violemment mon pouvoir vers lui. Les deux forces s'entrechoquent et, pendant un moment, nous nous livrons à un véritable bras de fer mental.

Tout à coup, un bruit pareil à une explosion brise notre concentration. Pourtant, tout semble intact autour de nous. Le bâtiment tremble cependant. Elijah écarquille les yeux.

— Impossible…

— Quoi ?

Il me regarde en clignant des yeux d'un air atterré.

— Quelqu'un a réussi à percer mes défenses magiques. Elles étaient imprégnées de magie noire. (Il secoue la tête, incrédule.) Personne à Détroit n'a un tel pouvoir.

Un sourire idiot s'étire sur mon visage et je hurle à pleins poumons :

— Oliver ! Oliver ! Je suis ici ! Oliver !

— Oliver *Harrington ?* s'exclame Elijah. Mais il ne recourt jamais à sa magie !

— Visiblement, il a changé d'avis. Ah ! au fait, je suis sûre que Nick Sublime et Terrance Balfrey sont avec lui.

Un sourire narquois sur les lèvres, je regarde le petit sorcier prendre conscience de sa défaite ; je vois donc le moment exact où il perd les pédales.

— Sale garce !

Il s'empare de son couteau pour me le planter dans le cœur. J'arrive à dévier le coup de ma main libre, sans parvenir à l'arrêter. La lame s'enfonce dans mon épaule. Une douleur fulgurante me transperce, m'arrachant un cri. Un puissant rugissement me répond alors et, soudain, une main écarte brutalement Elijah de moi. Je n'ai pas le temps de détourner le regard quand Terrance le démembre à mains nues, projetant des gouttelettes de sang sur moi.

— Terrance ! T-rex, je vais bien ! Arrête !

Le troll fait volte-face en entendant ma voix, m'examinant de la tête aux pieds de ses yeux noirs. Devant sa fureur, je sens mon cœur cesser de battre une seconde, puis j'inspire lentement, m'obligeant à rester calme pour lui. Je le rassure d'une voix douce :

— Je vais bien, Terrance. Tu m'as sauvée, tu peux te calmer maintenant.

Difficile de savoir ce qu'il regarde précisément quand il a ces yeux-là. Cependant, au moment où ils se plissent, je devine que Terrance a repéré le couteau fiché dans mon épaule.

— Ce n'est rien, un guérisseur me soignera ça en moins de deux. Que dirais-tu de te calmer et d'aller en chercher un pour moi ?

Il me regarde, tremblant de la tête aux pieds, et inspire profondément. Lorsqu'il expire, sa colère s'apaise un peu. Ses yeux sont encore noirs, mais il a au moins cessé de trembler. C'est un début. Je le félicite :

— Très bien. Écoute, je sais que tu t'inquiètes pour moi et que tu es encore très remonté, mais tu crois que tu pourrais laisser passer les autres pour que quelqu'un s'occupe de mon épaule ? Ça me fait vraiment mal.

Il grogne, mais s'éloigne d'un pas lourd. Nick et Oliver accourent aussitôt. L'agent se charge de me libérer, brisant à mains nues les fers à mes chevilles et à mon poignet. Soit, je peux donc ajouter la force surhumaine à l'énigme que représente Nick Sublime. Même si je n'en suis pas surprise en réalité.

— Nora ?

Je tourne la tête vers Oliver et lui souris de toutes mes dents.

— C'était toi, n'est-ce pas ? C'est toi qui as anéanti les défenses magiques d'Elijah ?

Il acquiesce d'un air chagriné. Je me sens aussitôt rongée par la culpabilité. Mon sourire s'estompe, et je dois ravaler la boule qui s'est formée dans ma gorge avant de parler.

— Je suis tellement désolée que tu aies dû te servir de la magie pour moi.

Il ferme les yeux, puis soupire avant de secouer la tête.

— Nora, je m'en veux tellement. J'ai…

— Pousse-toi, lâche Terrance en le dégageant pour le remplacer par Enzo. Soigne-la.

Le petit homme s'incline comme s'il avait l'habitude de se faire bousculer. Je me charge donc de réprimander le troll pour lui :

— Sois gentil, espèce de grand grincheux. Je vais bien maintenant, je ne crains plus rien, alors calme-toi et cesse d'agresser tout le monde.

Il me répond par un grognement.

— Attention, Nora, me prévient Nick. Il t'écoute peut-être maintenant, mais il est encore très instable. Il ne te fera peut-être aucun mal s'il perd les pédales, mais, nous autres, nous ne sommes pas à l'abri.

— C'est vrai, pardon. (Je reporte mon attention sur Terrance et me force à sourire.) Hé ! T-rex, je te jure que je vais bien. Ils veulent seulement m'aider. Sois gentil avec eux, tu veux bien ? S'il te plaît ? Pour moi ?

Le troll souffle puis croise les bras, peu disposé à se modérer tant que le couteau restera planté dans mon épaule. Nous voyant dans l'impasse, Enzo tend lentement les mains vers la poignée du couteau.

— Ne bougez plus, Nora. Je vais retirer le couteau et je ne veux pas aggraver votre blessure. Ce sera certainement très douloureux.

— D'accord.

J'essaie de faire bonne figure, mais c'est du chiqué : je suis morte de peur. Je n'ai pas du tout envie de sentir une nouvelle fois l'effroyable douleur de la lame glissant dans ma chair.

— Minute, l'arrête Nick, avant de s'adresser à moi : Tu ferais mieux d'envoyer ton troll dehors, parce que Terrance ne se contrôlera plus si tu te mets à hurler.

Je lève les yeux au ciel.

— Ou alors tu pourrais éviter de te montrer si désobligeant et le lui demander toi-même. Ce n'est pas *mon* troll.

Enzo se mord la joue d'un air amusé tandis que Nick esquisse un sourire en coin.

— Si, c'est bien *ton* troll. Et tu es *son* humaine. Il t'a revendiquée comme sienne, et tu es la seule qu'il acceptera d'écouter pour l'instant, alors c'est à toi de le renvoyer.

Mes yeux sortent de leurs orbites.

— Il m'a quoi ?! crié-je, ravivant la douleur dans mon épaule. Tu veux dire, comme une compagne ?

Un rictus narquois se dessine de nouveau sur ses lèvres. Terrance souffle bruyamment.

— Pas compagne. Clan.

Son vocabulaire étant manifestement limité pour le moment, je me tourne vers Nick pour plus d'explications.

— Lorsque tu as déclenché son instinct de troll, c'était sa manière de te revendiquer comme sienne. Son offre de t'accueillir chez lui ensuite l'a confirmé : tu fais partie de son clan.

Houla ! ça a l'air sérieux cette histoire. Je glisse un coup d'œil à Terrance.

— On en discutera dès que tu n'auras plus de pulsions meurtrières.

Lorsqu'il me répond d'un bref hochement de tête, je parviens à lui sourire.

— Nick a raison. Tu ferais mieux d'attendre dehors quelques minutes, le temps qu'Enzo me soigne.

Il serre les dents et me lance un regard noir, mais je ne cède pas.

— J'ai besoin d'être soignée, et ce ne sera pas agréable. Tu as encore les nerfs à vif. Tu ne veux quand même pas faire de mal à Enzo parce qu'il m'aide, pas vrai, grand dadais ?

Comme il grince des dents, je décide de jouer la dernière carte qui me vient à l'esprit : orienter son inquiétude vers quelqu'un d'autre.

— Et si tu allais voir comment va Shandra ? Je te retrouve dehors dans quelques minutes.

Il plisse les yeux, attend encore un moment par pure obstination, puis grogne et quitte l'entrepôt. Ah, mon troll ! Ce géant au cœur tendre.

Chapitre 21

L'extraction du couteau me fait un mal de chien, mais je parviens à ne pas crier. Même si Terrance est parti, il a une ouïe excellente ; je ne veux pas prendre le risque de provoquer un nouvel accès de rage chez lui. Quand la lame sort enfin, je suis pâle et à bout de souffle.

— Eh bé, Tigresse, lance Nick, t'en as du cran !

— Des années de pratique, dis-je, avant de pousser un soupir de soulagement quand un picotement agréable remplace la douleur dans mon épaule.

Mon corps entier se relâche. Je regarde Enzo avec un sourire reconnaissant.

— Je t'ai déjà dit que tu es mon occulte préféré ?

Enzo rougit tandis qu'une douce chaleur se diffuse dans mon épaule sous ses mains.

— Merci, mademoiselle.

— Tu peux m'appeler Nora, tu sais. On oublie le mademoiselle, d'accord ?

Il lève les yeux sur moi, mais les rebaisse bien vite, avant d'incliner la tête.

— Si vous voulez.

Lorsqu'il retire ses mains, je fais rouler mon épaule. Hormis une légère raideur, elle est comme neuve. Sérieusement, c'est lui le meilleur.

— Y a-t-il autre chose, mademoiselle Nora ?

Je procède à un rapide inventaire de mon corps.

— Rien que quelques jours de repos ne pourront pas réparer.

Mon combat contre Elijah me laisse toute courbaturée et ses drogues magiques me donnent encore un peu la nausée mais, en dehors de ça, je m'en sors relativement indemne.

— Sauf si tu peux régénérer mon sang pour compenser celui que j'ai perdu en servant de casse-croûte à un vampire.

Je plaisante, mais le visage d'Enzo se décompose.

— Navré, j'aimerais vous aider, mais cela dépasse mes compétences en guérison.

— Je sais, je te taquinais. Désolée.

Je lui donne une accolade maladroite, honteuse de ma mauvaise blague.

— Merci d'avoir guéri mon épaule. Tu es vraiment le meilleur.

Cette fois, il s'autorise un petit sourire.

— Merci à vous, Nora. (Il incline légèrement la tête.) Si vous voulez bien m'excuser, je dois m'occuper des autres.

— Bien sûr ! Va faire tes miracles, supercrack.

Il se dirige vers Maya et son ami loup-garou en secouant la tête avec un petit rire.

— Tu es la seule personne au monde à oser le taquiner, m'informe Terrance en revenant dans l'entrepôt avec une tête heureusement normale. Je crois que ça lui plaît.

Personne ne semblant prêt à partir, et étant trop faible pour me lever, je suis toujours assise sur l'autel sacrificiel. Terrance est si grand que je dois renverser la tête en arrière pour voir son visage. Ce crâne luisant et cette figure criblée de piercings devraient m'effrayer, mais je les trouve en réalité si réconfortants que j'ouvre les bras pour serrer l'immense troll contre moi. Il me rend mon étreinte, puis me lâche rapidement, se rappelant que je ne suis pas très tactile.

— Pourquoi personne ne le taquine ? Il a l'air gentil comme tout.

Terrance jette un coup d'œil au guérisseur.

— Par respect, surtout. Les chamans font l'objet d'une grande déférence dans le monde occulte, en particulier ceux qui possèdent de puissants pouvoirs guérisseurs.

— Merde… j'espère que je ne l'ai pas insulté.

— Ne t'inquiète pas. Comme je te l'ai dit, je crois qu'il apprécie ton attitude. Enzo n'est pas un chaman comme les autres, il est beaucoup moins collet monté. Il préfère travailler pour l'Agence plutôt que de passer ses journées assis dans un temple. Je crois qu'il préférerait que les gens le traitent comme une personne normale, mais il a du mal à se défaire de sa réputation.

J'observe Enzo tandis qu'il soigne Maya. La femme débordante de sarcasme et de courage que je connais paraît tout intimidée subitement.

— Intéressant, dis-je avant de reporter mon attention sur Terrance.

Bien qu'il se soit essuyé les mains et le visage, les taches pourpres sur ses vêtements me rappellent que j'ai une question à lui poser.

— Du coup… Elijah est mort, mais qu'en est-il des membres de sa confrérie ?

Terrance grimace et pousse un soupir.

— Quand Oliver m'a appelé, j'ai perdu la tête. Il a bien fait d'attendre de savoir où tu étais, sinon j'aurais pu retourner toute la ville. L'Agence a réussi à me contenir pendant un bon moment mais, alors qu'on cherchait un moyen de contrer la magie noire qui protégeait cet endroit, trois hommes ont quitté l'entrepôt pour se diriger vers une voiture jaune immonde. Personne ne pouvait m'empêcher de me jeter sur des cibles concrètes. À vrai dire, je ne sais pas s'ils voulaient vraiment me retenir.

Même s'il passe ce détail sous silence, je sais qu'il a tué les trois malchanceux. Je devrais peut-être me sentir coupable mais, bizarrement, je n'arrive pas à éprouver une once de pitié pour mes ravisseurs qui, au bout du compte, étaient tous des psychotiques malveillants déterminés à assassiner une douzaine de personnes innocentes. L'Occulte est un monde dangereux, avec des lois et des règles propres. Le fait que je semble mieux m'intégrer dans cet univers obscur que dans celui où j'ai grandi soulève de nombreuses questions, auxquelles je réfléchirai un autre jour.

— Et le reste de la secte ?

— Je suis venu directement ici, alors ils sont toujours vivants. L'Agence a fait une descente dans leur maison et les a tous arrêtés. (Il fronce les sourcils.) Je n'aimerais pas être à leur place. L'Agence n'apprécie pas trop les affaires de magie noire et les humains qui menacent notre monde. Certains de ces types regretteront sûrement que je ne les aie pas trouvés en premier.

Je frémis. Note pour plus tard : ne pas se mettre l'Agence à dos. Pareil pour les trolls. Terrance se méprend sur mon frisson.

— Nora… je sais qu'il m'arrive de m'emporter, mais tu n'auras *jamais* rien à craindre de moi.

Je tapote sa grosse épaule d'un geste rassurant.

— Je sais, T-rex.

Ce qui me fait penser que nous avons encore un point à aborder.

— Du coup, c'est quoi cette histoire de revendication dont parlait Nick ?

Il soupire.

— Ce n'est pas ce que tu crois. Je t'ai acceptée. Je t'ai accueillie dans mon clan.

Je ne dis rien, attendant qu'il développe. Il hausse les épaules avec embarras.

— Les trolls ne choisissent pas qui ils revendiquent, pour leur clan ou pour compagne. Quand notre instinct protecteur s'éveille, comme le mien l'a fait avec toi, c'est pour la vie. Mon instinct m'a obligé à reconnaître en toi un membre de mon clan. J'aurai toujours la sensation de devoir te protéger et prendre soin de toi. En revanche, rien ne t'oblige à m'accepter.

Il détourne le regard et se frotte la nuque, craignant sans doute que je le rejette.

— Qu'est-ce que ça implique… d'appartenir à ton clan ?

Me regardant droit dans les yeux, il répond sans l'ombre d'une hésitation :

— C'est une famille.

Une douce chaleur m'étreint le cœur. Je n'ai jamais eu de vraie famille.

— Tu es la mienne à présent, poursuit-il. Je possède mon propre territoire à Détroit, je suis donc chef de mon propre clan. Je vis seul depuis longtemps, tu es la première que j'accueille. Tu es ma première famille. Tu auras mon soutien et ma protection jusqu'à la fin de ta vie. (Il déglutit.) Mais, encore une fois, rien ne t'oblige à accepter.

Ma gorge se serre. Tous les orphelins rêvent de trouver la famille idéale où ils auront enfin leur place. Nous rêvons tous d'être adoptés. Je n'ai jamais eu cette chance. D'ailleurs, comme j'étais une enfant soi-disant étrange et perturbée, j'ai enchaîné plus de maisons que la moyenne. J'ai renoncé depuis longtemps à ce rêve d'avoir une vraie famille. Terrance n'a pas idée de ce que son offre représente pour moi.

— Terrance, dis-je d'une voix étranglée, j'accepte avec joie. Toi aussi, tu es ma première famille. C'est un honneur de faire partie de ton clan.

Nous nous étreignons de nouveau, avant d'être interrompus par un glapissement surexcité. En me tournant vers la source du cri, je découvre quatre trolls. J'en reconnais deux. Shandra a l'air groggy et nauséeuse, même si c'est bon de la voir réveillée. Deux hommes l'accompagnent, si grands qu'ils feraient passer Terrance pour un avorton. Ils ont de belles têtes de grincheux, mais j'ai le sentiment que tous les trolls sont comme ça. À l'inverse, cependant, la sœur de Terrance s'avance avec un large sourire placardé sur le visage. Le cri venait d'elle et, lorsque je croise son regard, elle n'y tient plus : elle se précipite vers nous, ses pas pesants résonnant dans l'entrepôt. Terrance l'intercepte avant qu'elle puisse me renverser.

— Tout doux, petite sœur, c'est une humaine. Ne va pas me la casser.

L'affection que je perçois dans sa voix me fait sourire, tout comme l'enthousiasme de Nell. Quand il juge sa sœur suffisamment calme, Terrance s'écarte pour la laisser me prendre dans ses bras. Presque aussi grande que lui, elle m'engloutit dans son étreinte.

— Je suis si excitée ! s'exclame-t-elle en me lâchant pour me contempler avec une mine ravie. Depuis le temps qu'on attend que Terrance fonde son propre clan. Étonnant que ce soit avec une humaine, mais il faut dire que mon frère n'a jamais marché dans les clous.

Mon colocataire et moi ricanons.

— Alors j'ai clairement trouvé la bonne famille, dis-je.

Terrance éclate de son rire retentissant.

— Nora, je te présente ma petite sœur, Nell. Nell… voici Pépin. Et, crois-moi, elle n'a pas ce surnom par hasard.

Mon sourire s'élargit devant sa mimique réprobatrice, et je balaie la salle du regard en haussant les épaules.

— Difficile de te contredire.

— Vous êtes vraiment faits pour vous entendre tous les deux ! s'extasie Nell. Je suis tellement heureuse que mon grand frère ne soit plus seul. Maintenant, si on pouvait aussi lui trouver une compagne…

Terrance pousse un soupir exaspéré, mais je ne peux m'empêcher de jeter un coup d'œil à Shandra, qui s'avance vers nous avec les deux autres trolls.

— Je croyais…

Nell suit mon regard, et son visage se décompose.

— Non, le lien ne s'est pas fait pour eux. Shandra n'est pas celle qu'il lui faut.

— C'est immédiat normalement ? demandé-je, étonnée.

Je ne suis pas fan de la théorie du coup de foudre. Nell et Terrance secouent la tête en même temps.

— Non, m'explique Nell. Disons que, si ça devait se faire, la disparition de Shandra aurait tout déclenché. Ou il se serait au moins passé quelque chose quand Parker l'a sortie de l'entrepôt, inconsciente. L'instinct d'un troll est encore plus fort pour sa compagne ou son compagnon que pour les membres de son clan. Terrance était sincèrement inquiet pour Shandra, mais son instinct n'a pas pris le dessus comme il l'a fait avec toi.

Je rougis et lance un regard au troll, qui comprend ma question implicite.

— Non, tu n'es pas ma compagne. Je te promets que tu n'as réveillé en moi qu'un instinct de clan.

Je pousse un soupir de soulagement qui fait rire Nell.

— Alors, toi aussi, tu as peur de l'engagement ?

Je ris puis réponds :

— En quelque sorte. Tu ne t'es pas trompée en disant qu'on était faits pour s'entendre.

Je tends le poing vers Terrance, qui me fait un check de sa grosse paluche. Ses amis arrivent devant nous à ce moment-là. Shandra prend la parole :

— On m'a dit que c'est toi qui as retrouvé ma trace. Merci de m'avoir sauvée.

— Pas de souci. Contente d'avoir pu être utile.

Elle cligne des yeux, visiblement interloquée par ma réponse. Je réprime l'envie de soupirer. J'aurais volontiers zappé cette partie : le moment de la reconnaissance. La gêne du sentiment qu'ils me sont redevables. J'aimerais lui dire qu'elle ne me doit rien mais, si elle est comme Terrance, je sais que je gaspillerai ma salive.

L'un des deux hommes se racle la gorge. Il me regarde en fronçant les sourcils, mais ce doit être son expression par défaut, car il ne paraît pas contrarié quand il s'adresse à moi :

— Mademoiselle Jacobs, vous avez toute la gratitude du clan Mackinac. Si nous pouvons un jour faire quelque chose en remerciement de votre aide, n'hésitez pas à nous le faire savoir.

— C'est promis, acquiescé-je, devinant qu'il n'acceptera aucun refus de ma part, même poli. Mais, honnêtement, j'ai déjà Terrance. Je crois que nous sommes quittes.

Ma réponse fait pouffer l'intéressé. Les deux envoyés échangent un regard prudent.

— Il est… inhabituel pour un troll d'accueillir un humain dans son clan, déclare le premier.

Le second secoue la tête et je distingue de la perplexité derrière son froncement de sourcils permanent.

— Ce serait une première dans notre histoire.

— Néanmoins, le fait est que l'instinct de Terrance s'est manifesté pour vous. C'est un homme bien, et vous avez su prouver votre valeur, nous respecterons donc sa revendication.

Il me tend une main nettement plus grande que celle de Terrance. Quand je place ma petite menotte dessus, elle tient tout entière dans sa paume ; plutôt que de la serrer, il choisit donc de la couvrir de son autre main pour conclure le geste.

— Bienvenue dans notre famille, mademoiselle Jacobs.

— Merci.

Là-dessus, ils s'inclinent devant Terrance et moi, puis annoncent aux deux femmes qu'il est temps de partir ;

ils doivent ramener Shandra chez elle. La pauvre, elle est traumatisée. Je ne lui en veux pas de vouloir partir loin d'ici le plus vite possible. La ville de Détroit n'est pas faite pour tout le monde. Il faut être pas mal dérangé – ou ne pas avoir le choix – pour y habiter.

— Il serait temps de te ramener à la maison, toi aussi, me dit Terrance après leur départ. Tu devrais te reposer pendant au moins une semaine.

Je tiens à peine debout. Terrance doit garder un bras autour de ma taille pour m'empêcher de m'écrouler. Il propose même de me porter. Cependant, je suis déterminée à ressortir d'ici sur mes deux jambes. S'il n'y avait que nous, je le laisserais faire, mais je ne veux pas paraître faible devant l'assemblée d'occultes réunie dans cette salle. Heureusement, Terrance comprend mon sentiment et me laisse marcher, bien que cela aille à l'encontre de son instinct à mon égard.

En sortant, nous nous faisons interpeller par la directrice West, qui vient à notre rencontre, suivie de Parker et Nick.

— Un instant, Nora.

J'ai droit à ce petit sourire sévère, qui paraît forcé, bien que je soupçonne le contraire. À mon avis, Madison est simplement crispée par nature.

— Avant que vous partiez, nous devons prendre votre déposition.

Je m'efforce de rester courtoise, bien que la migraine me gagne et que je sois épuisée.

— Est-ce que ça peut attendre ? Elijah m'a pris trop de sang hier, et j'ai dû nourrir Parker pour le réveiller tout à l'heure. Je me sens vraiment affaiblie.

La directrice m'adresse un regard affolé. J'essaie de compenser en ajoutant :

— Passez chez Terrance quand vous en aurez fini avec le reste et je vous dirai tout, promis. J'ai juste besoin de dormir un peu, et peut-être aussi de dévorer un bœuf entier.

Le troll s'esclaffe. Parker semble rongé par le remords et, pour une raison qui m'échappe, Nick fixe sur moi un regard noir. Je ne sais pas ce qui le chiffonne exactement, mais je devine qu'il a un sermon en réserve pour moi. Youpi. Je réponds à son regard par un froncement de sourcils.

— Interrogez Maya, poursuis-je en reportant mon attention sur la directrice West. Elle, Nadine et l'autre loup-garou ont vu tout ce qui s'est passé ici depuis mon réveil. Maya vous le racontera, sa cellule était à juste côté de la mienne.

La directrice plisse les yeux d'un air songeur, puis acquiesce d'un bref hochement de tête.

— Fort bien. (Elle me gratifie d'un nouveau sourire sec.) Allez vous reposer, nous passerons plus tard vous rendre visite.

— Merci.

— Encore une chose, dit Nick en s'avançant, son regard plus dur que jamais. Qu'est-ce qui t'a pris, Nora ? On était censés faire équipe. Tu as promis de ne prendre aucune initiative si je te laissais m'aider. Pourquoi tu ne m'as pas appelé, bon sang !?

Je suis surprise de déceler autant de peine que de fureur dans sa voix. J'aurais bien du mal à lui sortir une réplique cinglante après ça ; ma colère doit trouver un autre défouloir. Heureusement, j'aperçois Henry à l'autre bout de la salle, au côté de Nadine. Deux des personnes que je déteste le plus au monde.

— Tu peux remercier Henry, lâché-je à Nick.

Tous les regards se tournent vers le maître vampire. Grâce à son ouïe surnaturelle, ce dernier m'entend prononcer son nom et fixe les yeux sur moi tandis que je le dévisage avec mépris.

— C'est à cause de sa contrainte que je me suis retrouvée dans ce pétrin. Je mangeais tranquillement un hamburger au resto quand Elijah et Mark ont débarqué. Lorsque j'ai appris qu'ils comptaient m'enlever pour m'emmener au sanctuaire, je n'ai pas eu d'autre choix que de les laisser faire. La contrainte de Henry m'obligeait à faire tout mon possible pour retrouver Nadine : aller au sanctuaire, même kidnappée, permettait d'accomplir cet objectif. Visiblement, l'ordre ne prenait pas en compte le fait que je ne serais pas en mesure de la sauver.

Traversant l'entrepôt en un éclair, Henry se tient subitement devant moi, les yeux emplis de regrets. Il peut toujours courir pour que je lui pardonne. Je lui jette un regard noir puis ignore totalement sa présence en reportant mon attention sur Nick.

— Je voulais leur échapper. J'ai essayé de tous vous appeler pour vous demander de l'aide, mais la contrainte m'en a empêchée. Curieusement, le sort savait que, si j'arrivais à vous joindre, vous viendriez interrompre mon enlèvement, et je perdais alors peut-être ma seule occasion de retrouver Nadine. Il m'a rendue physiquement incapable de composer vos numéros. Tout ce que j'ai pu faire, c'est envoyer ce message à Oliver, parce qu'il n'était pas en ligne à ce moment-là. Je savais qu'il ne le lirait pas tout de suite, ce qui me laissait le temps d'aller au sanctuaire et de retrouver Nadine avant que vous puissiez voler à notre secours.

Henry toussote à plusieurs reprises pendant mon récit et ouvre la bouche à la fin, cherchant les mots pour s'excuser. Je lève la main pour lui épargner cette peine.

— Non, je ne veux rien entendre. Là, je suis trop en pétard pour des excuses. Contente-toi de foutre le camp avant que je demande à Terrance de se défouler sur toi.

Il semble sur le point de protester, mais un grondement sourd de Terrance l'en dissuade. Il hoche tristement la tête, puis retourne auprès de Nadine. Je reviens ensuite à Nick, trouvant cette fois la volonté de lui adresser un regard réprobateur.

— Je ne t'ai pas fait faux bond. On a dit qu'on travaillerait ensemble sur cette affaire. Alors, déjà, je ne suis pas stupide. Ensuite, je ne manque jamais à ma parole et, au-delà de ça, je ne laisse jamais tomber les gens qui me font confiance.

Il me regarde un moment en plissant les yeux, puis finit par sourire.

— Cette explication me convient, Tigresse. Et, au demeurant, tu as été une sacrée équipière.

Je pouffe.

— Tu n'étais pas mal non plus, cow-boy.

Il éclate de rire. Ces petites taquineries semblent devenir une habitude entre nous.

— Bien, conclut-il en se tournant vers Terrance. Ramène-la à la maison et mets-la au lit.

Le troll bombe fièrement le torse. J'ai l'impression qu'il aime devoir s'occuper de moi. Je ne l'admettrais jamais devant quiconque, mais ça me plaît tout autant.

— On va y aller. J'aimerais juste dire au revoir à Oliver. (Je jette un coup d'œil circulaire, mais ne le vois nulle part.) Où est-il, d'ailleurs ?

La panique me saisit lorsque leurs visages se décomposent.

— Quoi ? Que s'est-il passé ? Où est Oliver ?!

La directrice laisse échapper un soupir.

— Oliver va bien, il est dehors.

— Il fait la tête, précise Nick.

— Il fait la tête ? Comment ça ?

L'agent lève les yeux au ciel.

— Il est persuadé que c'est sa faute si Elijah t'a poignardée. Il s'en veut de ne pas avoir employé sa magie plus tôt pour pénétrer dans l'entrepôt dès que nous avons découvert son emplacement.

— Quoi ? C'est ridicule. Rien que pour avoir réussi à briser ces boucliers magiques tout court c'est déjà un héros. (Je retrouve brusquement assez d'énergie pour sortir de l'entrepôt d'un pas furieux.) Oliver !

Je le trouve assis au bord de la route, devant le parking, l'air profondément abattu.

— Arrête ça tout de suite, Oli. Tu n'as rien à te reprocher.

Il redresse vers moi un regard accablé.

— Je suis resté sans rien faire pendant trois heures, Nora. Trois heures à regarder bêtement d'autres sorciers s'évertuer à détruire les défenses du sanctuaire. Tu as été blessée parce que j'avais trop peur de recourir à ma magie. Il aurait pu te tuer.

— Ne dis pas de bêtises. (Je lui donne un petit coup d'épaule en m'asseyant à côté de lui.) J'ai été blessée à cause d'Elijah, et parce que Henry m'avait imposé une contrainte stupide. Si tu veux blâmer quelqu'un, blâme-les eux. C'est ce que je fais et c'est beaucoup plus satisfaisant, crois-moi.

N'obtenant pas le moindre sourire, ni le plus petit hochement de tête, je laisse tomber le ton léger.

— Pourquoi avais-tu si peur d'utiliser ta magie ?

Il prend une expression désespérée, l'air d'implorer ma compréhension et mon pardon.

— Je savais que je possédais la puissance nécessaire pour briser ces défenses, mais ça faisait des années que je ne m'étais pas servi de la magie. Je ne suis pas entraîné. J'avais peur de perdre le contrôle, comme la fois où j'ai tué ces hommes dans le parc, et de faire exploser le bâtiment avec toi à l'intérieur. Puis Parker est sorti en courant, avec Shandra inconsciente dans les bras. Il nous a prévenus qu'Elijah était toujours dedans, mais que tu refusais de sortir sans les loups-garous. Alors, j'ai suffisamment paniqué pour intervenir.

— Donc tu cherchais à me protéger. Tu ne voulais pas employer ta magie pour ne pas risquer de me blesser. Il n'y a pas de honte à ça. Puis tu as les finalement brisées, ces défenses magiques que personne n'arrivait à détruire. Grâce à toi, tout le monde a pu entrer. Qui sait ce qu'Elijah aurait fait encore si tu n'étais pas intervenu à ce moment-là.

— Oui, mais…

— En plus, c'est bien toi qui as localisé mon téléphone, pas vrai ? Après avoir lu mon message, tu as localisé mon portable et trouvé le sanctuaire, je me trompe ?

Il cille, surpris, puis ébauche enfin un sourire. Je le lui rends, avant de le prendre dans mes bras. Je viens d'enlacer plus de gens en une journée que durant toute ma vie. Oliver me serre en retour et je découvre en le relâchant qu'il rougit légèrement.

— Tu m'as retrouvée, insisté-je, puis tu as détruit leurs défenses. Tu es autant le héros du jour que moi. Je n'aurais rien pu faire sans toi.

Il semble retrouver un peu le moral.

— Merci, Nora.

— Non, merci à toi de t'être embarqué dans cette folle aventure avec moi. Je ne veux plus que tu déprimes, d'accord ?

Son regard s'éclaire enfin, et il me donne un petit coup d'épaule à son tour.

— J'arrête, promis.

Ah ! je reconnais bien mon meilleur ami.

— Merci, Oli. Allez, il est temps qu'on me ramène avant que je tourne de l'œil.

Il m'aide à me relever, puis me soutient pour m'aider à marcher jusqu'à la voiture de Terrance. Ce dernier reste à quelques pas derrière nous tout du long et va même jusqu'à attacher lui-même ma ceinture comme si j'étais une petite fille. Lorsque je le réprimande, il me répond par l'un de ses bougonnements si éloquents. Juste avant qu'il ferme la portière, la directrice West revient vers nous.

— Une dernière chose, Nora.

— Oui ?

— Je sais que vous avez parlé de quitter la ville après cette affaire, commence-t-elle d'un ton hésitant. La dernière fois, j'ai convenu que c'était la meilleure solution mais, à présent, j'aimerais vous conseiller de rester.

— Pourquoi ? Qu'est-ce qui a changé ?

Elle me regarde en clignant des yeux, comme étonnée que je pose la question.

— Mais tout.

— La rumeur court déjà à ton sujet, renchérit Nick. On parle partout de la mystérieuse petite humaine qui a sauvé une dizaine d'occultes par pure bonté d'âme.

— La moitié des occultes de cette ville vous considèrent comme une héroïne, et tous voient en vous une énigme. Cette attention vous suivra même si vous quittez Détroit. Je crains que le monde occulte ne vous laisse plus de répit désormais. Ici, nous pourrons veiller sur vous, et vous avez des amis pour vous protéger.

Nick et elle me dévisagent ensuite avec insistance, comme pour me mettre au défi d'accepter, tandis que Terrance et Oliver prennent soin d'éviter mon regard. Je m'éclaircis la voix et déclare avec le plus d'assurance possible :

— Heureusement que j'ai décidé de rester dans le coin, alors.

Oliver et Terrance relèvent la tête d'un coup, médusés.

— C'est vrai ? me demande le troll.

— Si tu es certain que ça ne te dérange pas d'avoir une colocataire permanente.

Il me rabroue du regard.

— Tu es mon clan, Nora. Non seulement ça ne me dérange pas, je *veux* que tu restes.

Je sens mon sourire s'élargir jusqu'aux oreilles.

— J'espérais que tu me répondrais ça. Après tout, j'ai enfin une vraie famille. Je vais avoir besoin de toi pour m'empêcher de m'attirer des ennuis.

Décochant un clin d'œil complice à Oliver, j'ajoute :

— Surtout maintenant que j'ai mon meilleur ami pour m'aider à m'en attirer encore plus.

Achevé d'imprimer en août 2019
Par CPI Brodard & Taupin à La Flèche
N° d’impression : 3034603
Dépôt légal : septembre 2019
Imprimé en France
81122604-1